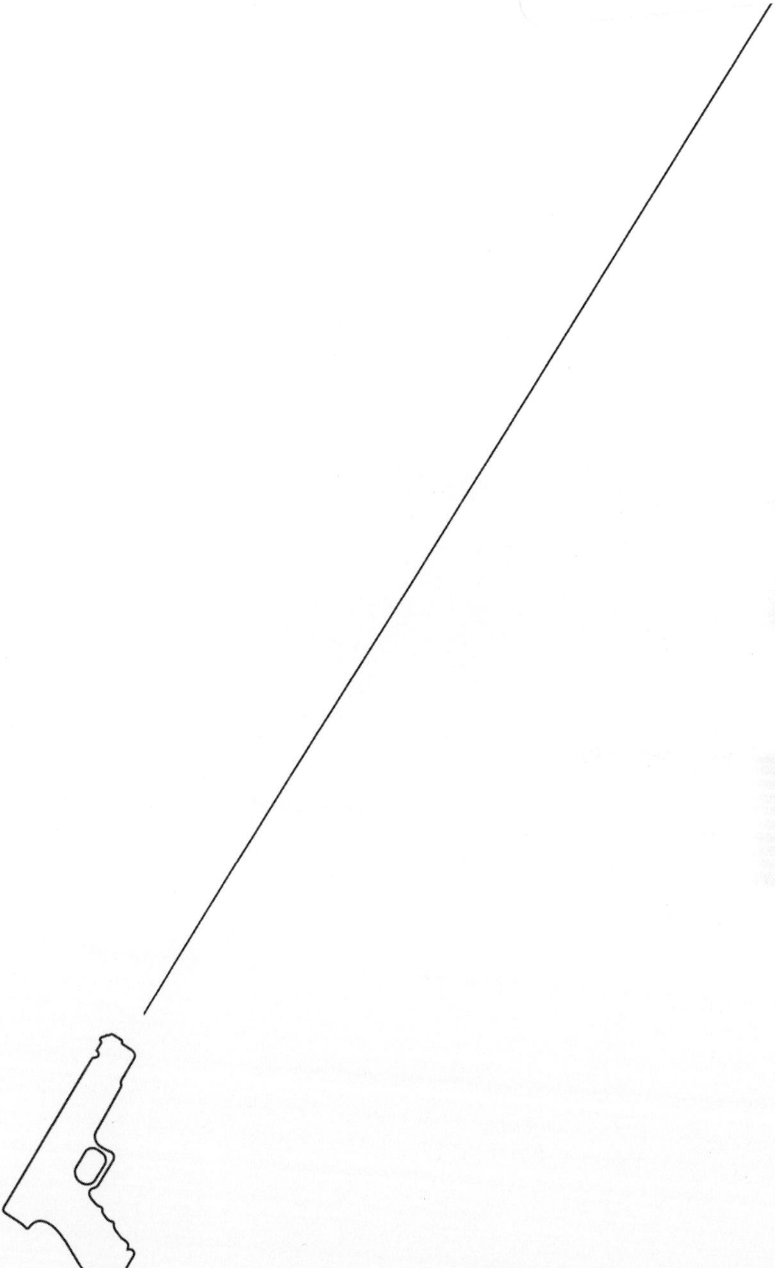

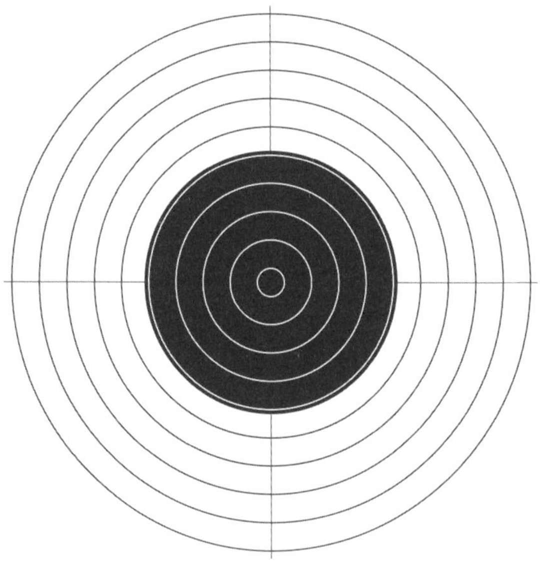

该我开枪了

The Pier Falls

〔英〕马克·哈登 著
MARK HADDON
宋琦 译

新 星 出 版 社 NEW STAR PRESS

新经典文化股份有限公司
www.readinglife.com
出　品

目 录

Contents

码头塌了

一九七〇年七月二十三日，日暮时分。徐徐凉风吹过英吉利海峡，鱼鳞状的高积云在空中慢慢堆积，远处，一束阳光透过厚厚云层的缝隙漏在一条拖网渔船上，如同上帝之光。摄政风格的建筑沿海而建。从这些建筑上方俯瞰，可以看到几家装饰俗艳的咖啡厅和炸鱼薯条店，还有一家搭着条纹遮阳蓬的杂货铺子，售卖99便士的小纪念品和装在透明纸袋里的风干海马。霓虹灯和防水漆拼出几家酒店的名字，色彩艳丽，非常醒目。怡东酒店，卡姆登酒店，皇家酒店。“皇家”的“皇”字少了一横。

海鸥盘旋鸣叫。大约两千人漫步在滨海步道。有人带着毛巾和汽水径直朝海滩走去，有人走走停停，投一先令硬币到路边的望远镜看远处的风景，还有人斜倚着栏杆凭海临风。在上百年海风的吹拂浸淫下，栏杆上淡绿色的油漆已经斑驳剥落。一只海鸥从掉在地上的冰淇淋筒里衔起一块薄脆，迎风飞起。

沙滩上，一个胖女人用鞋跟将一段防风篱笆敲进沙子里。一对脸上长满雀斑的双胞胎正用棒棒糖棍和着沙子建城堡。出租帆布躺椅的男人在收租金,从挂在屁股上的皮袋子里摸索着给租客找零。“水到腰了,”一位父亲对着女儿喊,“不要让水没过你的腰。”

码头的空气中弥漫着浓重的机油味,混合着勺子舀起炸洋葱浇到热狗上时散发出的香气。售票亭旁,一群男孩子开着碰碰车横冲直撞。车子的橡胶裙边不时碰到一起,车身的垂直电杆和天花板上的电网反复摩擦,火花四溅,发出刺耳的刮擦声。一架手摇风琴不知疲倦地一遍遍播放着奥地利作曲家施特劳斯的圆舞曲。

还差九分钟到五点。天空一片清朗,大海碧波闪耀,处处欢声笑语。

平静就要被打破了。

一颗铆钉松脱掉落。本来有八颗铆钉将码头西侧两根承重桁架的结合处固定在一起。年初,在波涛汹涌的海浪持续冲击下,已有五颗铆钉不知所踪。这颗铆钉掉落后,脚底传来轻微的震颤,好似有人在不远处扔下一个行李箱或是踏脚凳。震动太轻微,根本没人在意。现在,固定承重桁架的八颗铆钉只剩两颗,撑着数以吨计的重量。

滨海湾水族馆里,海豚在蓝色囚牢里翻飞表演。

十二分半之后,又一颗铆钉啪的一声崩断。随着一声钝响,码头的一部分突然往下沉了半寸。人们面面相觑,瞬间失重,心跳加速,犹如电梯突然下行。不过,海风肆虐、潮涨潮落,码头都会随之晃动,所以,大家回过神来,继续吃菠萝派,继续往水果自动售卖机里投币买水果。

又一声异响。木头和金属碰撞、弯折、断裂，发出砍伐红杉树时树干不堪重负终于断裂倒下的声音。每个人都盯着自己脚下，感觉到了支柱的颤动。异动戛然而止，脚下一片死寂，好似大海突然屏住了呼吸。突然，随着一阵轰隆隆的巨响，一大圈半圆形的栈道被断裂的桁架扯着甩向大海。栈道栏杆旁站着的一个女人和三个孩子瞬间被海水吞没。接着，又有六个人挣扎着跌进半圆形的碎木坑，掉到海里。透过散乱堆积的木板，穿越横七竖八杂乱交叉的粗梁，依稀可见三个人在阴沉的海水中扑腾、挣扎；第四个人脸朝下，静静地浮在水面；还有一个人身体对折，挂在一根缠满了水草的粗梁上。其余的落水者已不知所踪。码头上，有个男人一个接一个地向海里扔出五只救生圈。也有不少度假者，顾不上收拾随身物品就仓皇逃命。栈道上，瓶子、太阳镜、薯片盒子散落一地。一条可卡犬追着拴在身上的蓝色狗绳，不停打转。

两个男人扶着一位老太太刚从长椅上站起来，脚下的木板就塌了。长着胡子的矮个男人一只手迅速抓住了铁质长椅的腿，另一只手紧紧抓着老妇人，所幸一个十几岁的男孩及时赶到，趴下把他们拉了上来，他们才得救。而穿吊带裤、衬衫袖子高高卷起的高个男人却随着塌陷的地板滑了下去，一截断裂的栏杆直插入他的后腰，止住了他身体的下滑。他像条鱼一样痛苦地扭动着。可是没人能下去救他。坡太陡了，整个码头又摇摇欲坠。一位父亲把女儿的脸转向了另一边。

操作摩天轮的工人们试图依次清空吊舱里的乘客，但是速度太慢。被困在上方的人绝望地大叫，离地稍近的乘客又等不及，所以争相跳下逃生。不少人扭伤了脚踝，还有一个摔断了手腕。

沙滩上的人都站了起来，看着曾经熟悉的景色逐渐坍塌成一个大洞，目瞪口呆。霓虹灯还在不停闪烁，“皇帝圆舞曲”若隐若现。五个男人扯掉衬衣，脱掉裤子，甩掉鞋子，冲进了浪涛。

码头中间，七个装饰华丽的观景台纵向排列。观景台西侧已无法通行，因此离坍塌点较近的人们一窝蜂地朝东侧码头涌去，形成了一个瓶颈。大家都想退回到入口处的旋转栅门，退回到滨海步道，退回到他们认为安全的地方。结果，在最狭窄的那个区域，发生了踩踏。有人一脚踏空，趔趄着摔倒在地，后面的人却还往前挤，直接从倒地的人身上踩过去，也有人被绊倒，被随后涌来的人踩死。

六十秒过去了。已死七人，还有三个幸存者在水中挣扎。穿吊带裤、衬衫袖子高高卷起的高个男人一息尚存，但也活不了多久了。有八个人，包括三个孩子，将被不断涌来的人群踩死。

第一个观景台开始倾斜。金属框架严重扭曲变形，窗户上的二十二块玻璃一块接一块地爆裂。

码头经理已经打开了旋转门旁边的服务通道，逃出来的人们向着滨海步道四散奔逃，个个衣冠不整，头发凌乱，浑身是血，鼓睛暴眼。一个小男孩被爸爸紧紧抱在怀里；一个十几岁的女孩右腿腿骨粉碎性骨折，断裂的腿骨刺穿了皮肤。两个男人一左一右，架着她走。

不知为何，滨海步道上如织的人流突然停了下来。一群人站在栏杆旁，一动不动。整个步道鸦雀无声。这次，每个人都听到了响动。

两分零二十秒。倾斜的观景台先落入海中，与之相连的金属框架和栈道也随之入海。四十七个人跌入了由断裂的檩条和横梁组成的“脱粒机”里。只有六个人幸免于难，一个六岁的小男孩，在掉落的瞬间，他的父母紧紧相拥，像一个盔甲一样把他保护了起来。

码头输送电力的绝缘电线被扯断，火星如焰火般四射飞溅。码头上所有的灯光旋即熄灭。手摇风琴呼哧了几下也沉寂下来。

掉入海里的那一大部分码头引发了一场小型海啸，巨浪把跳到海里救人的五个人高高挑起，又越过他们，扑向沙滩。沙滩上的人慌乱地朝着高水位标志线上方狂奔，好像海水被刚才的灾难给污染了似的。

游乐场经理坐在码头末端的小办公室里，攥牢话筒贴紧耳朵，电话已经打不通。他今年二十五岁，连伦敦都没去过。他一筹莫展。

一架双引擎赛斯纳76-D飞机从码头上空飞过。驾驶员向下望去，简直无法相信自己的眼睛。他斜着机身在码头上方盘旋，进一步确认眼前的灾难，然后通过无线电通知肖勒姆机场塔台。

码头现在断成了两截，一边千疮百孔，另一边支离破碎，中间是纠缠着沉入水中，重达四十五吨的木头和金属废墟。靠近大海的栈道上，一些人绝望地站在断裂的栈道边缘，双手乱挥，拼命喊叫，希望岸上有人来救他们。另一些人则瑟缩不前，只想站在最牢靠、最结实的地方。三对夫妻被困在游乐场的幽灵火车中，听着车厢外的巨响，担心就算逃出去，外边会不会已经变成世界末日。

靠近岸边的栈道上，两个人躺着一动不动，还有三个人受伤太严重，动弹不得。一个妇女使劲摇晃着失去了知觉的丈夫，好像他睡过了头，再不起来，上班就要迟到了。一个前臂有文身的男人绕着大八字追逐那条吓坏了的可卡犬。一个老妇人突发心脏病，倒在一条长椅上，低垂着头，仿佛正在打盹，而错过了世间的精彩。

从道路纵横交错的市中心传来的警笛声隐约可闻。

刚才跳入水中救人的五个人中有两个开始往回游，以免被越塌越多的码头建筑物砸中，但另外三个人还在往前游，游进那座由死尸和断木形成的死亡群岛。他们望向头顶，码头若隐若现，比从沙滩和栈道上看到的更庞大，更阴暗狰狞，更阴森凶险。他们身下，水里梁架下沉、落地前发出的吱嘎声清晰可闻。

他们找到了一个惊慌失措的妇人和一对姐妹，又找到一个眼镜仍架在鼻梁上，像海豹一样漂浮在浪涌里，全然不知发生了什么的男人。那个妇人喘着粗气，手脚乱踢乱蹬，他们还以为她被水里的什么东西缠住了。只有那对姐妹看起来镇静自若，在一个救援者的护送下回到岸上。戴眼镜的男人询问发生了什么事，得到救援者的回答后，似乎不敢相信自己的耳朵，要求重复一遍。受到惊吓的妇人不让任何人靠近，他们只能在水中耐心等待，等她耗尽体力不再反抗，将要沉下去时，才把她拉上岸。

码头的尽头，五个救生圈静静地漂向大海深处。

滨海步道上，一个年轻男子举起徕卡相机拍了三张照片。次日早晨，他从报纸上才知道自己当时拍的照片里发生着什么。如果当时就知道，他会立即打开相机，拽出胶卷，让那些影像在阳光下毁灭消散。

海空救援飞机从肖勒姆机场的圆形黄漆停机坪起飞，在大风中侧着机身，离开机场。

五分钟。五十八人死亡。

滨海步道上，很多人逃出来之后才发现自己的妻子、丈夫、孩子或父母不见了。码头经理已经关上了服务通道的门，但那些逃脱的人哭嚷着，想要冲回码头栈道。此时，警察还没到，码头经理明白如果不让他们进去，其后果之惨烈可能不亚于让他们回到栈道上去，况且他也不想承担这份责任，所以重新打开了门。刚一打开，就有十二个人蜂拥而入，仿佛他打开的是一月份大减价的商场大门。最后往里冲的是个女孩，看起来还不到八岁，经理一把抓住她的衣领。她挣扎着，最后在他臂弯里哭了起来。

救生艇立即出发救援。

码头东边，一个从比斯特来的农夫试着把那个六岁男孩从他死去父母的怀抱中拉出来。男孩应该知道父母都死了，他爸爸的半个脑袋已经不见了。他对此视而不见，抓住爸爸妈妈不肯放手。抓得那么紧，以至于农夫担心拉得再用力一点会把男孩的胳膊扯断。他问男孩叫什么名字，男孩不理他。他正沉浸在自己的炼狱里，很可能一辈子都无法摆脱。农夫别无选择，只能转过身，游向岸边，把他们三个一起拖上岸。上岸后，他想站起来，才发现脚踝骨断了。

有文身的男子把那条可卡犬抱在怀里，冲出了栈道。他们越过栅门、踏上滨海步道的一刹那，岸上爆发出一阵欢呼。大家渴望奇迹发生，哪怕是很微小的奇迹。

八分钟。五十九人死亡。

直升机出现在西边耀眼的夕阳中。滨海步道上的人们听到越来越响的轰鸣声，都抬头去看。

那十一个冲回栈道上的人，无一例外都没有在受伤和失去知觉的人中间发现失踪的亲人。他们站在断裂的栈道边缘，朝对面那截栈道上的人大喊。你们有没有看到一个穿着绿色风衣的老妇人？有人见到一个红色长发的女孩吗？但远远的另一边，人们对穿绿色风衣的老妇人和红色头发的女孩根本没有兴趣：他们自己的失踪亲人都还没有找到，脚下的栈道随时会坍塌，他们只想知道自己什么时候能获救。

两辆救护车赶到海边，但交通堵塞得厉害，救护人员只能扛着担架和急救包朝出事的地方跑。五个救护人员在滨海步道上就地处理伤员，三个继续往码头上跑。

三个警察试图把围观群众往后赶，但有些人对被驱逐着离开最前排的优越位置愤恨不平。围观者还没有意识到多少生命已经消逝，满脑子想的都是如何把所见所闻告诉朋友、家人和同事。

码头旁，一个妇女侧躺在一副脊椎板担架上。一个锁骨破裂的年长男人被注射了吗啡。

十四分钟。六十人死亡。

滨海步道上，人们纷纷猜测这是不是一起爱尔兰共和军策划的爆炸事件。没有人愿意相信仅仅是时间和天气就能造成这么大的伤害。想到自己居然成了潜在的被袭击对象，大家都有些兴奋。

直升机在码头断裂处的上空盘旋，下面的人们互相推搡着，都想先抓住那个从天而降的救援人员，但在下冲气流的影响下，他们无法接近飞机正下方的区域。顺着绳索下来的救援人员落在甲板上一个圆形的无人区，先把一个小女孩从她母亲手中接了过去。女孩被救援绳索套住上升的景象让众人羞愧不已。小女孩升到空中之后，人们把剩余的孩子聚拢在一处，让他们按年龄大小排队，依次等待救援。

水中的几个人也已上了岸——姐妹俩、迷糊的男人、挣扎的女人和那三个救援者。人们带着毛巾冲向他们，像是比赛谁的毛巾会被选中一样。刚才在水中挣扎的女人跪下来，双手在沙地上不断抓握，仿佛再没有任何事情，也没有任何人能把她和坚实的大地分开。

那个因心脏病突发死亡的老妇人的尸体从服务通道抬了出来，身上盖着白色被单。四周突然安静下来。滨海步道上还有人以为她是唯一的死者。

农夫把男孩和他死亡的父母一起拖到了浅滩处，断了的腓骨摩擦着另一根骨头。应该很疼，他却没有知觉，只想躺下。他翻滚着把身体浸到水里，看着天上的云彩发呆。人们冲向拍岸的碎浪，看到了他和他拉上来的一家三口，停住了脚步。一个年轻女士走到他们中间，她是南安普顿的一名护士，在事故和紧急救助部门工作，见过比这更可怕的情景。她是整个沙滩上唯一一个黑人。她双手轻轻放在男孩肩膀上，跟他说话。围观群众怀疑她使用了巫术，但其实是她平和坚定的声音使男孩松开了抓住父母遗体的手。男孩转了下身子，马上被一个胆子大的人扶住。她的肤色也起到了安抚作用，她的与众不同让男孩产生了认同，放下防备，接受了她的好意。她的名字叫雷妮。后来的三十年，她和这个男孩一直保持着联系。

第四个孩子上了直升机，很快第五个也上去了。

游乐场经理从他的小办公室里走出来。他意识到如果他是最后一个被安全救出的人，他就可以说："我坚守了我的岗位。"

最后一对夫妻也从幽灵火车里逃了出来。丈夫踢破了胶合板外墙，外墙上用油漆刷着弗兰肯斯坦创造出的怪物。

二十五分钟。六十一人死亡。

救生艇开到了，船员们开始从水中捞人。获救的人有些不停地说话，有些则瘫倒在船底，像被网获的鱼，浑身湿透，眼神迷离，神思恍惚。一个十三岁的男孩，在两个掉落的梁柱中间的黑暗处漂浮着。他拒绝爬出来，也不理会救援者的呼喊。一个船员跳入水中救他，但男孩立即向后退到由废墟和残骸组成的黑暗森林里。他们不得不放弃他。

救援绳索绞盘收了起来，直升机带走了所有上机的孩子。很多孩子的父母还留在栈道上。有几个孩子甚至不知道他们的父母是否还活着。对孩子们来说，喧嚣的飞机轰鸣声是一种安慰，大脑被噪音占据，那些可怕的想法就无处容身。停机坪上，他们被扶下了飞机，从旋翼形成的大风中跑过。来自圣约翰救护中心的女护工在小小的候机楼外等着他们。直到那时，码头上的可怕景象才又重回他们的脑海。

滨海步道上一个系着一条脏兮兮的白色围裙的人托着满满一盘热狗和甜茶在人群中挤来挤去。他在迷你高尔夫球场旁经营一个食品摊。他折回去又端了一盘食物回来。

附近的船只都朝码头驶去，一条布里斯托摩托艇，一条外挂水星牌发动机的铝制敞篷摩托艇，两艘玻璃纤维大黄蜂游艇。他们在漂浮着尸体和废墟、犹如冰碛湖的水面上穿梭来去，无从帮忙，又不忍心掉头离开。

那个十三岁的男孩不愿从废墟森林里出来，是因为他的姐姐还埋在水下。他找不到她。三十分钟后，他的体温急剧下降，身体冰冷刺骨。突然间，他感觉不到冷了。这并不奇怪。现在没有什么事情会让他感到奇怪。他想要脱掉衣服，可是又没有力气让自己漂浮起来。几码之外，世界还在如常运转：夕阳西沉，船只穿梭，一架直升机盘旋在天际。但只有在这里，他才感觉最安全。他不再想他的姐姐，甚至不记得还有个姐姐了。现在的他，只想待在黑暗中，被黑暗包裹。可他不知道的是，在他逐渐懈怠的脑神经机制末端，原始求生机能仍旧活跃。所以他五次沉入海水中，每次呛水之后的咳嗽都会迫使他浮出水面。但浮起的力度一次比一次小，求生的意志一次比一次弱。第六次浮起时，他的意识已经空空如也。生命就这样陨落，犹如睡着之后书本从手里滑落那样随意。

《艾格斯报》的一名记者站在电话亭里，拿着螺纹笔记本，对着话筒读匆匆写在笔记本上的四页笔记。“就在下午不到五点的时候……”

一个被困在码头末端、穿着利兹联队球衣的男人害怕上飞机。对他来说，被吊上直升机的感觉比脚下的建筑物坍塌要糟糕得多。如果不上飞机，他唯一的选择就只有从码头上跳下去。虽然他游泳水平不错，但码头足有六十英尺高。两种选择在他的脑海里交替，频率越来越快——飞，跳，飞，跳。他要吐了。他妻子是第二批被直升机救走的幸存者，没有她的陪伴，他愈发六神无主。突然，他意识到比飞或跳更糟糕的是他可能会精神失常。突然的觉醒让他冲出人群，朝栈道栏杆跑去。他有种感觉，往海里跳的仿佛是另一个自己。这种幻想强烈到他想提醒他看见的那个傻男人脱掉鞋子和裤子。他完全不记得自己是怎么跳下去的。等清醒过来，才惊讶地发现已经在水下了，却不记得这是什么地方，自己又为什么在这个地方。他挣扎着浮出水面，大口吸气，蹬掉了系带皮鞋。这才发现，自己在海边，在一些巨大物体的阴影里漂浮。他抬起头，看到残破的码头就在头顶。他记起刚才发生的事，调转身体，奋力游了起来。大约游了一百码，他停了下来，再次转身，发现码头离他已有一段距离。他看见远处的市镇、人群、蓝光闪烁的警灯、写着“卡姆登”和“皇家”字样的酒店招牌。这时，在他身后，岸上的人都看着跳进海里的他，他也因此成了这个下午发生的大戏剧中的小主角。他胜利了，解脱了。他镇定地朝沙滩的方向游去，人们为他欢呼，跑来给他裹上红色毯子，把他带上一辆救护车。在这三个多小时里，他的妻子以为他死了。为此她非常生气，之后很长一段时间都不肯原谅他。

码头末端已经空无一人。

最后被发现的那个人死了，深埋在木板和梁柱缠绕的废墟中。他十五岁，帮助父亲管理游乐场的螺旋滑梯，收收垫子，安抚害怕的孩子，制止打架的发生。落水之后他就一直处于昏迷状态。

救生艇又开了回来，船员们从水中捞起十五具尸体。

一个半小时。六十四人死亡。

一位浸礼会牧师打开教堂大厅供大家使用。幸存者们在警察和消防员的陪伴下走上霍普街，穿过维兰海洋用品商店旁的一扇门，走进一间温暖舒适、开着日光灯、铺着镶木地板的大房间。小厨房里，水已烧开，壶盖在热气推动下咔嗒直响，两个妇人在做三明治。人们颓然倒在椅子上，瘫在地板上。在这里他们不再被围观。身边的人都知道发生了什么，他们同病相怜。有人放声大哭，有人直愣愣地坐着发呆。有三个孩童没有家长陪伴，两个男孩，一个女孩。男孩中年龄小一点的，父母被直升机带去了肖勒姆。另外两个孩子已经成了孤儿。女孩看到了父母的死亡，伤心欲绝。男孩则虚构了一个故事，说他的父母掉进海里，被一艘渔船救了起来。他的故事充满了各种逼真的细节，讲得又如此认真、如此迫切，听他讲述的那个老妇人根本没有意识到这是他编出来的，直到他说他的父母现在生活在法国。

一名女警在房间里轻轻地走来走去，依次在人群旁蹲下。“你有失踪的家属吗？”

外面，救生艇第三次返回，运来了一船绳子和橘红色的浮标，把那些残忍的旁观者们拦在外面。

三个小时二十分钟。

六个市政局的工作人员在码头入口处搭起围栏，二乘四英尺的大框架，盖上胶合板。

医院里，断骨伤员的骨头都已经接上了，股骨粉碎的那个女孩还在接受手术。医生从一个女人的胸口拔出一块餐刀大小的碎片。

夜幕降临。滨海步道一反往常的喧闹，空空荡荡。没人愿意再看那码头。他们去别处吃挪威海螯虾、烤脆皮冰激凌蛋糕，去皇冠剧院看《铁道儿童》，或是驾车去附近的度假村散步，没有任何心理负担地忘记了码头的景色。可是，所有的谈话最终还是会回到那场灾难，回到那个本周某个时候大家都去过的地方，那个如今已空无一物的地方。大家都真切地感受到了与死神擦肩而过的刺激，可是一想到那些死去的可怜人，情绪又沮丧起来。到底是不是炸弹袭击？是不是有一个人带着无线遥控和开关装置站在滨海步道上？或许他曾经就坐在他们身旁？

还有九个人被埋在水下的废墟里。当局已经确定了八个人的身份。第九个人是一个十五岁的女孩，六个月前从斯托克波特离家出走。当她的父母从报纸上读到这桩事故的时候，绝不会将此事和自己的女儿联系在一起。他们耗尽了一生的光阴等她回家。

成了孤儿的男孩和女孩被带到了一对替当地福利机构寄养孩子

的夫妇家。第二天，他们的祖父母会赶来。那个男孩依旧认定他的父母去了法国。

得以重聚的家庭离开了。教堂里空空荡荡。不愿离去的那些人还在等亲人的出现，但亲人永远都不会出现了。

幸存者们都没有睡好。他们噩梦连连，梦见地板在脚下消失，梦见被困在铁条和木头打成的笼子里，潮水上涨，无处可逃。

凌晨两点。天空澄澈。整个城市清晰湛蓝，似乎弯下腰就可以用拇指和食指捏起那艘泊在海湾的游艇。静止的画面中只有海浪的拍击声和一个冲着大海大叫大嚷的醉汉暂时打破了静谧。为了向死者致敬，滨海步道上那些俗丽的灯光今夜一片漆黑，只有零星几扇窗户中透出的黄色灯光和几家酒店的红绿色霓虹招牌还在暗夜中闪烁。怡东，卡姆登，皇家。

凌晨三点。唐斯城上方正好可以看到火星，阴晴变幻的月亮挂在大海另一头的天际。一声沉闷的巨响，离陆地较远的那截码头也塌了，像怪兽在睡梦中翻了个身。

电视摄制组凌晨五点赶到。他们在滨海步道上，在警局边上搭起了临时帐篷。他们抽着烟，讲着笑话，喝着保温杯里加了糖的咖啡。

天亮了。有那么一瞬，码头废墟美得摄人心魄。小镇的中心已经从码头沿着滨海步道向东边的海豚馆和海水游泳池区域转移。码头成了可以路过而无视的背景。

人们从冲印店取回假日照片。有些照片里有逝去家人的最后影像。他们微笑着，戴着墨镜，吃着薯片，抱着超大号的泰迪熊。照片中的他们只剩下几分钟的生命了。在一张恐怖的照片里，一个十来岁的男孩正在下坠，他的嘴张得大大的，好像在唱歌。

举行葬礼，提起法律诉讼。

油漆剥落，铸铁生锈。海鸥聚集在栈道的环形交叉口和观景台上。灯泡碎裂，颜色褪尽。鸬鹚在腐烂的甲板上筑窝。风大的时候，摩天轮的座舱嘎吱嘎吱地在风中摇摆。幽灵列车变成了伏翼蝙蝠和马铁菊头蝠的栖息地。水底下梁柱和桁架缠结在一起成了海鳗和章鱼的家。

三年后，一个男人在沙滩上遛狗，发现了一个被冬季风暴冲上沙滩的头骨，已经被海水腐蚀漂白。头骨埋在了圣巴塞洛缪教堂墓地的一个角落，墓碑上刻着这样一句话：“天国像一张网，投入大海，网罗所有。”

灾难发生十年后，整个码头被一系列定向爆破彻底摧毁，一台水上起重机辛勤工作了数月，清理出的废墟被运到了南安普敦一家废船处理厂。再没有发现更多的遗体。

海盗与公主

她梦见卧室窗外皇宫花园的松树林，夜风刮过，松林变成黑色海洋，翻滚着拍打窗台下的石墙。她梦见夏季的远山，传来砍伐树木的空洞回响，斧子发出沉闷的哐哐声，树干慢慢折断，轰然倒下，黄色木屑轻扬，带着生命未息的湿润，新鲜松脂的味道慢慢在空气中弥散，斜射的阳光中一团团蠓虫飞起飞落。

她梦见工人们把木头劈开、刨平，嵌到大平底船的弧形龙骨上，大船即将在洋面乘风破浪。她梦见这个清晨和即将成为自己丈夫的男人一起站在船头，梦见船桨搅动着海水泛起白色浪花，海风拍击着厚厚的船帆，远处地平线隐约可见他的城市，他们将要在那里结婚，身后是她再也回不去的故乡。

她梦见了婚礼。大厅里，壁龛烛台上，火苗飞舞跳跃。烛火的光芒映照在上百个金色酒杯的表面，明明灭灭。绘制精美的盘子上堆满了烤肉、鹰嘴豆、温柏[①]藏红花和蜂蜜蛋糕。

她梦见了婚房，床上铺着洁白如雪的埃及棉床品。床头挂着一幅挂毯，绣工精美得像在看窗外的风景。挂毯中间，一个女人坐在海滩上哭泣。远处，波澜起伏、微光粼粼的海面上，一艘船朝着海天相接的挂毯边缘，朝着另一个世界坚定地驶去。

她凑近挂毯想看清那个女人的脸。蓦然，好似一记重拳打在胸口。那个女人是她自己。

醒来，她像一个溺水之人，挣扎扑腾着浮出水面，大口呼吸。强光刺痛双眼，喉咙干涩难忍。不知道是酒精的后劲，是药的副作用，还是发烧所致，眼前的一切看起来模模糊糊。

她翻了个身，发现枕边空无一人。他肯定已经起床，在为今天的行程做准备。她艰难起身，意识到四周只有海鸥的鸣叫和固定帐篷的绳索在风中震动的嗡嗡声。跌跌撞撞走到门口，解开四个系住帆布门帘的皮绳结走出帐篷，发现眼前空无一人，昨晚的宿营地已被废弃，只留下五块方方正正、被踏平的干草地，鱼骨头散落一地，一只凉鞋随便扔着，篝火留下的圆形烧焦印记清晰可见。远处，波澜起伏、微光粼粼的海面上，一艘船正向远方驶去。

她想要大叫，但胸部像有重重的东西压得她无法呼吸。思绪紊乱纠结，想要理出个头绪。他肯定会回来的。船员们叛变了，绑架

① 温柏，一种水果，常用来制作果酱或果冻类食物（本书注释如无特殊说明，均为译者注）。

了他，或是把他扔在了附近什么地方，五花大绑，狠命殴打；说不定这会儿他已经死了。这时她低下头，看见脚边放着一壶水和一块面包，她送给他的那枚象征他们永恒爱情的定情戒指静静地躺在面包上。他抛弃了她。

天旋地转。她吐在了湿漉漉的草地上。世界一片黑暗。

醒转过来，她发现自己双手双膝都血淋淋地擦着地面，正顺着小石子斜坡滚向海滩。然后，在浪花拍岸的鹅卵石滩上跌停下来。石子光滑圆润，相互碰撞，发出喀喇喀喇的声音。她冲着海风尖叫，叫声在怪石嶙峋的海湾回荡。她的心像被网住的小鸟突突乱撞。

船越来越小。她成了挂毯中的女人。

他是她唯一爱过的男人，可他把她像压舱物一样抛弃了。她需要一个解释，好让自己感觉不那么白痴。他不是禽兽不如，但每一个想到他的念头都像一把刀，一次次捅向爱的伤口。她想抓起一叠印花瓷碗扔到房间的另一头。她想一直哭一直哭，直到有人来安慰她。她想命人追捕他，拧断他的脖子，或者逼他承认错误，把他带回她身边。

她转过身，看着身后荒凉的海岛。欧洲蕨、海石竹和黑麦草在风中簌簌摆动，一块块被海水腐蚀的玄武岩覆盖着厚厚的青苔。她看到一只小海豹的头，被扔在浅水处，血肉模糊。昨晚他的船员捕获了这只小海豹，把头砍下，扔下悬崖，其余部分烹煮，大家分吃了。小海豹那茫然无神的眼睛已经泛白。她蹲在坚硬、湿漉漉的卵石滩，双手环抱着自己。没人知道她在这里，除了那艘已经离去的船上的船员们，但他们根本不会在乎。她不知道这座岛的名字，只知道这里将是她的葬身之地。没有人在乎她。眼前的世界天旋地转。

时间一分一秒地逝去。浪涛拍岸，在鹅卵石上堆起一团团的白沫。海风狂啸，寒气逼近。她站起来，爬上长坡，躺到那张他们再也不会共眠的床上。

她是个公主。二十年来她从未独自待过，从未煮过一顿饭、拖过一次地。每天早晨她在洁净、温暖的水里泡澡。一天两次，洗熨干净的衣服放在她的床上。现在这种生活将一去不复返。将要面对什么，她一片茫然。

走进帐篷，看见他的身体在床单上留下的印记，赶紧扭过头。她吃了面包，喝了水，然后躺下，静候死亡的降临。她希望上天再一次眷顾她，让她轻松地死去。

她不知道人为什么要承受这样的苦难。她想象着彻夜未眠的牧羊人在深蓝的天幕映衬下，踩着厚厚的积雪，拉紧毛皮外套裹住肩头，静静等待狼群的出现，手中的弹弓就是他们的武器。她想起每年夏天征战归来的士兵，缺胳膊断腿，残存的肢体像融化的蜡烛头。她想起住在顶棚漏雨、满地泥泞的石棚里生孩子的妇女们。她不知道要怎样做才能忍受这样的生活，开始意识到生来的富贵已经剥夺了她此刻最需要的那项技能：生存能力。

光影渐消，黑暗愈浓，天边夕阳的绚烂她前所未见。一大群剪嘴鸥从海上飞了过来。二十万只在海面遨游了一天的海鸟飞回海岛，和岛上的黑背鸥开始了领地之争。突然间，帐篷被卷入了鸟鸣风暴的旋涡中，声音之惨烈会让年轻的水手们产生航行到地狱边缘的幻觉。她不敢踏出帐篷，对可能看到的场面感到害怕。她掩住耳朵，在唯一的毯子里蜷缩成一团，等待着猛兽的爪子和牙齿把不堪一击的帆布帐篷扯碎，把她像一头鹿一样撕碎。她等啊等啊，终于等到外边一片宁静。但寂静更可怕，本来噪音可以充当保护她远离残酷世界的屏障，现在她无处遁形。她要为自己的所作所为负责。她不能埋怨任何人。这是她的报应。她帮他杀了她的哥哥。现在轮到她了。等她尸骨散尽，一切都会归于平静。

她真该听从女仆的建议，不要跑到宫殿外面去。可是宫殿里的一切都让她厌倦。每一座造型复杂的喷泉、每一丛香味扑鼻的薰衣草和徘徊其间的蜜蜂、每一处阴暗的树丛，她都烂熟于心。她想去热闹的码头，看满筐满篮的鱿鱼和鲭鱼、堆叠的板条箱、一盘盘卷在一起的粗绳、船体涂柏油的船只，听船上的叫嚷声和撞击声。码头有她儿时的幻想：某一天走上跳板，摆脱仆人的看护，悄悄溜过一道道的防波堤，从家庭的势力中挣脱出来，投身到茫茫的大千世界中。

每年夏末，都会有十二个年轻男女被从船上押下，关到果园外的马厩里。年年如此。这既是雅典作为战败国为和平付出的代价，也是本国的一个庆祝活动，跟奔牛节、罂粟节一样成了众多庆典中的一个。今年的坑已经挖好，跟去年的毗邻。这十二个人会被带到坑边排好队，依次被割喉，尸体一个摞一个地扔进坑里。他们是人体祭品，他们清楚自己的命运，因此一个个步履沉重，低垂着头，已是半死之人。对她而言，这些人和她父亲及表兄弟们在战场上杀掉的那些敌人一样，跟她毫无关系。

但是，她的目光瞬间就被一个高昂着头、气宇轩昂的男子吸引住了。原来在她的世界之外，还有很多未知天地，而她只是一只井底之蛙。

那天晚上她夜不能寐，脑海里满是他站在她房间里或是躺在她身边的臆想。起初她被自己的念头吓坏了，等回过神来，又对自己过去的无知感到失望。她感觉体内有什么东西突然苏醒，精力充沛。扔在地上的冰冷旗帜，窗外婉转轻盈的蝉鸣，如凹凸不平的硬币一样的月亮，自己的肌肤……她还从未如此敏锐，如此感性。

天刚破晓，她趁女仆不注意偷偷溜了出去，绕过果园，来到马厩，告诉卫兵她要和囚犯说话。卫兵们对于这个出乎意料的要求不知该如何回答。黎明前最后的黑暗把石头囚室填塞的满满当当，窗棂的间距还没有一个巴掌宽。地上铺着沙子，传来囚犯的呼吸声。她的出现带来一阵骚动，温热的身体在黑暗中紧张地蠕动。她觉得自己很勇敢，这没什么大不了。可是她过去从不知勇敢为何物，所以克服恐惧的感觉让她陶醉。

他的脸突然出现在栏杆后面。“你来了。”

为了这一刻，她苦等了一辈子，只是她并不知道他就是自己在等的人。她以为传奇只发生在男人身上。现在她自己的传奇乐章要开始了。

“我父亲是国王，”他说，“很快我也会成为国王。如果你救了我们，我会让你成为我的王后。”

她把自己的戒指送给他，他告诉她怎么做。她把手穿过铁栏杆，让他抓住她的手腕，然后喊救命。一个卫兵跑进来想要解救她，王子乘机抓住卫兵。他一手捂住卫兵的嘴，另一只手掐住他的脖子，一只脚踩在窗栅栏上，像拉绳子一样把卫兵用力往后拉。卫兵双脚乱蹬，挣扎了好久，最后垂下脑袋，全身瘫软倒在地上。她从卫兵腰带上解下钥匙，打开牢门。从没亲眼见过杀人的场面，现在看来，似乎跟她的表兄弟们小时候玩的游戏也没什么区别。

他取下卫兵的剑，正遇上第二个卫兵冲进来。他挥剑刺中卫兵的肚子，剑端上挑使剑扎得更深，然后松手，卫兵倒在地上。他用靴子踩住卫兵的胸，把刀从他身体里拔出，血汩汩涌出。这个时候，他的伙伴们都冲出了马厩，他们边跑边从墙上找可以充当武器的家伙——棍子、干草叉、铁棒。

他交代他们把她带到港口，好好照顾她。有那么一刻她以为他要去杀她的父母。他用一只手抚摸着她的脸颊说他不会动他们分毫。

他挑了两个男人，三人一起向宫殿跑去。

传言说她母亲被一头公牛给强暴了，生下一个怪物。这怪物被绑上链条，禁锢在铺着稻草和牛粪的地牢里。地牢就在宫殿地下迷宫的中央。来自雅典的年轻男女就是供奉给他吃的鲜肉。让那些农民编去吧，她的父亲说。反正他们也没有其他乐趣。而且让他们恐惧要强于被他们同情。

传言有一些真实之处，那就是她的哥哥有时确实像一头怪兽。他的头畸形臃肿，总是怒气冲冲，对仆人又踢又打。每周有仆人拎着水桶到地牢给他冲洗身子，更换稻草，往食槽里添上猪饲料一样的食物——厨房里的剩菜，油乎乎的骨头，馊了的酒。

他们以为他不会说话。他们从来没主动问过他问题，所以他也就干脆不吭声。但她知道他会说话。她几乎每天都去地牢，拉着他的手，和他一起坐在火把映照下那明明灭灭的光晕中。他的头枕在她大腿上，告诉她那些人如何以戏弄他为乐。她把水果和面包藏在裙子里带给他，看他吃得津津有味，跟他讲外面的大千世界。大海就像水桶里的水，但深邃无底，广袤无边；船是在海上移动的房子；音乐是一种声音，听了能让人快活。她还跟他讲她卧室窗外的松涛，夏天的伐木工。

他有时会哭泣，但从不寻求任何人的帮助。年少时，她曾天真地建议他逃出皇宫，可是他根本听不懂她告诉他的那些事。对他来说，潮湿阴暗的地牢就是他的整个世界，除此以外，他什么都没见过。大海、船只、音乐，都是她为了让自己黑暗的日子好过一些而编出来的故事。他是对的，当然。他在外面的世界无法生存。阳光会刺瞎他的双眼。人们会嘲笑他，讥讽他，朝他扔石头砸死他。

她的母亲、父亲、表兄们，都已经忘记了他的存在。但她没忘。她不时想起他，仿佛远处天空不时传来的雷声在提醒着他的存在。他把畸形的头枕在她腿上，她用手轻抚着他稀疏的头发，给他带来安慰和安宁，也给自己带来平和与温暖。

他们赶到港口时，发现前来接应的雅典人已经搬出六小桶沥青，挂起来，用火石和破布点着，扔到停靠在岸边的那些船只甲板上。水手们都忙着给自己的船只灭火，无暇他顾。

她呆住了，现在才明白成就一个传奇意味着什么，明白父兄们不让她了解这些可怕事情的原因。她犯了致命的错误。她现在懂了。一时的软弱导致了现在的灾祸，使之就像打火石的一丝火星迅速蔓延，变成了包围着她的熊熊烈火。眼前金属撞击，木板断裂，空气中烟雾弥漫，让她无法呼吸。

这时他拎着一个袋子，和三个同伴沿着码头向船奔来，身后是追逐他们的王宫卫兵。他和她之间，只有一臂之隔，只有他才能把她从绝望的深渊里拯救出来。只要他能跳到船上，她就会再次过上安全幸福的生活。四个男人纵身一跳，跨过了船和码头间越来越宽的距离。一个跟在他们身后追赶的士兵也跳了过来，但被剑刺中脸部，掉进水里，血溅了那个刺中他的人一身。第二个跳过来的士兵攀在船沿上，手指被踩断，手一松也掉进水里，落在先前那个同伴的尸体上。不一会儿，船离岸边越来越远，隐隐听见远处传来的愤怒的喊声，很快就被熊熊大火的嘶吼声淹没。

他转向她，搂住她的肩膀，把她拉到怀里。这一刹那，她视而不见熊熊的火光，听而不闻烈焰的嘶吼，只感觉到他身体的温暖和汗味的性感。低下头，她看到落在甲板上的袋子张开了口，露出她哥哥的头颅。

叫醒她的是彻骨的寒冷，还有帐篷外那二十万只海鸟一同起飞的声音。从阴暗、循环往复的噩梦中醒来面对现实，任何现实，都是一种解脱。她走到门边，看到昨晚把她吓坏了的那些海鸥从藏身之处飞向空中，像灰烬从火焰中升腾而起。先是黑色的背，然后是白色的肚子，整个鸟群像一团灰色烟云，朝着大海越飘越远。

鸟群飞走后，空气如洗，一片苍茫。有那么几分钟，她觉得自己可以抽离出来，客观地看待前一天发生的事情，好像这些事都是发生在别人身上，或者仅仅是多年前的陈旧往事，与她无关。可是痛苦突然袭来，生猛且真实，肠胃一阵抽搐。她在一块岩石后蹲下大解。自己的粪便让她恶心，更让她恶心的是土层很薄，根本无法遮盖住大便。她扯了一把草，可是一阵风吹过，草也被刮走。她不得不用一根树枝，把粪便推到岩石的缝隙下面，眼不见心不烦。

她喝了一点泥坑里的积水，恶心得想吐，但还是强迫自己喝了第二口。用铺在帐篷地上的毯子裹住身体，沿着海岛的边缘走了一圈。岛的外围像个八字，两侧较窄处分别有对称的两片卵石滩。走完一圈用了两个小时。岛上没什么树，随处可见一丛丛低矮的灌木，被风吹得倒伏在地。地面覆盖着大片大片绿色植被，海石竹、欧洲蕨、海剪秋罗茂密地生长，海雀摇摇摆摆，蝴蝶翩翩飞舞。海岸线大部分都是悬崖峭壁，还有些地方是大块大块堆积如山、摇摇欲坠的岩石，光秃秃的。露出海面的石块由于被海水侵蚀已久，形成一道道黄色印记，水下一蓬蓬海草随波逐流。眼角的余光捕捉到有什么东西在动，有那么一刻，她还以为自己终于找到同伴了，但那只是一群躺在海角休憩的海豹，像鱼，又像狗，湿漉漉的皮肤宝石般闪着斑驳陆离的光。唯一一处人类踪迹是一个远古时期的怪石阵，石阵散发的诡异气场令她毛骨悚然。

她回到帐篷里。帐篷驻扎在小岛中间地势较低处，低洼的地势帮她阻挡了肆虐的海风。肚子饿的咕咕叫，却什么吃的都没有。要多久不吃东西才会饿死一个人，她无从知道。

他搂着她，直到她的抽泣慢慢停止。他擦去她脸上的泪水，注视着她的眼睛。“我是这群人的头领。他们需要我为他们树立榜样，需要知道我拥有他们所不具备的能力，需要知道我有杀死怪兽的能力。”他的语气很平静。不过他也不需要发火。“十年了，你的父亲每年杀我们十二个人。这些人也有姐妹，也有母亲。你的父亲是打算把我们活埋的。我只不过杀了你哥哥。我本来可以做比这残忍得多的事。”

她别无选择，不得不接受这个男人，把哥哥抛在脑后。她不得不抛弃过去的生活，全力塑造一个陌生的自己。这是不是全心全意爱一个人要付出的代价呢?

第二天，天还没亮，她就被饿醒。饥饿像摔断的肋骨戳得她生疼。原来，身体对饥饿的反应如此强烈。

一场冷雨从天而降。她躲在帐篷里，不想出去淋雨。但是生存本能占了上风，于是她再次滑下碎石山坡，来到那个小小的海滩。她站在高高堆积的卵石坡上，环顾四周，不知道能吃什么。从来吃的都是精心烹饪、入口即吃的食物。怎么做饭，用什么做饭她一无所知。她喜欢吃水果：葡萄、梨、温柏……可是，这个岛上什么水果都没有。在她左边，地上还扔着那只小海豹的头，可是得烤熟才能吃，而她没有火，况且看着这东西她就想到她的哥哥。

她试着咽下一团水草，但水草质地坚韧，夹杂着砂石，表面还有一层黏黏滑滑的东西，根本无法下咽。岩石滩的石头表面粘着些贝壳，粘得太结实，抠不动。她蹚着水走进浅水处。海水没过脚踝，像冰制镣铐。她弯下腰，翻开水底的石块，拨开乱蓬蓬的海草，紧张不安地盯着，生怕蹿出什么可怕的东西。她往海里又走了一点。慢慢地，生存的本能超越了所有恐惧和担忧。

现在，刺骨的海水已经没过了她的大腿根部，踩在脚下的石头几乎看不见了。要想翻开水底的石块，她得把脸埋进水里。这时她的手指触碰到一些比周围的石头更尖、形状更规则的物体。她拉扯着把这东西从水底拔了出来，是一团粘在一起的贝壳，表面布满斑斑点点的石化灰浆。她走出水面，海水的冰冷把周围的空气衬托得温暖起来。她试着用手强行把贝壳掰开，指甲断了，贝壳却纹丝不动。她走上沙滩，找到一块突出而平坦的岩石，把贝壳放下，拿起一块大鹅卵石，把贝壳砸开。贝壳里面有一小团肉。拨掉贝壳碎片，把中间的肉挖出来，放进嘴里。这东西吃起来好像带咸味的黏痰。她犹疑了一下,狠狠心咕咚咽了下去。至少不需要咀嚼。她吃了第二个。又吃了第三个。

空气的温暖逐渐消退，她的身体不受控制地打冷战。还剩下五个贝壳。带着贝壳，爬上碎石山坡，爬向荒草丛生的山坳。她走进帐篷，想擦干身子暖和暖和，再把衣服晾干，可是雨水从帐篷顶部流下，漏了一床。她累得筋疲力尽，没力气收拾，干脆脱掉衣服，把自己用鹿皮毯子包裹起来，在还算干燥的那一边躺了下来。

她嚎啕大哭,前后左右不停摇晃着身体,慢慢进入了半睡眠状态,这让她多少平静了一点。但没过多久，肚子一阵剧痛。一点预兆都没有，她张大嘴“哗”地吐了一地，就吐在眼前。她翻个身背对着那一堆呕吐物，不再看它。剧痛有所缓解。

他命令一个女人到甲板下层拿一件斗篷上来，让她坐在船侧的一条长凳上，然后回到男人们中间，命令他们调整船帆，注意礁石，收起绳子。这些事都干完后让他们坐到摇桨的位子上，让船保持全速前进。等陆地彻底消失在他们身后，他命令船只改变航向，以甩掉任何可能跟踪他们的敌船。

她从来没有坐过船。清冽寒冷的空气和船头飞溅的浪花都让她吃惊。起初，甲板的摇晃和上下颠簸把她吓坏了，不过船上其他人似乎对此都习以为常。她只好假设这跟小时候玩的游戏一样，就像跳绳，或是被高高地抛到空中，再被她父亲接住。

最让她感到不安的是大海的浩瀚无垠。她揣测着船板下面海水的深度，感觉腿肚子一阵颤抖，恶心反胃，好像她正站在一个高塔顶上往下看。对她来说，他们不过是站在一块比一个庭院大不了多少的木板上，漂浮在水天同宽的海面。他们可能都不会游泳，可能离死亡只有十步之遥，想到这些她才意识到水手们是多么勇敢，或者说是多么愚蠢。

想到哥哥，她的头剧烈地疼起来。她尽量让自己一动不动，看着、听着周围的一切动静，努力把自己从头疼中抽离出来。

终于，划桨的人们停了下来，一篮子食物从甲板下拿上来，橄榄、咸鱼、淡水和一种她以前没有见过的饼干。他在她身边坐下，但只和她说了两次话。她有种感觉，好像自己已经被他接纳，走进了只属于他们两人的神奇光环，其他人都被排斥在外。这让她感到甜蜜。他在外人面前需要一个公众形象，她能够理解，甚至有些受宠若惊，这个男人私底下独属于她。

夜幕降临之前，他们把船停靠到了这座小岛的海湾里。用绳子放下一艘小船，三个男人划着船，先行上岸侦查。他们带回消息说岛上无人居住，然后开始往海滩上运箱子、包裹和一捆捆的物件，又沿着草地边缘扎起几个帐篷，再把船上的乘客接下来。

夜晚的深沉吓坏了她。在家里，火把的光照点亮之处，总能看到石墙、墙上抹的灰泥和挂着的织物。她从没有见过如此纯粹的黑夜，整个世界就这样被黑暗吞噬。她有些不知所措，时间空间开始交错模糊，想起了儿时听到的故事。开天辟地时卡俄斯（即混沌）生下了爱和地狱，克洛诺斯用一把镰刀阉割了自己的父亲。现在这些故事对她来说,真实可信,和小时候发生在表兄们身上的意外一样真实。格劳库斯差点淹死在一桶蜂蜜里，卡特厄斯想要骑一头公羊，结果却把自己的手臂摔断了。

他们吃了很多咸鱼，吃了很多扁扁的、磨盘形状的风干无花果。几个男人在海滩上发现了一头小海豹，他们把小海豹的妈妈赶走，杀死了小海豹。他们把海豹肉挂在火上烤熟，但几个女人说这肉太难吃，简直无法下咽，所以她连尝都没尝，反正再等两三天就可以大吃大喝了。况且，她喝下的那些甜酒足以给她带来饱腹感。

眼前的一切是如此新鲜，吸引了她全部的注意力，以至于她完全忘了夜晚结束之前，还有一件事情等着她。他喝完最后一杯酒，拉着她的手走向帐篷的时候，她才醒悟过来。她不知道他会对她做什么。母亲没有教她，表兄们更不会跟她说这些。与此有关的知识都是偷听用人们闲聊得来的，似乎她们觉得这事挺滑稽，尽管她们的话听起来既让人反感又让人紧张。她安慰自己她们谈论的男人跟她要嫁的这个男人不一样，自己的男人要好上百倍。

他拉上帘子,开始吻她,吻了很久。她疑惑着,他会不会伤害她，但他只是一只手伸到她的裙子里，抓住她的一只乳房。感觉很奇怪，他笨手笨脚，方法也不对。她不清楚她是否应该有所回应，该怎么回应。白天她还确信他会保护她。现在看来，她付出的代价似乎有点大，代价是什么还不确定。她的性命取决于是否能待在他的羽翼之下，是否能够待在他的羽翼之下取决于她是否能够取悦他。这个清晨，她已经抛弃了过往。现在她要再次改造自己。她从他的亲吻中挣脱出来，问他："你希望我怎么做呢？"

他笑了，拉起她的裙子，把她转过去，让她弯腰趴在床边。那些女佣们是对的。他对她做的事的确很恶心，让人心慌意乱，同时又很滑稽。她本应该表现得再成熟老练一些，但整个过程下来她居然觉得自己好像回到了童年，和人摔跤，练习倒立，打侧手翻。起初，做这种事让她觉得羞耻、肮脏，后来她意识到，做个单纯的孩子也不错，就算做错事也不用承担责任，什么都不用想，把今天发生的事情通通忘掉，只要及时行乐就好。

完事后，他翻身躺回床上，拉过一条鹿皮毯盖住他俩的身体，接着把她抱在怀里，很快就进入了梦乡。为了不吵醒他，她只能一动不动，听着帐篷外的声音渐息，直至彻底的宁静。大家都回各自的帐篷睡觉了，噼啪了一晚的橘色篝火也慢慢熄灭。偶尔有大风吹动顶篷的一片帆布，露出小小的三角形天空，三颗星星挂在低垂的夜空，永恒闪耀。

午后，雨住。胃不再疼痛，脑子也清醒过来。她把湿漉漉的衣服挂在帐篷外晒太阳。接着把床单也晾出来，把帐篷后门卷起来，希望穿堂风能够把帐篷里泥泞的地面吹干。她赤裸着身体，用手掬起地上的呕吐物，倒到帐篷外，抓把草擦干了手。她机械地做着这些事，大脑一片空白。恍惚间，她仿佛看到了另一个自己。短短一天的时间，她已判若两人。

一块青苔覆盖的大石的凹处有一个浅浅的小水洼，洼里的水略带咸味。喝一口，冰冰凉，掩盖了土腥味和植被的味道。

她第一次觉得，也许能在这个岛上存活下去，但要活下去，她就得像狡猾的狐狸一样不停地狩猎，过一天算一天。

裹着毯子，穿着凉鞋，她走到岛上灌木最茂盛的地区。她记得没错，一些灌木上确实长着小小的红色浆果。她不想像今天早上吃贝壳一样急急慌慌，所以小心地采了一枚浆果，放进嘴里，牙齿轻轻咬下，味道酸涩难忍，她只得把果子吐出来。

她沿着碎石坡来到沙滩上，决心要克服对小海豹头的恐惧。可是那个海豹头已经腐烂，臭气熏天。走近一点，还能看见腐肉里有什么东西在蠕动。

得想办法生个火。如果能生起火来，或许可以把贝壳肉弄熟再吃。多年前她见过表兄们从厨房里偷火绒盒玩火，后来被大人抓住打了一顿。火绒盒里一般有两块石头和一团火绒。她没有火绒，可她有无数的石头。于是她开始在海滩比较干燥的地带搜寻，捡了一些石块，背对着风，用两块石头使劲对撞摩擦，等待着火星的迸发。可是，试了很长时间，一点火星也没擦出来。

她再次爬回到草地上，精疲力竭。衣服已经干了，可她却连穿衣服的力气都没有。躺在帐篷口，看着天上云朵的阴影掠过海面。真想就这样躺着一动不动。虽然理智告诉她，越躺会越没力气，越没力气就越难找到吃的东西，但是她既没有站起来的决心，也想不出如果站起来能够找到什么。

他说得对。她父亲做过更残忍的事。她想起了坑里的那些尸体。也不知道那些人被埋时，是不是还活着。她想象着泥土落到嘴里，身体被压得不能动弹的感觉。

毫无疑问，她父亲有很多事情都对她守口如瓶。或许，从父亲的角度而言，他做的事虽然残忍，却是为了保障臣民安全而必须付出的代价。是不是这样，她永远无法得知。

她已经三天没有讲话了，也没听到任何人声。她的思维变得更清晰，也更混乱。皇宫里那些围着一个圆心建造的环形屋子、公共空间、花园，宫殿外的城镇、如蜂巢或蚁穴般设计精巧的建筑，都是谁设计的，无人知晓。父亲的形象整天在她脑海里徘徊。他站在落地窗前，向下看着港口。她坐在他脚边，玩着一副象牙牌。他的脸被海上反射来的阳光照亮。他没有看她，但知道她在那里。她那时还是三岁、四岁或者五岁的孩童，无知无畏。

后来，她看到他动手打她的母亲，看到他的手砸在一个陶盘上，把盘子砸得粉碎，他是如此愤怒，以致都没有察觉到手出血。她看到他下绞刑的命令，看着那些即将被绞死的人哭着被拖出房间。

现在，她清晰地看到，父亲也是自带光环的人。她爱他，但这种爱不是出于对他本人的爱，更多的是因为他让她进入了其他人不能进入的光环。

第二天早上她在海滩上又仔细搜寻了一遍可能擦出火花的石块。这次把每个种类的石块都选了两块，带回到帐篷里，那里空气干燥些，也没有海浪飞沫的干扰。她轮流用石块撞击石块，终于，有两块石头砰一声相撞之后溅出一个小火星，她精神为之一振，赶紧从裙子上撕下一角，用脏指甲扯着布头，扯下一堆跟鹪鹩巢一样乱蓬蓬的淡黄色纤维。

突然想起没有木头。怎么会这么蠢！她恐惧地意识到自己正在失去提前做计划的能力。出去找木头又得耗费巨大的体力。想到这儿，她哭了起来。但再哭也无济于事。于是，几分钟后，她停止哭泣，裹上鹿皮，沿着小岛又绕行了一圈。

岛上没有树，也就没有木材，所以她捡了一堆干枝杈。从悬崖边上往帐篷走的时候，看到海浪里有动静。转过头，只见两只海豚跃出水面，在空中划过一条优美弧线，落入海里，接着又跳出水面，好像身下有看不见的轮子推着它们前进。它们美得让人窒息，如两只体形修长、银光闪闪、没有翅膀的灰色大鸟。

海豚在嘲笑她，嘲笑她不会游泳。她会死在这里，而它们却可以恣意遨游到天涯海角，再游回来。她梦想能跟它们一样自由，但转念想到，就算自由了，也无处可去。雅典不会接受她。家乡也不会再接纳她。这里恐怕是最好的归宿了。

海豚游走了。她回到帐篷，把树枝堆在之前那堆篝火的灰烬上，然后在原有的石头圆圈里堆起一个小圆圈，拿出那两块打出火星的石头，和那一小堆棉花火绒。

还是不行。二十次中只有一次能擦出火花，但却没办法让火花落到火绒上。她试了一百次，两百次。双手鲜血淋漓，肿了起来。胳膊一点力气都没有了。火绒还是点不着。

她太累了，不能让自己保持清醒，又无法陷入沉睡。她在半梦半醒之间游走，在噩梦的边缘追逐着无名的恐惧，然后被这种恐惧惊醒。她梦到从船上掉下来，又梦到自己沿着一条无止境的鹅卵石小路往上跑，后面追逐她的是一个叫不上名字、长着海豹脸的怪物。猛一看那怪物是她的哥哥，仔细看又不是。

破晓，她静躺着，听剪嘴鸥们起飞的巨响。等到四周只剩下浪涛拍岸的声音，她站起来，走下沙滩，走到海湾旁边的一块大石头旁，爬上去，直到能够俯瞰深深的海水。在岩石上坐下来，双腿垂悬。一只水母在她脚下游动，好像一个发光的球体，罩在一个白色袋子里，边缘焦黑，拖拽着参差的触须。它在慢如微风的浪涌里有节奏地摆动。她看着，看呆了。时间已经失去了意义。

水母游走了。透明的绿色水波摇摆收缩，像火焰在炉床上跳舞。

左手的手背起了一大片红疹，皮肤发红，开始脱落。用手指抚摸手背，她感到疼痛，但那疼痛不属于她。

吃力地爬上山坡，突然听到女人的说话声，还有小铃铛发出的金属撞击声。她加快了攀爬的速度。但等她跑到凸凹不平、杂草丛生的山坳，声音消失了，也不见任何人影。

肠胃又一阵绞痛。她不再试图去找遮挡，直接就地蹲下，拉了一堆散发着恶臭的橘色液体。她扯了一把又一把干草反复擦屁股。

漫无目的地朝岛的高处走，只是为了拖延回到帐篷的时间。茫茫的大海让人心烦，所以她低下头，眼睛看向地面。地上有一个一个的小洞，剪嘴鸥就是从那些洞里飞出来的。停下来，使劲跺脚，下面中空。地底一定有数不清的蜂巢状小洞，还有纵横交错的地道。她四肢着地，开始刨面前那个洞的洞口。土地里不少植物的根茎纠缠在一起，她不得不找了块尖锐的石头把最难缠的根砍断再往下挖，越挖越深，弄出了一条深沟。突然有什么东西在她手边刮擦、扑腾。又挖出两捧泥土之后，发现两只胖乎乎的灰色小鸟，在地下隐秘的巢穴里抱成一团。本来指望着找到一些鸟蛋，但这个季节鸟蛋已经全部孵化成小鸟。她抓起其中一只毛茸茸、鸽灰色的小鸟。小鸟居然用钩状的小黑嘴啄她的手。她站起来，用鞋跟把小鸟的头踩扁，石头的尖角朝着小鸟的胸脯戳去，把小鸟开膛破肚。她满手是血，血上还沾着细小的绒毛。咬下小鸟温暖的内脏，咀嚼着小鸟的骨骼以及所有能咬下来的东西，连羽毛带肉全部吃了下去。恶心得差点吐出来，但还是忍着恶心继续咀嚼。一共三口。一只小鸟被消灭。她看着死去小鸟的兄弟。它也抬头看着她，嘴巴张开，等待着被喂食，黑色的眼珠子在阳光下闪烁着。

用鹿皮擦擦嘴角，她走开了。

她记不起母亲的样貌，却能记起哥哥、表兄们和父亲的样子，能记起坐在议事厅的那些男人们的样子，也能记起那四个备受信任、在皇宫服侍她们的四个男仆的样子。可她就是想不起母亲的样子。

母亲是把她带到这个世界的女人，是父亲深爱的女人。每次在脑海里把目光投向母亲的时候，她看到的只是跟她讲话的男人，和她玩耍的孩子，正在听她指示的仆人。她意识到母亲其实什么都不做，什么决定都不拿，整个家庭都围着她转，却无须跟她有任何交集。母亲在这个世界上没有任何存在感。

她们是多么相似，她和她的母亲。她们就是一张白纸，男人们在她们身上书写传奇，而她们就是承载这些传奇的媒介，有了她们男人们才能书写成就，但她们对成就本身毫无贡献。

她也不记得自己的容貌，于是走出帐篷，走到岩石旁的那个小水洼边，背对着太阳，用鹿皮搭成个斗篷，挡住阳光的直射。水里，她哥哥的孪生妹妹正盯着她，头发像他那样打结缠绕，皮肤跟他的一样肮脏，双颊凹陷，眼圈发黑，脸上只剩一层皮。

晚上有暴风雨。雷声震耳欲聋，像房子倒塌发出的巨响。每一个炸雷之后，帐篷都会被闪电的光芒笼罩，那蓝色炫目的强光会在眼底跳跃好几分钟。她希望闪电能够直接击中自己，这样所有的痛苦都会在瞬间结束。但这种好事并未发生。帆布的帐篷被风吹得鼓胀起来，啪啪响动。几个小时后，她从半睡状态中醒过来，发现粗糙的帆布擦着她的脸，帐篷围着她倒在了地上。风把帐篷吹得像帆一样鼓起，拖着她在地上滚来滚去。她已经失去了方向感，随时会被吹下悬崖。她还不想死，不是现在，不是这样的死法。不想摔在岩石上，粉身碎骨地死去，也不想像条塞在布袋里的狗那样被淹死，但是又没有力气挣脱帐篷的束缚，所以她平躺着，祈祷风力减弱。终于，一阵强风把她从地上刮了起来，重重地撞在一块圆形大石头上，帐篷也不再随风翻滚。她依然动弹不得，能做的只有用双手捂住耳朵，不去听狂风的怒吼，帆布的拍打，安安静静体会内心的伤痛。

早晨到来，风力减弱。她从帐篷堆里脱出身来，把帐篷里剩下的东西卷成一团压在岩石下面。昨天大半个夜晚她都躲在这块岩石后面。回头去看原来搭帐篷的四方形区域，野草被压得倒伏在地，两根桩子孤零零地立着。重新搭起帐篷已经不可能。她喝了一点水，痛苦而缓慢地把破帐篷往海滩的一头拉，那里至少可以挡些海风，晚上也可以蜷缩起来。

头突突地持续抽疼，肠胃里也翻江倒海地难受，再也没有力气可消耗。于是她躺下，闭上眼睛，想要补一补昨晚被打断的睡眠。快要陷入沉睡之时，女人的说话声和若隐若现、金属铃铛的敲击声又传到她的耳朵里。但睁开眼睛，听到的只是海浪的拍击。接着，她沉入了一场栩栩如生、断断续续的梦境。再一次置身那间婚房，站在床边，仔细审视着挂毯上哭泣的妇女和远航的船只。这次，她看到了之前没有注意到的东西。正方形挂毯的左下角是绿色的岛屿，上边有一群人。他们朝着哭泣的妇女走去。不知道他们是去帮助她，还是要杀了她。想走近一步看仔细，梦消失了。

太阳高悬，空气暖和起来。趁还有力气，她决定去觅食。捡起那块尖尖的石头，爬上长满灌木的草坡。她的灵魂一半在肉体里，另一半已经游离到半空盘桓回旋。她突然行动自如，走路也不再是问题，甚至能够闻到那小小的蓝色花朵的芬芳，看到两只海鸥在微风里恣意翱翔。

找到最大的一株植物，掰下最直、最粗壮的枝干，用石头把枝干的一头磨尖，走到之前见到海豹的海湾。不知道那是几天前的事了。她想当然地以为它们还在那里，而它们竟然真的还在那里，三头成年海豹，一头幼崽。她坐在杂草丛生的岩脊上，观察地势。下面是一块平坦、倾斜着浸入水里的岩石，岩石旁的小水沟里，躺着那几只海豹。从她坐的地方到下面的岩石大约有两个成年男人的身高加起来那么高。于是，她用嘴巴咬住自制的临时武器，转过身让脚先垂下去，手抓着岩石让身子一点点地下滑，然后松开手，跳了下去。

有那么一瞬间，她感觉自己飞了起来，然后重重地摔到地上。疼痛如此剧烈，让她无法呼吸，只能抱住自己，呻吟着，等待疼痛感慢慢消散，才翻过身躺好。她检查了下左手。小手指向后翻着，完全不听指挥。任何触碰都疼得无法忍受，冷汗淋漓。

她抬头看那块长满了草的突出的岩石。不可能爬上去了。往下看，海豹还在那里。它们好像对她的出现无动于衷。她告诉自己这是个好兆头。它们很温驯。应该能够完成接下来要做的事情。

自制武器已经顺着岩石滑了下来。她站起来，想要走过去把杆子取回来。可是突然眼冒金星，头晕目眩。坐下来，等了一会儿，然后趴在地上，用那只没有受伤的手一点一点拖着身体往前挪，把杆子拾了回来。

她向海豹爬去。两只成年海豹盯着她。现在离它们大约十五步的距离。它们比想象的要大得多，身体几乎像公牛一般庞大。其中一只成年海豹把小海豹推进水里，然后跟着小海豹潜入了水中。离它们十步远了，此刻可以很清楚地看到，尽管它们看上去蠢笨不堪，可实际上非常强壮，体重惊人。她意识到即将要做的事情非常危险，也不太清楚到底为什么要这样做，但是改变主意另做打算好像更难。离它们只有五步远了。其中一只海豹笨拙地朝着她的方向爬来，抬起后尾，张开嘴冲她叫。那声音听起来像有人拿勺子刮擦瓶底那么刺耳。它在同她讲话。已经很久没有人和她讲话了。她几乎想要回答它。这些动物能够拯救她。她有些后悔为什么不早点来。这会让生存变得简单很多。

把右手平放在地上，她慢慢撑着地站了起来。还有点晕眩，但不再眼冒金星。海豹翘起尾巴，又叫了起来。她抓紧杆子，向前一步，用杆子的尖头刺向海豹头部的厚肉。海豹的移动速度出人意料地快，轻轻一摆把杆子拍掉，同时身体一滑，牙齿紧紧咬住她的脚踝，再次摆头把她掀翻在地。海豹松开口，她朝着海槽倒了下去。她伸手想抓住石头，但是石头上长满水草，黏滑得很，无法攀附。她的身体砸进了水里，双臂在水中乱摆，绝望地想要找到可以抓牢的东西，可是什么都没有。她沉了下去，呛了一大口咸咸的海水，咳嗽着吐了出来。终于抓住了两丛水草，她把头伸出水面，看向四周，担心海豹会再次袭击她，但两只海豹都不见了。她疑惑着，不知道它们是否在她身下的水里游来游去，等待合适的时机。向下看，看不到自己的脚，只有粉色的泡沫和像云一样丝丝缕缕在水里化开的血水。

她紧紧抓住水草，尽可能让自己的呼吸缓慢、平稳，然后把自己往海槽的一边拉,有一边的底部凸起,这样就站到了齐腰深的水里。现在的她浑身上下疼得撕心裂肺，寒冷深入骨髓，冻得她不停颤抖。可是，要从水里出来就要爬上那块被海草覆盖的突出的岩石。虽然高出水面不过一个手臂的距离，但是爬上去所需的精力已经超出了她的想象。

世界变得模糊，然后又清晰起来。她看到杆子就在岩石上方一点点的地方，顶端还沾着海豹的血。记得她吃过一只幼鸟。那是昨天还是前天的事呢？这些事情她已经很难记清楚了。为什么不再去鸟窝里掏小鸟吃,而要到这里来杀一只体型比她庞大十倍的动物呢?她无法回答这些问题。

毫无征兆地，周遭的水位升高，一只海豹在几英尺外跳出来，向她猛扑过来。不知怎么搞的，她突然脱离水面，爬上了那块岩石的斜坡，瘫倒在岩石上，喘着粗气回头看。海豹已经不见了。她检查了一下自己的腿，脚踝处有一道深深的伤口，能看到伤口里面白惨惨的东西，可能是骨头，也可能不是。她转过头不看。

有一次她去地牢，发现哥哥满头满脸都是血。问他发生了什么，起初他什么都不肯说。她从水桶里取了一点水，给他清洗伤口，然后从裙子上撕下一个布条包扎伤口。她用双臂抱住他，问他是不是那些看守干的。他摇摇头。她把他推开，看着他的眼睛。

“告诉我。”

“我干的。”

“你干的？”

“我干的。”

“你自己弄的？怎么弄的？”

“墙。”他朝着砖头拱顶的弯角处指了指。她看到了上面的血迹。

“为什么要这么干？”

“我想要让它结束。”

“你要结束什么？”

“所有。我想要结束一切。”

她假装听不懂。她现在才明白自己是多么懦弱。如果当时勇敢些，如果真的爱哥哥，她应该拿一把刀走下黑暗的台阶，刺进他的胸膛，让他死在自己的怀里。

夜幕降临。沉沉夜色中，剪嘴鸥飞回巢穴，她听到了既非海豹亦非鸟的动物叫声。她听到了狮子、猎豹和狼的叫声。她听到了脚镣当啷当啷的声音。她听到了醉汉的叫嚷、火焰的噼啪声。她听到了一个庞然大物在她耳边呼吸的声音。她听到了气流在它的鼻孔里进进出出的声音，闻到了它发黄的牙齿间散发出的腐肉味道。她感觉到了它呼吸的热度。

暮色昏黑。寒冷刺骨。细雨淅淅沥沥。她无法移动她的腿，无法移动她的手。世界如此微小、如此明亮，小到可以盈盈一握。

她抬头看着上方绿色草地的边缘。她就是从那上面跳下来的。那上面某个地方有一张床。就算有回去的路，她也看不到。有一条腿可以稍稍移动，应该试着站起来，找到上去的路。不过这块岩石当床也不错，而且原来那张床好像已经被风吹走了。她呼吸时闻到了嘴里的氨味，低头看看受伤的手，一根手指已经变形，看起来不像人的手。

她在花园里。花园里有喷水池，有薰衣草丛。表兄们用树枝袭击薰衣草上的蜜蜂，引得蜜蜂怒而结集成群，像乌云般嗡嗡地飞来飞去，保姆们赶紧把他们拖开。她有一次踩到了一只蜜蜂，脚被蜇得有原来的两倍那么大。花园里也有凉亭，她能坐在里面避开暑热。在她最喜爱的凉亭里，能够看到王宫城墙外的码头，船只正进出港口。她喜欢想象那些船只来自遥远的国度，来自老人们谈起的国家。有的国家土地上全是沙子；有的国家的人皮肤是黑的，像李子一样光滑发亮；有的国家的水蜥蜴有划的船那样长。

她在玩一个剥光皮的柳树枝做的环，环的末梢用细细的绳子绕着固定住。如果没有人挡着，她可以用一根棍子，赶着这个圈，绕着整座花园走一圈。

这是世界上最美丽的花园。她永远不想离开。只是她不记得花园在哪里。

海风刮起，浪花扑溅在下面的岩石上。天上挂着一轮满月，巨浪就像黑色的小山，浪尖带着蓝色的雪，膨胀、收缩，然后掉在突出的岩石上，变成冰冷的飞沫，像雨滴一样打在她的身上。她想躲在那些波浪下面，随着海浪下潜，直达深海。那里海豚游弋，水母随波漂浮，森林般的海草前后摇摆。那里一切都那么安逸。而现在，水面以上，一切都让她痛苦难忍。

拂晓来临。她的嗓子和嘴巴干得冒火。嘴里没有唾液可滋润，嘴唇干裂流血。右眼看到的是雾茫茫的一片。

一群海鸥站在岩石的另一端，看向大海，用橘红色的喙整理着灰色的翅膀，抖着身体把羽毛整理干净。它们的眼睛像小小的黄色宝石，中间缺了一块，留下黑色的洞。大海像银箔一般波光粼粼。海豹又回来了。

她又听到了钹的声音，远远的、尖锐的金属声随着微风时断时续，一会儿吵闹，一会儿安静。不知道是不是她的听力出了问题。接着她听到了细微的，但毫无疑问是巨兽的嚎叫，那慢慢吞吞、轰隆隆的声音，像是碎石小路上滚过了一个大桶。海鸥惊散飞走，海豹滑到了海里，只在身后留下一圈一圈的波纹。

周围陷入了死一般的寂静。她看见了他。他体型庞大，全身赤裸，只系了一块遮羞红布，比船上的那些男人都要高，也更强健。他的头太大了，脸上有血。身旁跟着一头猎豹，走路悄然无声。身后站着六个赤裸的男人和六个赤裸的女人。有些人带着自制的头冠，系着挂着爬行动物和绿色树枝的腰带，有些拿着刚刚捕杀的猎物：兔子、狐狸和山鸡。

他站在她面前，呼吸沉重。他的胸膛和肩膀上长满了硬直的黑色毛发，头上长着角，腿上沾了粪便，粗大的阳具直直竖立。他弯下腰，把她拎起来。她能够闻到他呼吸里的酒味，还有牙齿间腐肉的味道。他舔了舔她。她似乎在哪里见过他。她不害怕。再没有人能够伤害她了。她已经没有什么可以被伤害的了。

他把她翻过来，放下，插入她的身体。他在她体内前后抽动，像海浪拍打岩石，像海鸟来来去去，像白天与黑夜的交替，像春夏秋冬的轮回，像心脏一缩一张，像脉搏带着血液的流动。

然后他们都压在了她的上面，男人、女人，咬她，撕扯她，剥她的皮，拉她的头发，敲掉她的手指，挖她的眼珠，割她的脂肪和肌肉，把她体内的肠子和器官拉出来，直到她彻底摆脱自己的肉体，高高升起，向下看着躺在岩石上的骨架，看海鸥啄食残余的肉块和碎骨。她看到了风吹，看到了草动，看到永不停歇的海浪拍击着小岛。小岛越缩越小直到变成汪洋大海中的一个小突起，大海变成地球表面的一滴碧蓝色眼泪，地球在太阳的光热中也迅速缩小。她向上飞升，飞进无垠夜空，变成了北冕座里七颗耀眼的星星组成的璀璨华冠。

她羽化成仙。

善良的莉亚

他爱吃玛氏巧克力条和雀巢奇巧巧克力。他爱吃双层迷你巧克力，佳尔喜焦糖巧克力和雀巢约克巧克力。他爱吃锐滋巧克力花生酱和吉百利奶油蛋。他一次能吃完一整盒花街巧克力，有好几次他就是这么吃的，可能不止几次。他爱吃白巧克力，但不是特别喜欢麦丽素、吉百利味思巧克力棒和蜂巢脆心牛奶巧克力这类酥脆夹心的威化巧克力，没什么嚼头，吃起来还嘎吱响。当然，如果把这些吃的放在他面前，随便哪一样，他肯定不会拒绝。他不喜欢吃水果硬糖和橡皮糖。他挺喜欢吃巧克力消化饼干。他喜欢吃奥利奥饼干和波路梦巧克力饼干。他喜欢吃椰丝蛋白酥和苏格兰黄油酥饼。他从来不买谷物棒这类健康食品，但对他来说，松软厚实的甜燕麦饼是这个世界上他最无力抵抗的食物之一。

他爱吃浓稠香甜的蛋奶沙司。他吃家乐氏玉米片和维他麦的时候喜欢撒上几小勺糖。他喜欢从冰箱里取出干酪块刮成碎屑吃，红列斯特干酪是他的最爱，马苏里拉干酪也可以，物美价廉、有嚼劲。

他爱喝亚佐牌香蕉牛奶，就是在加油站或服务区附近的便利店有卖、装在矮矮胖胖的塑料瓶里、拧开瓶盖揭掉铝箔封口再喝的那种。喝酸奶时要是拌上红糖或者枫糖浆，他能一口气喝下一升。

他爱吃热狗和汉堡，特别是在圆面包中间抹上厚厚的黄油和番茄酱的那种。他爱吃炸鱼，吃薯条时只加盐，不加醋。他爱吃烤鸡，他爱吃培根，他爱吃牛排。任何口味的冰激凌，只要是他吃过的，他都来者不拒：葡萄干朗姆酒味，戴姆巧克力碎味，花生酱味，提拉米苏味……

可是，对这些人间美味大快朵颐的好日子已经一去不复返了。现在，“吃”这件事于他而言基本是生存所需，毫无乐趣可言。他想吃甜食，想吃油炸食品，可就算吃了甜食和油炸食品，他也高兴不起来，反而会加重他对其他食物的渴望。他非常讨厌听到人们说“安慰性进食”这个词。吃东西很早就不能给他带来任何安慰。只有在梦中自如地奔跑和欢畅地游泳时，他才会觉得心情变好。可是，只要一做这样的梦，他就会哭醒。

他二十八岁，重三十七英石[①]。

他有一张九岁的照片，早已褪色，皱皱巴巴。照片上，他站在伯恩塞德公寓楼外的走廊上，穿着新校服。那是他去圣裘德学校上学的第一天。去学校之前，妈妈跑回家拿相机给他拍了这张照片，好像担心再也见不着他，要留个纪念，或是万一走丢了得给警察提

---

① 英文 Stone，缩写 st。1 英石约等于 6.35 公斤。37 英石约为 235 公斤。

供一张他的近照。那天他穿着灰色法兰绒短裤，天蓝色埃尔特克斯网眼衬衣。现在还能闻到记忆中的房子里散发出的潮味和长满霉菌的地毯散发的霉味，能听到窗台上鸽子咕咕的叫声。那时候他已经有些超重。但无论何时看到这张照片，他都感叹自己曾经是个多么漂亮的小男孩。后来他不再看这张照片，也不敢把照片撕烂，害怕触霉头。他就让护工把照片放在橱柜顶层，这样他就够不到了。

离他十岁生日还有三个星期的时候，他父亲突然半夜消失，搬去雷克瑟姆跟另一个女人住在一起。邦尼到现在都不知道那女人是谁。晚饭时他还在，到早饭时他就不见了。母亲从此性情大变，暴躁、易怒。邦尼觉得她把父亲离家出走的原因归咎于他。这完全有可能。父亲喜欢玩板球，年轻的时候还参加过格洛斯特郡板球队的选拔赛。这样一个运动天才怎么会有邦尼这种肥胖又没有运动天赋的孩子呢?

出乎邦尼意料的是，在圣裘德学校居然没有人欺负他。主要原因要么是其他孩子直接无视他的存在，要么就是他们明白对孩子而言,孤立一个人是最残忍又是最简单的欺凌。他的朋友卡尔曾跟他说:“对不起,邦尼。我只能在校外跟你说话。”卡尔现在是个婚礼摄影师，住在德比。

邦尼一共吻过三个女孩。第一个女孩喝醉了不算数;第二个女孩,后来才得知,是因为打赌输了才吻他。第三个女孩,爱玛·卡伦,同意他把手伸进她的短裤抚摸。他一个星期没有洗那只手。她也胖乎乎的，所以和她在一起时虽然性欲很快就被唤起，但同时又觉得恶心。他痛恨自己的虚伪，和她在一起时快感和排斥纠缠所带来的痛苦，要远胜于分开时对她的渴望，所以他冷待她，直到她伤心离去。

他勉强在进修学校拿到了商务专业的文凭，然后在市政厅住房办公室当助理，干了五年，直到他胖得没法开车才辞职。他的医生对他说："你这是在慢性自杀。"说得好像邦尼自己不知道一样。随后他在大学找了一份行政管理工作，负责把纸质文档做成电子文档。他越来越胖，健康状况也越来越糟。胆结石屡次发作，还得了两次急性胰腺炎。他做了胆囊摘除手术 ，结果因体重过大，手术创面非常难愈合，康复也就更加困难。坐着不舒服，站着会头晕，他只得卧床。休满四个星期的法定病假之后，他收到学校发来的信函让他别再去上班。姐姐凯特说学校的做法是违法的。或许她说的对，可是他太累了，身体又痛苦不堪，一出门就觉得危机四伏，所以干脆申请了残疾人生活补贴。

他姐姐经常从杰斯蒙德的家里打电话来鼓励他，开导他，偶尔也会来看他。她嫁给了一个开红色奥迪 RS3 的男人，这个男人开了三家酒吧。他们有两个孩子，家里一尘不染。邦尼只在照片上见过姐姐的家。

邦尼仅有的几个朋友逐渐和他疏远。有一阵子，当地浸礼会教堂的一个工作人员经常来拜访他，这人有魅力，也风趣，但等他弄明白邦尼是怎么也不会再走出家门以后，他也不再登门。

邦尼从母亲家搬走独住之后，每两周回去看望母亲一次。每次回去，母亲都表现得好像是她给他面子才勉为其难地从自己繁忙的社交生活中抽出时间给他煮茶，准备茶点，陪他聊天。她在玛丽·居里慈善商店工作，有一份微薄的收入。五十七岁开始用图书馆的公共电脑网上约会。谈话中她轻描淡写地提到不少男人的名字，他不知道她是滥交，是太挑剔，还是约会过一次之后根本没人愿意再见她。他们住得相隔只有两英里，可是她从来不去他家，除了那三次他住院之后回家休养，卧床不起时她才上门照看他。现在他想赶也赶不走她了。她帮他领政府补贴，一周替他采购一次。她规定他吃全麦面包、绿色豆子和沙丁鱼。她说："我要挽救你的生命。"

每周他会出门一次，扶着助行架到街尾的兰帝斯便利店买一包糖和一块黄油。他把黄油放在外面软化，然后和糖搅拌在一起，做成糊糊，分三到四口吃完。如果钱宽裕的话，他会每天都去买，至于便利店的卡恩太太和她儿子怎么看他，他才不理会。

邦尼的爷爷以前是个警察，第二次世界大战爆发后参加了第六装甲师，一九四二年十二月在进攻突尼斯的战役中烧死在玛蒂尔达2型坦克里。邦尼收藏了许多关于北非战役的书籍和碟片。他读过亚历山大勋爵和奥金莱克元帅的传记，也读过隆美尔将军和冯·阿尼姆将军的传记。他制作了非常逼真的战争实景立体模型，在军事模型论坛上和世界各地的爱好者们分享模型照片，交流制作经验和技巧：过滤器，预洗，大头针投影、田宫[①]灰尘喷雾……

①田宫公司是日本著名模型制造商。

他偶尔也看看黄片。他不喜欢苗条健美、性器巨大的男人，因为这只能让他更清楚地意识到自己身体的缺陷。他喜欢看女人独自手淫的图片或视频。他喜欢想象自己透过一个小孔偷窥女生淋浴房或者女生宿舍的情景。

他肚子和大腿之间的肉褶子上生了疮。他关节疼痛，不知道是不是关节炎初期。他的踝关节因为淋巴水肿而肿胀变形。他有糖尿病，每天早上要服用二甲双胍。他的血压高到什么程度恐怕只有上帝知道。他每天都得服用抗胃酸咀嚼片防止胃食道反流。从一个房间走到另一个房间都会让他上气不接下气。不久前，他爬楼梯时摔了下来，摔得很惨，膝关节脱臼，眼睛撞在楼梯栏杆上，撞出一圈黑色淤青。所以现在他就睡在餐厅里的一个折叠沙发上，使用厨房旁的卫生间。护工每周上门两次给他擦洗身子。

有时候住在同一个小区的孩子们朝他的窗户扔石块，或者往他的信箱里塞狗屎。有几周，他们中有一个智力发展迟缓的傻孩子，天天站在他家窗外，脸贴着窗玻璃往里瞅。邦尼拉上窗帘，半小时之后再拉开，那个孩子还站在那里。

他在网上玩《罗马：全面战争》和《光晕》电子游戏。他一部接一部地看日间电视节目：《橘子郡娇妻》《侦探科杰克》《新家要装修》……他大部分时间无事可干，就盯着窗外打发时光。窗外其实没什么好看的，只能看到厄斯金克劳斯居民区房子的后墙，还有隔壁邻居沃尔沃房车的车顶一角。风轻云淡的日子里，可以看到远处的三角形荒地。如果天气晴好，能看到飘动在天空的云朵掠过荒草、金雀花和石楠花时的移动变幻。这时他会想象自己是只秃鹰，从附近的山顶展翅飞来，在城镇的边缘翱翔盘旋。

壁炉台上放着几张照片，是凯特的孩子，他的外甥和外甥女，一个叫瑞兰，一个叫黛比，都是金发碧眼。照片已经褪色，边缘变白，放在普普通通、灰蓝色的卡纸相框里，相框上有一道细细的金色装饰，背后有架子支撑。他已经七年没见过他们了，也不指望再见到他们。照片旁放着一个小小的木制驴子，驴子后背驮着两篮小小的橙子，是他十九岁那年去西班牙的索列尔港旅行，也是他唯一一次出国旅行带回来的纪念品。

他总是感觉疲惫不堪，总是饥肠辘辘，总是对生活失望透顶。饥饿和失望给他带来的痛苦，几乎和胰腺炎带来的痛苦一样。如果可以，他情愿得胰腺炎，也不愿意被那两种感觉折磨。虽然他妈妈觉得她能够拯救他，可他有时候会问自己，这条命还值得拯救吗？

后来，莉亚出现了。

本来这只是权宜之计。她搬回父亲家暂住，等到她重新振作，银行里存下足够的钱，生活有了保障就搬走。盖文把她从家里赶了出来，她净身出户，口袋里一分钱都没有。去巴克莱银行取钱的时候才发现，他们俩联合账户里的钱已经被透支了，她身无分文。没给父亲打对方付费电话，是因为实在丢不起这个脸。第一晚她在曼彻斯特城中心到处晃荡，走不动了就在公共汽车站坐一会儿。因为对未知的黑暗过于恐惧，也担心被伤害，所以一夜没合眼。第二天早上，她打了个电话给父亲，父亲给她转了些钱，不过转账耽误了好长时间。所以又过了二十四小时她才从建房互助协会拿到火车票钱。第二个晚上，在警察的指点下她在一个女子旅舍睡了一觉。噩梦般的经历她想都不愿再想。

逃离原生家庭是她人生目标的第一步。可是你却无法彻底逃离，过去的生活总会丝丝缕缕地牵绊着现在的你。无论离家多远，过去生活里那些肮脏、阴暗、支离破碎的记忆总会一路跟随，在你毫无防备的时候把你打回原形。你谁都不信任，再和蔼可亲也没用。你嫁给了一个男人，在他面前你软弱无能，自我厌弃，天天提心吊胆，跟小时候和母亲在一起的感觉一模一样。可是内心深处，她喜欢被虐待，被伤害，这让她有种变态的满足感，好像又回到了过去，感觉是那么熟悉。现在想想，她的两次流产几乎算是一种福气了。就算把孩子生下来，那也是盖文的孩子，跟家里其他东西一样，都是盖文的。盖文的房子，盖文的车子，盖文的钱。苦活累活都是她干，十月怀胎，拉屎把尿，然后某一天，盖文从天而降，把孩子们从游戏围栏里拎出来带走，就像他带走其他所有东西一样。

所以她又回到了这里，找了个在牙科诊所前台接待的工作，每晚回到她度过悲惨童年的家，坐在客厅灰色人造革沙发上。天气炎热的时候，人造革面会黏住她的大腿。父亲要求她一丝不苟地按照自己的吩咐：把碗碟放在洗碗机里；每天六点四十五喝茶；坚决不能挪动地毯上的音响喇叭，一定要放在用黑色胶带定好位的长方形里边，尽管他也只是偶尔听一些六七十年代的蓝调音乐和黑人灵乐，音乐的主题无非是跳舞和性。对于马克杯是放在洗碗机的最上层还是最下层，他倒是完全不在意。这就是她父亲的处事方式，执着于一些鸡毛蒜皮、无关紧要的小事，而对那些至关重要的大事却总是能躲则躲，不敢正视。他在应对退休、孤独和衰老带来的无助，对付自己妻子的蛮横，应对女儿出生的慌乱时，无一例外，手段如出一辙。

满小区借割草机时，她遇到了邦尼。户外杂活变得越来越有吸引力，可是她父亲的割草机坏了。敲了四十户人家的门，都说没有割草机，于是这件事成了一个挑战。她摁了两次门铃，能听见屋里电视的声音，可就是没人来开门。没办法，只得放弃。她转身往回走，刚走出院门，来到大路上，门在她身后开了，有人叫她。“莉亚·柯蒂斯。”看到他的体型和块头如此庞大，她吓了一跳，根本没听到他在说什么。他身上的肥肉不停地晃动，把门堵得严严实实。“你也在圣裘德上学。你肯定不记得我了。”

确实。她对他一点印象都没有。“你有没有割草机？”

“进来吧。”他缓慢地挪动了下身体，歪歪斜斜地向着客厅走去。

门厅里有股发酵的酸味和霉味，因此她把大门敞着通风。

他弯下膝盖，慢慢躺倒在一张加大码、淡黄色的沙发床上。电视上在放《储藏猎人》。墙上的壁纸大概是一九七五年贴上去的，红橘相间的竹笋图案，带有迷幻效果，令人眼花缭乱，边角有些翘皮开裂。沙发旁的边桌上放着一个迷你战场模型——士兵、沙丘、一辆装甲车，战场模型旁边是一堆摆放整齐的小工具，有颜料管、喷雾罐、画笔、折叠整齐的抹布、刀刃插入软木的解剖刀。

“我有点喘不过气，”他说，“你到储藏室看看，厨房，右转。我叫邦尼·华莱士，比你高一届。”

储藏室里有一张户外花园椅，一个装着要丢掉的衣物的塑料垃圾袋和一盏坏了的床头灯。好像真的有点印象。“邦胖子”，这是同学们给他起的外号。在校五年，她没有跟他说过一次话。她隐约觉得造成他现在这种状况应该是大家的错。她抓住压在熨衣板下面的橘红色电线，把割草机拽了出来，跟他说用完了马上就送回来。

“随便你什么时候还。我又哪儿也去不了。”

为表谢意，她给他带了四瓶黑羊牌啤酒。站到他家门外时她才意识到这个礼物从医学角度而言可能不是很合适，但他只是微笑着说：“不要告诉我妈妈。”

“她跟你住在一起？”

“有时候感觉是这样的。你要喝杯茶吗？”

她回答好的，邦尼让她自己去厨房弄。他记得很多她的事，这让她感觉不错。她和艾比逃学去谢菲尔德，她有一张肖恩·麦高文的签名照，这些他都记得。这样刚刚好，要是他说得再多些，就会感觉怪异了。牛奶好像过期了，但跟他聊天很开心。他送给她一架非洲军团的装甲车模型，还有一个放大镜，这样她就可以看清楚模型士兵脸上的细节。

她本想说她父亲会非常喜欢这个细致精美的礼物，但又不想给他一种错觉，好像邦尼跟自己的父亲趣味相投。他俩截然不同，在刚才半个小时的谈话里，邦尼问她的问题比她父亲两个月来问的都多。

他跟她说他母亲控制他的饮食，让他吃得像苦行僧一般，对此他毫无办法。几天后她又来了，给他带了一盒巧克力。医生要是知道了肯定会大发雷霆，可他实在吃腻了西兰花和球芽甘蓝，这盒巧克力正好换换口味。

五岁的时候，莉亚的母亲带她去采石场，逼她亲手淹死猫咪小美刚生下的小猫仔。她们走了很长的路，小猫在帆布袋里喵喵地叫，一路挣扎，莉亚也哭了一路。母亲说这会让她更坚强。莉亚被逼着把帆布袋浸到水里的时候，母亲站在一旁一直笑，不是放声大笑，而是无声冷笑，像是看到了一件很好笑的事情一样。她想用这种方式恐吓莉亚，让她知道自己对她可以多么残忍。这种方式真的很有效，比棍棒有效多了。采石场事件之后，她只要眯起眼睛，就能把莉亚吓得浑身哆嗦。

家里有客人时，母亲总是亲密地叫她“亲爱的”。所以，莉亚怎么告诉别人母亲的真面目？通常虐待孩子的都是父亲。残忍无情的母亲只在童话故事里出现。

邦尼一开始不觉得莉亚有什么魅力。她长得不太好看，瘦瘦的身板，还有点驼背。头发瘪塌着，脸上一副苦命相，在自以为没有人注意的时候，她脸上的肌肉会耷拉下来。可是，她的出现激起了他内心深处的渴望，唤醒了他过去几年已经慢慢沉睡的欲望。他想象她赤裸着身体在房间里走来走去，在扶手椅上慵懒地坐着，在厕所里擦屁股，在水池前站着。他已经无法勃起，更别谈手淫了，所以这些幻想不能给他带来什么安慰，每一个念头都在他心上留下一个小伤疤。她对他特别体贴，每次来都给他带些香甜软糯的点心。他们从来不谈论他的体重，她完全理解母亲对待自己孩子的残忍。她第二次来看他，不到五分钟的时间里，他就意识到自己是多么渴望她的陪伴。

莉亚碰到的第一个护工是个干瘪憔悴的波兰女人，不知道叫什么名字。她完全无视房间里的莉亚，好像她不存在一样。在她眼里，邦尼就像个不听话的孩子一样难对付，自己得浪费半个小时去调教他。莉亚看到她给邦尼擦头发时他吓得瑟瑟发抖。第二个护工，蒂奥琳达，是个来自津巴布韦的高个子女人。她总有说不完的话。说最新一集的《我要做厨神》，说津巴布韦的警察如何残忍地折磨她叔叔，说托顿要修建垃圾填埋场的事情……后来这两个护工都消失不见了，新换的人干一阵子，再换人。莉亚发现只要照顾他的人知道洗发水在哪里，不乱动他的模型，不等他开口就能主动给他倒杯加糖的茶，就算态度再差，脾气再暴躁，邦尼也能忍受。只要有人来就行。

每周有三个晚上，父亲会去温莱特消磨时光，喝上半瓶健力士啤酒。父亲喜欢听黑伯德乐队和轮廓乐队的歌。父亲喜欢穿V领衫，要么是红色的，要么是绿色的。站在后门的遮阳篷下面，父亲一天能抽三十支烟。父亲习惯把大餐盘放在右边，把小的佐餐盘放在左边，并且坚持所有的餐刀必须头朝下放在刀具篮里。父亲录了很多电视旅游节目，没事的时候就看：中国的长城、智利的阿塔卡马沙漠、美国的佛罗里达大沼泽地。

她小时候并不恨他，甚至还不如说，她根本没把他当爸爸，只是把他看作比自己年长的同辈，出于和她一样的原因他在家里大气都不敢出。但现在，回顾过去，她怒火中烧。他怎么能这样？怎么能不管自己女儿的死活？她恨恨地跟他说："你从来没有为我撑腰过。"

她父亲说："你妈妈是个很难相处、非常难对付的女人。"

她说："那不是你不管我的理由。"

她父亲说："我觉得你出生后，你妈妈的脑子可能受了刺激，出问题了。"

她说："那也不是理由。"

他一直不明白她其实只是希望他能给她一个道歉。或许他明白她的意思，只不过在装糊涂，不知该如何开口。不管怎样，如果道歉是自己死乞白赖讨来的，那就没有任何价值。

一天早晨，邦尼的母亲蹲在床脚帮他整理床铺，找到了一个嘎吱作响的透明小方盒。那是乐购超市的包装盒，之前装了二十块甜燕麦饼。莉亚一定是前天晚上忘记扔了。“我的老天，这是谁给你买的？”

他回答：“我的一个朋友。”

她说：“你知不知道为了让你恢复健康我付出了多大的努力？”

洗刷完毕，给地毯吸尘之后，她回到起居室，问他：“这人是谁？”

他没有回答。难得他有了一次谈话的主动权，他得抓紧时间享受一下。

“说啊！”

“她是我过去的同学。”

“叫什么名字？”

他很吃惊母亲居然这么生气，真害怕她会冲到莉亚家里跟她吵架。

“她多久来这里一次？”

“时不时地会过来。”

“每个星期都来？”

“我有了一个朋友。她给我带了些饼干。没必要小题大做吧。”

作为对他的惩罚，她连着五天没有出现。但是等她再来时，她发现莉亚趁她不在，已经鸠占鹊巢，打扫了房间，还在沥水板上有意无意地放了四张皱巴巴的吉百利水果和坚果混合糖的包装纸，仿佛以此宣示以后邦尼家就是她的地盘了。

大学毕业后，她本应该跟艾比、妮莎和萨姆一起去伦敦找工作，现在她可能住在哈林盖区的一个公寓里，每天乘皮卡迪利线地铁去法灵顿区或者银行区上班，周五晚上去地窖咖啡馆喝野格炸弹啤酒，吃香酥鸡柳。她或许会跟某个双性恋结婚，或许已经有了孩子。

在脸书上宣布自己离婚后，朋友们纷纷留言道贺，兴奋程度超出她的想象。她没有说太多离婚的细节。妮莎留言道："还不赶快滚到伦敦来，你在老家会无聊死的。"

为什么她没有整理行囊出发呢？是不是她的心已经死了？是不是担心自己真的加入他们时，那美好的学校四人组合的回忆在无情的现实面前会不堪一击？是不是舍不得邦尼？他风趣、善良，对她心存感激。这是她生命中第一次感觉被人需要。她无法想象自己在亚历山大宫的湖上泛舟，或是在沙福兹贝里大道漫无目的地闲逛时，心里带着愧疚牵挂着四百英里之外、独自生活在逼仄小屋子里的邦尼。

邦尼喜欢听她大声读报纸，喜欢跟她下象棋时打败她，玩大富翁游戏时又输给她。他们一起看她从百视达的打折区租来的碟片。她会带一个蛋糕过来，自己吃一小片，对他风卷残云般消灭剩余的蛋糕不做任何评论。有时候她会到后院去吸烟，十分钟后带着一身烟味回到屋里。他渴望有一天她会弯下身子，淫荡地把她的舌头伸到他的嘴里。能求她这样干吗？只是帮一个忙。想到这辈子可能再也没有人吻他，他的心像被撕裂了一样空洞凄凉。

一天晚上他们正在看一部关于布莱切利公园的纪录片，邦尼的母亲自己开门走了进来。她随意地打了个招呼，脱下外套挂好，走到起居室里说：“终于见到你了。”好像很意外的样子，“我想邦尼还没有告诉我你的名字。”

“莉亚。”她回答，但没有伸出手跟邦尼的母亲握手。

两个女人客客气气地说了几句无关痛痒的话，突然，邦尼的母亲话锋一转，厉声说：“你居然给他吃饼干！”

“有时候会给他买一些。”

“你这是在谋杀他。”

“不过是些饼干罢了。”

“我的儿子我已经照顾了近三十年。”

“你不喜欢我来这里，是不是？”莉亚说，“你就想着要独自霸占他。”

他的母亲挺直了后背，“我就是不想他和你这种女人相处。”

邦尼知道他应该出面调停，但是对这两个女人，他都没有发号施令的习惯。实际上，她们两个人为了争夺他而吵架，让他有种受宠若惊的感觉。

“像我这样的人？”莉亚说，“这是什么意思，你倒是说说清楚。”

其实邦尼早就在脑子里多次想象过这场争吵。他一直希望莉亚赢，但现在莉亚真的占了上风，他又开始怀疑母亲是不是终究是对的。莉亚不是他的妻子，不是他的女朋友，更不是他的家庭成员。她分分钟就可以抛弃他。

他母亲朝莉亚走近一步，用平静的语气说：“你这个小贱货，我有你的电话号码。”

沙发旁的边桌上放着一个五名英军包围着一架坠毁的梅塞施米特式战斗机的模型，已经死亡的驾驶员在受损的驾驶舱里身体前倾，脑袋耷拉着。邦尼花了五个星期来建这个模型。他母亲一把把模型掀翻在地，重重地推开门，走出屋子。

已是夏末，但没有凉风，也没有冷雨，厚厚的灰色云层笼罩在小镇上空，空气给人不温不火、不洁不净的感觉。一辆警车追逐被偷走的货车时撞死了两个孩子。纳西尔·伊克巴尔和贾韦德·巴罗斯。警车的后轮在转弯时失去了控制，整辆车冲上街沿，撞倒了一堵砖墙，墙后面，孩子们正在玩板球。有人在街上用白漆把他们的名字刷得大大的，非常醒目，因此他知道了孩子们叫什么。亲朋好友和街坊邻居还没明白发生了什么事，开警车的人和他的同事就偷偷溜走了。那些留在现场的警察遭到了石头和玻璃瓶的袭击，一辆警车被推翻在地，四轮朝天。

连着两个星期，每天街上都有小规模的骚乱。透过窗帘，邦尼能看到警车的蓝色灯光，听到呐喊和爆炸的声音。他觉得这些声音听起来更像是在庆祝胜利，而不是哀悼死亡。

他决定暂时不离开房子。他可不想被愤怒的人群包围，随随便便成为被攻击的目标。但是当街道终于恢复平静，他发现自己还是害怕。他告诉自己等变得强壮一点，自然会出门。可是这句话连他自己都不相信。

一个星期三的晚上她下班回到家，发现父亲坐在餐桌旁，两手平放在面前的餐垫上，好像正在主持一个只有他自己参加的降神会。他穿着红色的V领套头衫，眼睛直直地盯着她，说："我有麻烦。"

"你有什么？"莉亚问。

"我的腿有麻烦。"他口齿不清地说。

她以为他喝醉了，走近才看到他的左半边脸耷拉了下来。她想扶着他坐到沙发上去，这样他就可以躺下来，但是他已经无法支撑自己的重量，她只能再把他拉回到椅子上坐下。他说不清楚自己是什么时候变成这样的。

救护车二十五分钟后才到。父亲似乎完全没有意识到事情的严重性。医护人员把一根绳子塞进父亲手臂的臂弯，用白色胶带贴成一个平的十字架，做成担架。救护车一路鸣笛，开得飞快。消毒水味带来的平静和他们一路前行的速度所形成的对比，让人恍然若梦。

赶到医院时，父亲已经轻微失明，很多单词也说不上来，莉亚的名字就是其中之一。他孤零零一个人坐在桌子边的时间太久，延误了最佳治疗时机。医生是这么说的。不管那段时间有多长，错过了黄金治疗期，基本就没什么希望了。莉亚不知道他是不是意识到自己有了这么一个干脆利落、不拖泥带水了断生命的机会，便决定抓住它。因为他最痛恨的就是卧床不起，大小便失禁，吃饭都要人来喂。

午夜之后，他第二次中风。

她坐在亲属室的强烈光照下，看着挂在墙上的一幅灯塔渔船的劣质油画。这太不公平了，他的懦弱胆小居然在最后关头也能帮忙。因为害怕受苦，所以他没遭什么罪就离开了人世。

她叫了辆出租车回到家里，毫无睡意。好不容易迷糊过去了，又猛然惊醒，觉得母亲就在房间里。

第二天早上她打电话到工作的地方请假，然后去邦尼家。她不知道邦尼是否理解，但是哭泣的时候有他搂着，就足够了。她告诉他小猫的事情。她说母亲骂她是“一个错误”“丧气货”。她给他讲母亲在冬天用猪油和花生酱做成小球，用绳子串起来挂在餐厅窗户外面，吸引苍头燕雀、煤山雀和知更鸟来吃。她跟他说母亲的多发性硬化症恶化的速度有多快，最后几个月母亲甚至不允许她进到她的房间。还讲了母亲死去时的惨状以及自己总是忘掉母亲已死的事实。这么多年过去了，屋子里的摆设一点都没变。

邦尼说：“我恨我的父亲。我有二十年没有见过他了。他长什么样子我都忘记了。但是每次壹频道播放群众画面的时候，我都会不自觉地扫过每一张脸，搜寻他的踪迹。”

她告诉他她睡不着。他说如果她愿意，可以搬到他家楼上。她接受了他的邀请，他竭力掩饰自己的狂喜。

她搬到邦尼原来的卧室去住。他已经很久不上楼了。生锈的热水龙头已经转不动，浴室窗口的角落长出了丝绒般的绿色真菌。锈蚀的窗框上放着一把锈迹斑斑的指甲钳，一盒边角弯曲的橡皮膏，一小盒已经变黄的安定，商标模糊不清。

第一晚她喝了掺威士忌的热牛奶帮助睡眠，可是几小时后就被邦尼的呼噜声吵醒。她在黑暗中躺着一动不动。呼噜声的间隔越来越长，感觉有些不太对劲。她下了楼，推开起居室的门。淡黄色的沙发床已经换成了一张可调节的床。房间里的空气污浊难闻。她拉开窗帘，打开了一扇小窗。

他仰面朝上躺着，皮肤白得极不自然，手臂像溺水的人伸出水面那样不停挣扎。他的呼吸停止了三秒，四秒，五秒，然后像个旧马达一样再次启动。她想她是否该做些什么。他的呼吸停止了。又开始了。又停止了。突然他醒过来，瞪大眼睛，喘着粗气。

“邦尼？”她拉住他的手，“是莉亚。我在这里。”

医生说呼吸暂停是因为他喉部脂肪过多，胸部遭受重压、肌肉无力导致的。如果他还仰面睡觉的话，会窒息而亡。他一天二十四小时都得保持半卧姿势。

搬进邦尼家将近两个星期。一天，她下班回去，发现他把大便拉了一身。那天上午护工没来，他实在憋不住。打开房门她就闻到了臭味。她想轻轻关上房门，回到父亲的空房子里去。可是邦尼在屋里叫她：“是莉亚吗？”

她走进了起居室。

他说：“真对不起。”

她用一个塑料盆接满热水。准备了肥皂、法兰绒布块、卷筒纸，又从楼上拿下来一条大毛巾。她帮邦尼翻身侧躺着。他的皮肤粗糙，干燥起皮，斑斑点点，布满了大片大片深红色的大疱。床单上粘的到处是屎，屁股缝里夹的也是屎。她扯了大团大团的卫生纸擦掉了大部分的大便，扔进一个塑料袋里。接着拉松床笠的四个角，连着床单下的塑料保护垫一起拉起来，一点点往外扯，边扯边用床单擦干净他的身体。她把床笠放进洗衣机里，把塑料保护垫扔进了第二个塑料垃圾袋。

其实没有她想象的那么恶心。如果她过的是另外一种人生，有了自己的孩子，这种活估计她天天都会干。

把法兰绒布浸在肥皂水里给他擦身，擦完一个地方，提起下垂的肉把褶皱的地方擦干净，再擦另一块地方。全部擦完之后，她用干毛巾一点点把他擦干，让他侧躺着晾干。接着，她把法兰绒布和毛巾放进了装着床单的洗衣机，用消毒液把塑料盆消消毒。她从厨房的柜子里找出一条新的塑料保护垫，铺在床上，然后盖上干净的床单。喷了一点防真菌粉在他身上，然后让他翻转身子，用他习惯的姿势躺着。

他说："你是我遇见过的人里心肠最好的。"

她在父亲房子门口的地垫上发现了一封房屋居住委员会寄来的信，告知她由于她父亲已经去世，房屋的租赁合同也随之失效，除非她重新签一个租赁合同，否则月底之前要把房子清空。

她把父亲收藏的唱片捐给了城里的乐施商店，有杰基·威尔逊的《越来越高》，五度空间乐队的《永远向上》，吉恩·钱德勒的《没有什么能阻止我》……她在合作超市买了一个小纸箱，把值得保留的东西放进去。大多是她童年记忆中的小玩意儿：一个黄色玻璃猫头鹰；一套生锈的画着基督使徒像的勺子，放在褪色的紫色长毛绒布衬上；一个画着罗宾汉湾风景的装饰挂盘。锁上门，把钥匙扔进信箱里。纸箱子放到了邦尼家的床下。

星期五下班之后，她从博姿药妆店买完东西出来，穿过凯尼恩，往公共汽车站走去。有两个女人坐在一家饭店的落地玻璃窗边。从两个人的行为举止和气场，她立即发现她们不是本地人。面对着她的女人把太阳眼镜推在头顶，栗色的头发油亮顺服，晒黑的肩膀裸露在外，穿一条淡黄色连衣裙，肩膀线条展露无遗。莉亚内心一阵刺痛，又嫉妒，又不屑。那个女人也看到了她。莉亚尴尬地赶紧走开。走了约五步远，她才意识到那两个女人是艾比和妮莎。正要落荒而逃，妮莎从饭店门口走了过来，挡住莉亚的去路，夸张地上上下下打量了一番，说："姑娘，你到底是怎么了？"

莉亚已经忘记了当年和她们的关系有多好：四个人在一起聊天总是妙语连珠，别人想插嘴都插不进来。她低头看着自己的灰色紧身裤和旧跑鞋。"我刚下班。"

"跟我进来。"妮莎说。她朝饭店的方向扬了扬下巴，好像那饭店是关押莉亚的囚室。

两个人回来参加艾比哥哥的婚礼。"第四个太太了。我都懒得记她的名字。阿尔巴尼亚人？斯洛文尼亚人？她长得就像报纸上登的那些会杀掉自己孩子的女人一样。”艾比和文斯住在伦敦的马斯韦尔希尔区。“白色高地。”萨姆又怀孕了，这是第二胎。“第一个宝宝才十个月。她老公一定没等她出产房就和她做爱了。”

服务生带着点单本突然出现在她们面前。莉亚想找个借口开溜，但是艾比坚决不放她走。“我不知道你今晚有什么安排，但可以肯定的是，和我们重聚相比，其他事都是狗屁。”

她吃了烤三文鱼，还有茄汁豆子、烤红椒、橄榄、凤尾鱼和芝麻菜拌在一起的色拉，饭后甜点是鲜奶油柠檬塔。她们喝了两瓶蒙蒂普尔查诺红葡萄酒。总共消费了一百一十英镑，外加十五英镑小费。饭后，她们到饭店后面的小花园里，坐在户外取暖器边抽烟。

“你父亲怎么样了？”妮莎问。

“他死了。”

妮莎严肃地看了她好半晌。没有安慰，没有同情。“我们有个沙发床。如果你到月底还没有找到一份工作和一间合租的房子，我会把你塞进汽车送回这里的。”

“很抱歉，”莉亚说，“我不能这样做。”

妮莎耸了耸肩。“那你就死在这里吧。”

邦尼左脚的两个脚趾发黑发臭，气味刺鼻，他们不得不整天开着窗子。医生说没法治。他嘱咐莉亚把那两个脚趾紧紧地包扎起来，直到脚趾头自行脱落，然后用盐水每天清洗伤口两次，等待伤口愈合。

十天之后，邦尼在睡觉，她在床上发现了那两个脚趾。她把它们拂到一张报纸上，好像它们是死掉的蜜蜂，拿到门外的垃圾桶里扔掉。

山上飘下来一阵毛毛细雨。四周阒寂无人。一辆破旧的棕色本田车的后视镜坏了，挂在车身上。柏油碎石路面上，那两个小男孩的名字仍旧清晰可见。她脚下，小草正努力从水泥路面的缝隙间往上钻。她想象着，如果每个人都弃这些街道而去，不知道需要多长时间这里会被森林再次侵占，树根藤蔓一点点蔓延，墙壁坍塌，狼群在废墟间出没。

她哭了，不知道是为自己还是为邦尼。

邦尼感觉到有什么事情不对劲。莉亚在努力装出开心、耐心和体贴的样子。他一直以来都知道，结局会是这样。如果他勇敢一点，应该主动让她离开。她给予的幸福，已经超出了他对任何人的期盼。但他从来不是一个勇敢的人。他无法想象没有她陪伴的生活。

他的目光已经离不开她。可是她就要被从他身边夺走了，在他眼里她突然美得无以言表。他终于听懂了那些歌的意思:甜蜜,受伤,代价。下一次他会理智一些。遗憾的是永远也不会有下一次了。

她去赛恩斯伯里超市买了什锦鸡肉咖喱、印度米饭、大虾玛沙拉和一些烤薯角。她还买了两听糖蜜布丁，两盒超市自有品牌“与众不同”的香草奶油冻，一瓶杰卡斯清凉西拉桃红葡萄酒。

他看到她拎着三个大袋子穿过门厅过道。“你买下了整个商店啊。”

“我要给你准备一顿豪华晚餐。”

“为什么？”邦尼问，“我只是好奇，不是抱怨。”

“有件重大的事情宣布。”莉亚说。

“什么重大的事情？”

她可以听出他声音里的焦虑。她把袋子放下，把头伸进起居室。“相信我。”她打开烤箱，给他倒了一杯桃红葡萄酒。“我永远也不会做伤害你的事情。”她亲了亲他的前额。

所有的东西都烹煮完毕，她点了两支蜡烛，把灯光调暗，小心翼翼地把邦尼的战争模型从床头柜上搬走，放在安全的地方。然后从餐厅搬了一把椅子放在旁边，这样她就可以坐在他边上一起吃晚饭了。她摆好刀具，给邦尼一条绿格子毛巾充当餐巾。她把菜一道一道端出来，大虾玛沙拉、鸡肉、薯角、米饭。她坐下举起酒杯。“干杯。”

他说：“我知道你要走了，我知道你是想让离别不那么难过。”

“我不走。”

“真的吗？”他非常平静地问，好像她的决定是一个随时会倒塌的纸牌屋。

“真的。”她啜了一口葡萄酒。酒有一点温。应该把酒放在冰箱里冻一会儿的。

“哇。”他把背靠回到枕头上，嘘了一口气，努力不让自己哭出来，“你吓坏我了。”

“食物要凉了。”她说。

他还是有些不敢相信。“那我们要庆祝什么？”

“先吃，吃完我会告诉你的。”

他小心翼翼地把一叉子鸡肉塞进嘴里，咀嚼着。她看到他慢慢放松下来。他咀嚼着，又深深吸了一口气，然后夸张地用整个手掌给脸扇风。“对不起，我刚才有点反应过度了。”

“没必要道歉。”她给他的酒杯斟满酒。

他们在沉默中吃了一会儿。他吃完了鸡肉、米饭、佐餐的薯角。“太好吃了。谢谢你。”

“等下吃糖蜜布丁。”

“今天这顿饭下血本了。”

她把酒杯放下。“不过首先……”

“继续说。”他脸上的表情又紧张了起来。

“邦尼·华莱士……”她故意停顿了一下，“你愿意娶我吗？”

他凝视着她。

“需要我再重复一遍问题吗？”

“是的，”邦尼说，“你确实需要再重复一遍问题。”

“你愿意娶我吗？”她停顿了一下，“如果你要我说第三遍的话，那我就撤回我的请求了。”

“为什么？”邦尼问，“你为什么想要嫁给我？”

“因为我爱你。”

“这简直是我生命中最非同寻常的一天。”

“那你愿意吗？”

他深深吸了一口气，“当然愿意。”

“好。”她弯下腰，在他的嘴唇上亲了一下。然后又坐下，给他倒了第三杯酒。“祝我们幸福。”

“祝我们幸福。”他拿起酒杯和她的碰了一下，一饮而尽。她看到了他眼角的眼泪。他说：“我从来没有这样开心过，从来没有。”

她站起来。“我想现在该上糖蜜布丁了。”

她回到房间的时候他的眼睛闭上了。她把碗放下，揉了揉他的前臂。“邦尼？”

“我就是……”他像一只刚从池塘里钻出来的狗那样摇晃着头，“很抱歉。你问我愿不愿意娶你，而我居然睡着了。”

“你只是累了而已。”她递给他糖蜜布丁。

他把眼睛紧紧闭上，然后又睁开，努力让自己集中注意力。他用勺子舀满布丁和奶冻，还没举到嘴边，就放下了勺子。“你能……”他把碗给她。手往下落时，他碰到了勺子，把勺子弄翻在床罩上。“见鬼。对不起。”

“没有关系。”

他向后靠去，再一次闭上了眼睛。她舔了下勺子，把掉在床上的食物弄到碗里，用茶巾的边角在水杯里蘸了一下，轻轻擦拭床单上的污迹。她拉紧他的手。“你感觉如何？”他也用力握了握她的手，然后慢慢松开。她把碗拿到厨房，把剩余的糖蜜布丁倒进垃圾桶，把碗放在水槽里。她回到起居室，看了他一会儿。

“我帮你弄得更舒服一点。”她把手放在他的头颈后面，把他往前拉了拉，抽出最上面的枕头。他稍微动了动，然后静止。她等了三十秒,然后抽出第二个枕头。第三个枕头就没有那么容易抽出来了。她轻轻地从两边一点点拉出枕头,尽量不吵醒他,直到拉出整个枕头。

现在他后背靠床平躺着，呼吸停顿了几秒钟，然后又重新开始。他手臂前伸，到处挥舞，好像是要够到床上方什么看不见的东西，然后垂下不动了。过了几分钟，同样的情景又上演一遍。他始终没有醒。“邦尼？”她轻轻地喊，没有回应。

八点一刻。八点半。他呼吸停顿的时间一次比一次长，但是每次身体都有轻微的反应。是她计算错误了吗？八点四十。她把手臂放在他的胳膊上。“求求你了，邦尼，不要这样对我。”

八点四十五分。他的双臂已经不再举起，身体只有几乎难以察觉的动静。他看上去糟糕极了，好像刚跟一个比他强壮许多的对手打了长长的一架。游戏快要结束了。

“没有关系，邦尼。你放心走吧。”

她看不到他胸膛的起伏，听不到他呼吸的声音，只有微弱、断断续续的嘶嘶声，时而有，时而停。快到九点的时候，终于什么动静都没有了。

为了保险起见,她又等了五分钟,然后弯下腰,亲了他一下。真的,那没有什么，如果你仔细想一想，就和关上一盏灯差不多。刚才人还在，这会儿不见了。

她从口袋里拿出一个棕色的小瓶子，拧开瓶盖，然后轻轻把瓶盖和瓶子都扔到了床另一边的地毯上。她把他喝剩下的酒倒在桌子上，把酒杯躺倒放在旁边。她把自己的酒杯带到厨房，把陶瓷餐具、刀具和酒杯都洗干净晾着。她把食物的包装盒和没有吃完的食物装了两层垃圾袋，扔到前门外的垃圾桶里。她洗净、擦干双手，走到花园点了一支香烟。

早晨下楼的时候她才会发现他死了。她会看到酒杯，但是不会注意到地上的安定药瓶。她会查看他的脉搏和呼吸，但是从他的样子能推测出他已经死了一段时间。她会打电话叫救护车，在门外等救护车的到来。她会给邦尼的母亲打电话。她会给邦尼的姐姐打电话。她会说："他走前看起来很开心。"她会用报纸包好玻璃猫头鹰、使徒勺子和装饰挂盘，放在行李箱的最下面，但是葬礼结束之前她是不会离开的。她无法忍受他没有一个朋友的陪伴就这样永别人间。

该我开枪了

圣诞前夕的午后，天气预报中的大雪如约而至，砭人肌肤的白色雪带横扫过波罗的海的气象云图，最后在英格兰上空盘桓不去，覆盖了肯马什、克里普斯顿、斯伯特福特的整片区域：成片的红色砂岩，连绵的绿色山丘，茅草屋顶，养牛场和四四方方的撒克逊教堂都笼罩在这片白色雪带之下。起先是零零星星的雪花，如丝如缕，缥缥缈缈点缀在渐暗的天幕上，慢慢地，神秘而纯粹的寂静笼罩了大千世界。清冽寒冷的空气中只听得到教堂的钟声和远处火车的咔嗒声。

玛德琳·库伯正在准备烟熏三文鱼派、蜜汁胡萝卜和西兰花。所有食材都备好了，就等着三个孩子和他们各自的家庭安全到达，再进行最后一道工序的烹饪。冰箱里冷藏着巧克力覆盆子奶油水果蛋白饼。

丈夫马丁已经完成了分配给他的最轻松的任务——摆放餐具，此刻正坐在书房里，边听《马太受难曲》（2001 年尼古拉斯·哈农库特版)，边读罗杰·克劳利的《海洋帝国：地中海大决战》。他把餐具的数量弄错了，本应放十套，他只放了九套。这样的戏码多次上演，以至于夫妻俩都忘记了自己是在演戏：他假装什么都干不好，她则佯装被气坏了（“你难道真的连我们家有几口人都算不清楚吗”）。他对家务活的无能让她自我感觉更为良好，他则可以心安理得地什么家务都不干。马丁在脑神经医学领域工作了三十六年，先后在圣乔治医学院、图丁医院、布里斯托的法兰查医院工作，最后在莱斯特皇家医院专心致志地干了几年，直到两年前才退休。玛德琳担心他会像越战退伍军人那样，从前线回来，离开危险环境之后，不知所措，生活没有目标。可他倒是应对自如，不动声色地把过去对付脑白质切断术、动脉瘤和垂体腺瘤这些疾病时所具备的理智与严谨原封不动地用到了读书、听音乐、打高尔夫和练习五级钢琴曲上。

玛德琳总爱胡思乱想。自从长大成人，就没有什么事情是她不操心的。虽然她从不对任何人说起，可她身边的人都能真切地感受到她的各种担忧，马丁更不用说。马丁觉得这是她心理素质有缺陷的表现，生活过于安逸，缺少与社会的联系更大大加剧了她的不安全感。既然无力改变，干脆避而不谈。

四点刚过，大女儿萨拉和她丈夫罗伯特就到了。萨拉是汉普郡政府商业发展部的一名经理。她本来的工作职责主要包括协助建造儿童福利院、安装宽带、安排社工到社区诊所工作，但现在天天忙于裁员、叫停各种项目和缩减开支。罗伯特是阿帕拉契亚理财管理公司的基金经理，三年前他和两个从德意志银行辞职的人共同创办了该公司，总部设在雷丁，每周有三天他会从温彻斯特赶过去办公。

萨拉和罗伯特的女儿艾丽正值青春期，留在温彻斯特跟男朋友丹尼尔一家一起过圣诞节。因为她和丹尼尔还处于恋爱蜜月期，更重要的是，丹尼尔的父母“让我感觉非常、非常、非常放松，比跟你们在一起轻松多了”。其实就是说，她还没有在丹尼尔父母面前发过脾气，露出本性。

萨拉工作起来就是个拼命三郎。这是马丁对她的看法。女儿的性格像男人一样，不愿学她母亲做个全职主妇，还特别有主见，有时候表现得甚至比马丁还要顽固。

罗伯特很欣赏萨拉凡事爱争论、固执己见的个性，当然很大一部分原因是，只要是她说的话他一概赞同，而她大部分的争论矛头都是指向别人。但他不喜欢拜访岳父母家。不知为何，只要在父母面前，萨拉就会变回那个长不大的青春期叛逆小女生，跟心情不好的艾丽一模一样。以前他和萨拉讨论过这个话题，但以后他不会再提了。不过，值得期待的是，在岳父家，总有各种酒喝，他把这看作医疗需要，就跟注射吗啡一样能让人平静下来。

“你好，亲爱的。”玛德琳拥抱了女儿。

和以往一样，罗伯特尴尬地抱了抱玛德琳。随着一阵合唱音乐响起（……我愿把心交给你……），马丁出现在书房门口，跟罗伯特郑重地握了握手，好像两人在高尔夫球俱乐部碰面一样正式。罗伯特总觉得马丁的手太强有力，不像一双过去专给人的大脑做精密手术的手。马丁一边握手，一边摇晃了一下另一只手上握着的无绳电话说："是里奥和苏菲打来的。他们二十分钟后到。"

"那盖文呢？"

"还没有消息。"马丁说。

"如果天气还这样……"萨拉说。

"打住，"玛德琳打断了她，"不要盖文人还没到我们就因为他先吵起来。"

"去年，他表现得跟个混蛋一样，"莎拉说，"我肯定今年他还会那么混蛋。"

马丁搓搓双手，看向罗伯特："喝点什么？"

天空暗了下来。纷飞的雪在屋角和迎风的墙面越积越厚。雪花飘在窗台上，窗户的轮廓被白雪勾边宛如降临节日历。洋洋洒洒的雪片像筛在梅子布丁上的糖霜，覆盖了，也柔化了世间万物：篱笆、电线杆、汽车、邮筒、垃圾回收箱，全都模糊了棱角。世界的边缘正在消弭于无形。抬头望，星星好似随着雪花从天空倾泻而下，不再璀璨无边，不再熠熠生辉，一颗颗小巧如冰晶，倏忽钻到人的手掌里就消融无踪。

马丁让玛德琳别焦虑，并坚持说盖文和艾米会安全到达。这就是他的处事原则，随遇而安。一向如此。一切都会没事的，如果确实出问题了，那就应该把精力用在处理这些偶然出现但又不可避免的事情上。兵来将挡，水来土掩。这会儿他就在想象，如果自己在这样的天气被困在车里过夜的话应该怎么办。比如说，引擎需要空转多久才能让车内的空调保持加热状态。虽然雪会起到保暖的作用，但必须注意一氧化碳中毒的问题。

一辆绿色大众途安从主路开了过来，两道锥形的卤素光柱在慢慢飘落的雪花中晃来晃去。汽车一度滑到了路边，但是很快又恢复了与路面的摩擦，压得严严实实的雪在轮胎下发出吱嘎吱嘎的声音。马丁和玛德琳的小儿子里奥开着车，他的妻子苏菲坐在副驾驶，儿子大卫（十一岁）和女儿恩雅（十岁）坐在后排。里奥决定不冒险把车开到石头门柱之间的窄路上，一旦出问题后果不堪设想，所以他把车倾斜着停在路边，车身一半停在已经被雪覆盖的人行道上。停好车，他把头搁在方向盘上。“老天，累死我了。”

他在杜伦大学教历史。小时候，他常常怀疑自己是被领养的，这种疑虑至今没有完全消除。不论何种形式的家庭聚会对他而言都犹如炼狱，每到这时他都渴盼能逃到某个不为人知的地方独自徒步旅行。实际上他的性格跟他母亲特别像，或者说跟他母亲本来的性格特别像。可是母亲自从嫁给了父亲，就失去了自我，穷其一生围着丈夫转，活得没有任何存在感。他习惯少说多听。和别人共处一室时，他能够很好地体察到别人的细微感受，如果有任何人感觉不自在，他总能感同身受。圣诞家庭聚会是一个绝对会让人心神不安的场合。

苏菲是翻译，擅长商务翻译，把冰岛语和她的母语丹麦语译成英语，过去几年还尝试着写了点犯罪题材的小说。和里奥一样，她对自己的婆家人也热乎不起来，不过因为她是个外国人，又假装不够聪明，就很好地掩饰了她与他们的距离感。她故意说错话，故意装作不懂当地的一些古怪习俗。这些小小的诡计屡试不爽。对于没有一个人看穿她的小伎俩这件事，她虽然觉得很轻松，但也感觉挺受伤。

女儿恩雅正处于青春期亦步亦趋、随大流的成长阶段，什么流行她喜欢什么（她玩《模拟人生》游戏，喜欢《冰雪奇缘》，听单向乐队的歌）。里奥和苏菲对此感到深深地沮丧。不过更让他们不安的是儿子大卫的举止。彻头彻尾的古怪。里奥尤其担心这种古怪是不是由于家族遗传，因为苏菲的叔叔成年之后一直在奥古斯滕堡精神病院进进出出。里奥读了很多相关书籍，书上说，对于男性而言，精神错乱最初的症状只会出现在青春期快结束的男孩子身上。这多少给了他一些安慰。但大卫的一些举动还是让人寝食难安，比如他喜欢收集动物的尸体（乌鸦、老鼠、楸甲虫、蟾蜍），把它们用餐巾纸包着，放进纸盒子，一字排开，像很多小棺材一样陈列在他卧室的书架上。他时常自言自语，用的语言无人能懂。大卫说自己说的是他加禄人语[①]，但里奥特地查了，他加禄人根本不这样说话。

他们从后备厢里取出行李。恩雅背了一个黄黑白三色相间，做成《神偷奶爸》中小黄人形象的背包。大卫拎了一个古董皮革包，

①他加禄人是菲律宾少数民族之一。

是他在丹麦的外公送给他的。他常常用皮革护理油擦拭这个包，这让他有一种文艺复兴风格的迷你版办事员的气质。

里奥停下脚步，站在深蓝天幕下的莹白世界里，环顾四周，凝神聆听……万籁俱寂。儿子和女儿在争论是谁把一件收纳式羽绒服碰到地上，除此以外，只有静谧。每年他都会忘记圣诞节，直到一些小细节提醒他（比如一片打碎的装饰品的淡青色玻璃，救世军铜管乐队演奏的圣诞歌曲《我看见三艘船》，厚厚的积雪），他才会记起。他忘记了圣诞节曾经是那么令人着迷，他忘记了过去一年到头总会有那么多不同寻常的事情发生，忘记了每一次忍气吞声、每一个问题的解决、每一刻承受的痛苦。现在呢？一切都习以为常，再没有什么能让人印象深刻，时间好像可以随意挥霍，日复一日庸常的生活好像不小心洒到桌上的盐，可以被随意抹去。

“我知道你宁愿整个晚上都不进屋，”苏菲碰了碰他的胳膊说，“可是外边实在太冷了。”

他们踩着积雪沿着车道往前走，突如其来的灯光照得眼睛生疼。走到门廊下，萨拉刚好打开那两扇镶嵌彩绘玻璃的大门（左边是牧羊人，右边是三头羊）。“嗨，亲爱的弟弟。”每次相见，萨拉总会通过这样或者那样的方式，配以足够的热忱，温和又不动声色地确立自己大姐的地位，如果对此有所抱怨，那就显得太无礼幼稚了。

深吸一口气。已经过去十秒钟了，再过三十六小时就可以离开。“盖文还没到？”里奥说，“我没看到他的车。”

“运气好的话，估计他们能在 M1 公路旁的旅客之家过圣诞。”

苏菲跺着脚，把雪从靴子上抖落下来。萨拉故意隆重地和孩子们握手：“恩雅……大卫……”

“我以七国王的名义向你问候，”大卫说，“我还担心我们无法穿过山脉及时到达呢。”

苏菲的眼光越过大卫落到了院子里，跟萨拉说：“恐怕你的结论下得太早了。”

大家一起转身，看到盖文和艾米正沿着车道往院子里走，虽然外边光线黯淡，但从他们疲惫的步伐中也能看出两人在雪中跋涉了很久，跟斯科特[①]和沙克尔顿爵士[②]在南极的遭遇一样，被迫弃车步行到这里。

“嘿，伙计们，”盖文大声嚷嚷着，“赶快把炉火生得旺旺的，倒一大杯威士忌给我。”

盖文才华横溢。可他的缺陷也是致命的。除了狂妄自大之外，他最大的问题是不但没有兴趣引导和好好利用自己的各种天赋，更不愿费心思考聪明才智除了能给他带来成功，是否还能让他实现比成功更重要的成就。

里奥觉得，盖文自从十二岁开始逐渐显露天赋之后，就散发出一种异乎寻常的磁力，吸引着身边的人，让他总是处在众人的焦点

①斯科特（Robert Scott，1868－1912），英国探险家，死于南极。

②沙克尔顿爵士（Ernest Shackleton，1874－1922），英国探险家，以带领“坚忍号”船进行南极探险的经历而闻名于世。

之中。所有人都围着他转，使他根本无暇静听自己的内心，更没有耐心去思考自己真正想要的是什么。

盖文总觉得自己应该是一家之主。大姐萨拉的性别让她完全没有资格当家主事，他也从没把她当长姐对待。父亲已经年老体衰，智力也大不如前，可是让人讨厌的是他不舍得拱手让出家长的位置。圣诞节开车去父母家过节这件事本身就是一种妥协，让他觉得颇为屈辱，而恶劣的天气让他更加烦躁。

十八年前他在剑桥橄榄球队获得过最佳运动员的称号，之后在哈乐昆橄榄球队打过一段时间的球，打到第七场比赛时下巴粉碎性骨折。躺在圣托马斯医院，他幡然醒悟，意识到自己再也不可能拿到国际性比赛的奖杯，所以应该接受四个月前推掉的奥雅纳工程顾问公司的工作。他再次联系奥雅纳工程公司，发现补他空缺的那个女子，一个星期前乘一架轻型飞机在纳米比亚骷髅海岸上空失事而亡。这个部门的老板又恰好是个橄榄球迷，对于盖文一开始拒绝这份工作并未心怀芥蒂。在盖文的生命当中，机会总是唾手可得，所以出现这么巧的际遇，于他而言是再自然不过的事。

奥雅纳公司当时正忙着两个大项目，一个是为二〇〇八年北京奥运会修建中国国家游泳中心，另一个是纽约肯尼迪机场五号航站楼。不过公司没把这几个大项目派给他，而是派他去了贝尔法斯特和拉恩之间的双向 A8 公路的建造项目，很快他就不耐烦了。运气总是不错的他恰好遇到一个同在剑桥彼得豪斯学院上学的老朋友，这次见面让他得到为天空电视台做评论和采访的机会。他能说会道，思维敏捷，在镜头前毫无心理负担，非常放松，哪怕有三百万观众正在看他的节目，他也能够挥洒自如。橄榄球评论之后，他又尝试做了几期田径和自行车赛的评论节目，但很快又没了兴趣。对他来说，这些工作都没有挑战，影响力也不够大，他渴望更大的名气。这时，好运再次降临。参加皇家电视协会颁奖典礼的时候，他去上厕所，BBC 四台一档真人秀节目的头头正巧站在他边上如厕。两人都有些醉醺醺的，在厕所里就激烈地讨论起有钱又善于自我吹捧的布鲁内尔[①]和出身下层社会、不爱出风头的斯蒂芬森[②]孰优孰劣。就这样不打不相识，绕了几个弯之后，盖文做了一档英国工程领域十大杰出贡献（超音速推进号赛车、黑斯廷斯东山缆车、皮特斯通风车房，等等）的系列电视纪录片。同时，他没有用影子写手，而是独立撰写配套发行的书，并在《泰晤士报》开设了一个科技专栏，专门介绍各种科技产品和科技成果，其实也就是些不带键盘、没有屏幕的新奇玩意儿。他还到处演讲，收入丰厚。后来，在拍摄一部世界上最伟大的桥梁建筑的纪录片时，他遇到了克莉丝汀·戈麦兹，并娶她为妻。客观地说，她并不是他认识的人里最出挑的那一个。如果她是，也就不会嫁给盖文了。但她性感得像卡通片里的尤物，而且是为数不多的那些不把他当回事、粗鲁对待他的人之一。他们在里

①伊桑巴德·金德姆·布鲁内尔（Isambard Kingdom Brunel，1806－1859），英国工程师，皇家学会会员。他主持修建了大西方铁路、系列蒸汽轮船和众多的重要桥梁，他革命性地推动了公共交通、现代工程等领域的发展。

②乔治·斯蒂芬森（George Stephenson，1781－1848），英国工程师，第一次工业革命期间发明火车机车，被誉为“铁路机车之父”。

士满买了一栋房子，生了一个儿子，索姆，现在十一岁。出乎大家的意料，婚后的他是一个好丈夫和好父亲，好过很多了解他的人的预期。可是很快他对扮演丈夫和父亲这两个角色及所要承担的职责感到无聊。实际上，他只不过是个兼职丈夫和爸爸。索姆现在和母亲住在一万英里之外，毗邻一座跨度长达五百零三米的大桥。那座大桥正是他父母相遇的起点。

他向德加玛－普里斯特事务所一个神经兮兮的年轻人咨询关于离婚抚养权的问题，不过没得到任何有用的帮助，这个年轻人居然建议他把孩子“绑架走”。后来盖文决定放弃儿子的抚养权，万一最后达成一份离婚协议，协议上规定儿子以后每年要和他一起生活一定的时间他就完了。他可不想冒这样的风险。一般人和儿子分开后会痛苦，会失落，可是对自信的盖文来说，距离再远，他和儿子之间也不会产生这样的问题，所以，他的情绪并未因此而低落。可是他却把对儿子的感情和记忆尘封了起来，不再触碰。他是否真的不思念儿子，没有人知道，也没有人问，大家也只能猜测而已。就像一栋大房子里的一个上了锁的地下室，在空寂的夜晚，偶尔可以听到里边传来莫名其妙的动静，是什么动静，没有人关心，因为通往地下室的门锁得牢牢的，只有傻瓜才愿意走下那窄小霉暗的楼梯去探个究竟。

再婚的妻子艾米是一个演员，一个非常不错的演员（在英国国家剧院和敦玛剧院演话剧，参演过一些电视节目，还演过一部小制作电影。她主要的兴趣，还是在舞台剧上）。她对工作的热情和激情是他所欠缺的；但她身上也缺少他拥有的品质，那就是对自我的强烈认知，这使得她在演完一个角色，还没开始下一个角色之前，常常处于迷失的状态。她的工作本身是扮演一个又一个想象中的人物，因此，她不知道如何做回真实的自己。他爱慕她惊人的美貌——“邦德女郎”是萨拉对艾米不太客气的描述，以及由此带来的魅力。实际上，两人经历了三年的婚姻生活还能保持感情鲜活的主要原因是他们俩都忙于工作，聚少离多。比如今晚，从十一月初开始，两人就各忙各的，艾米演亨利克·易卜生的话剧，盖文也有自己的工作安排，今晚是他们两个月以来共度的第四个夜晚。

这会儿他们一起坐在他父母的厨房里喝着大杯的热茶，身上裹着干爽的毛巾，湿透的牛仔裤像杂技演员一样在烘干机里翻滚。盖文心情愉悦。他其实挺喜欢冒险（他正在向 BBC 兜售一个重走丝绸之路的系列纪录片），就算外面的积雪再深两倍，徒步的距离拉长五倍，他也会走得心甘情愿。艾米的心情说不上开心，但是盖文过于自信的驾驶没出什么意外，能够毫发无伤地安全抵达，就让她心满意足了。

欢快的氛围一直持续到晚餐，用餐的气氛也非常融洽。馅饼和奶油水果蛋白饼超级美味，盖文喜颜悦色，艾米最近在《涉外大饭店 2》里演了个小角色，可以在饭桌上八卦几个不甘心随着岁月流逝而老去的著名演员的逸事，所以每个人，包括平常视此类粗俗的闲谈为垃圾的马丁，都听得聚精会神。

晚餐后，萨拉坚持让妈妈休息，她来收拾桌子，艾米和苏菲打下手。这是他们每次回家都默默遵守的一项传统，说明男女分工不同，同时也通过这种夸张的表现，表明在自己家里实际情况并非如此。她们把水壶放在炉子上烧水，餐盘里剩余的食物倒进水斗下绿色的垃圾桶，脏碗碟装进洗碗机，启动洗碗机，煮一壶咖啡，泡两杯薄荷茶，端回到餐厅。那一小盒薄荷茶是苏菲从杜伦带来的。奶酪盘放在餐桌中央，因为男人们有可能还想吃上几口。

她们从柜子里取出另外一套尺寸略小的酒杯，分发给大家。酒有白兰地，还有苏玳产区旭金堡酒庄出的一瓶价值九十英镑的白葡萄酒，是盖文带来的礼物。除了父亲，别人并不怎么喜欢这瓶酒。这反而让盖文有一种不为人所道的欣喜。桌上还有一盒价值三英镑的薄荷森林巧克力，是萨拉带来的。她知道弟弟一定会装大方，带来昂贵的礼物，于是她故意带上小礼物以表示并不在意。

马丁喜欢搞一些家庭娱乐活动。这已经变成了圣诞保留节目，大家或多或少都有些不情愿，却又必须参与，好让马丁也充分展现一下一家之主的权威。可以朗读书中片段，但大家会觉得你不上心。背诵比朗读好一点。如果能够准备一点自创的表演，当然比前两者都强。只有苏菲可以不参与演出，前提是她得为表演的家庭成员画铅笔素描。有些画作已经被裱了起来，挂在楼下厕所旁边的走廊上。艾米也不表演，因为她演技太好了，她要是参演肯定会抢了马丁的风头。所以她只是玩一些简单的魔术，那是她多年前在爱丁堡边缘艺术节上表演一个实验性莎剧《暴风雨》时学会的（大卫和恩雅现在还在奇怪那张 20 英镑的钞票是怎么消失又出现在爷爷的肉馅饼里的）。几年前，萨拉背诵过一首莎朗·奥兹的诗歌，诗歌里包含“娼妇”的字眼，她的父亲立即打断了她，并敷衍地夸她朗诵得真好，接着便说“下面该谁了”，阻止她继续往下念。这让两人的关系一度陷入低谷。

今年双方关系得以缓和，晚上的娱乐活动应该可以顺利进行。恩雅带来了她的小提琴，准备独奏一曲《勒克莱尔》，那是她为考四级学的曲目。马丁准备演奏一曲小快板，选自弗兰克·布里奇《小牧歌组曲》中的第一章节。还有人会朗诵丁尼生和卡罗尔·安·达菲的诗歌。艾米准备和大家玩一玩读心术。

“好吧，今天晚上谁先开场？”马丁说。

“见鬼了！”萨拉突然叫道。平时，这几个字是不允许出现在这间屋子的。

所有人都顺着萨拉的目光向落地窗看去。门灯亮着，照在一个皮肤黝黑的高个子男人身上。他戴着一顶黑色羊毛帽子，留着灰白色的胡子，上身穿着一件黑色长外套，下面是迷彩裤和黑色长靴。他看着屋子里的人，好像他们是动物园里的展品。换个角度也一样。

“那是什么人？”盖文问。

“谁知道呢？”马丁回答。他听起来很好奇，还有一点点吃惊。

“是邻居吗？”苏菲说。

“怎么可能是什么该死的邻居。”盖文说。

“你怎么说话的？”苏菲生气地说。

里奥轻轻把手放在苏菲的后背上拍了拍。在他粗鲁的哥哥面前，他曾经试着维护自己妻子的尊严，但最后局面变得很糟。“准备让他进来吗？”

玛德琳说：“我可不想在家里招待这样的人。”

那个陌生人又在窗子上敲了两下，缓慢而坚定。

“我也不想让他待在我的花园里。”马丁说，还是没有认出这个人是谁。他以前和不少古里古怪、极难对付、莫名其妙的人打过交道，有些是他的病人，有些是病人的家属。有那么几回，他还被人威胁过。脑部手术很容易出差错，可是身处绝望中的病人及其家属才不管手术失败的概率呢。

“我其实有点害怕吗？”恩雅说。过去几个月，她在说话的时候几乎都带着疑问的腔调，不想让自己显得过于强势或是太缺乏自信。

“没事的，”苏菲抚摸着她的头发说，“或许他只是饿了，冷了。”

“爷爷会杀了他。”大卫说，好像这事显而易见，没有什么了不起。他说话的方式让里奥愈加担忧大卫长大成人之后会不会在精神病院度过余生。

“我去问问他到底想干什么。”马丁站了起来。

玛德琳叮嘱说：“可别让他进来。”

她丈夫停住脚步。“一直坐在这儿看着他也不是长久之计。”

“要不报警吧。”玛德琳说。

“跟警察说什么呢？”盖文问，“有个黑伙计在敲我们的落地窗？”

“如果你们没有更好的主意……”马丁一边说，一边打开了门。

一阵冷风夹杂着雪片扑进屋子。壁炉上放着的几张贺卡被吹落下来，在放木块的篮子上翻飞了几下，落到地板上。

“你有什么事吗，先生？”

“你不准备邀请我进屋吗？”这个人的嗓音低沉浑厚。他们以为他会带有特立尼达或者哈克尼[①]的口音，但他的口音不那么明显，听不出从什么地方来。

“我不准备让你进来，很抱歉。”

“外面天气这么糟糕，而且我赶了很远的路才来到这里。”

“你从哪里来我一点都不关心，”马丁说，“我就想知道你在我的花园里做什么。”

“您的欢迎词在这天寒地冻的夜晚似乎不太热情吧。”

“照眼前这种情况，我这么说还算是礼貌的。”马丁回答。

“太可怕了。”萨拉说。

“这比再听里奥念一次该死的谢默斯·希尼的诗要好些。”盖文说，声音不大，但刚好让里奥听见。

“你想要钱吗？”马丁问。

“我只希望得到你们的热情款待。”

“让这个家伙进来吧。”盖文说。

“盖文，求求你别瞎指挥了。”玛德琳小声嘟囔着。

“给他一杯白兰地，一块肉馅饼暖暖身子，然后他就可以开心地

---

①哈克尼区，英格兰大伦敦内伦敦的自治市。

走人了，”盖文说，“这样才符合圣诞精神嘛。”

里奥插嘴道：“盖文，这真不是个好主意。”

恩雅把椅子往苏菲身边挪了挪，蜷缩在妈妈的怀里。

“就待五分钟。”马丁说。

陌生人走进了房间，在门垫上擦了擦脚，动作缓慢而从容，和他敲窗玻璃的动作一样，好像在向不懂礼仪的人展示该如何正确地做这个动作。马丁关上大门。陌生人脱下羊毛帽子，塞进口袋。

屋里的人立即闻到了他身上的味道，不是流浪汉身上难闻的味道，这味道闻起来更像是一个天天做农活的人身上散发出来的。皮革、牛粪和柴火味混合在一起，沧桑，古老如游牧民族，让人联想到远古高原上奔腾的蒙古马、圆顶帐篷和展翅高飞的雄鹰。他穿了一件拿破仑风格的外套，磨损的黑色哔叽配着如假包换的黄铜纽扣，衣服的下摆毛毛糙糙。雪花在他的肩头一点点融化。

“节日快乐，”盖文把肉馅饼和白兰地递给他，“肉馅饼是我母亲亲手做的，绝对五星级。肉馅里放了很多很多的水果干。”

“拜托，盖文，”里奥轻言轻语地提醒他，“别跟个娘们儿似的。”

陌生人啜了一口白兰地，在嘴里含了片刻咽了下去，接着又吃了一口肉馅饼。他闭上眼睛。这一幕如果被外人看到，肯定以为这家人都等着他对食物的评价呢。

马丁的脑海里浮现出一些旧时的记忆。如果这个人的头发再短点，没留胡子的话……

陌生人点点头。肉馅饼味道很不错。屋里的气氛松弛了下来。

他又啜了一口白兰地，然后上前一步把杯子和装肉馅饼的盘子放到桌子上。艾米和苏菲赶快往椅子里挪了挪，以防被那个陌生人碰到，不过陌生人潮湿的外套下摆还是从艾米的膝头擦了过去。放好杯盘，他退回到房间正中，胡子上沾上了一点馅饼渣。“谁想来玩个游戏？”

“谁都不想，”马丁坚定地说，“你没来之前，我们过得舒适又温馨，现在就等你走了我们好继续。”

陌生人没有理睬马丁，或者假装没有听出马丁话里的怒气。

“肯定有人想跟我玩个游戏吧。”

“你喝也喝过了，吃也吃过了，”马丁说，“现在请你离开我家，该干什么干什么去，该去哪儿就去哪儿。”

“我的目的地就是你家。”陌生人说。

房间里突然一片沉寂，每个人都在琢磨这句话的意思。突然，盖文大吼了一声：“别再耍我们了，行吗？”

“我的天，盖文！”萨拉恨恨地说。

陌生人解开外套扣子。外套的左侧内里有一个很深的内袋，口袋下垂，里边放了一把颇有分量的短管霰弹枪，看起来沉甸甸的。恩雅吓得倒吸了一口凉气，听起来像是打了个嗝。大卫惊奇地叫了一声“哇噢”。陌生人把枪从口袋里拿出来，推开桌上的薄荷森林巧克力和奶酪盘，把一块没人用的柳编餐垫放到桌子上清空的地方，小心地把枪放在餐垫上，以免碰到光滑的核桃木桌面。

“我的天哪！”玛德琳说。

里奥张大了嘴巴。

恩雅哭了起来。

“这是真枪吗？”大卫说。

“就当这是真枪，好不好？”马丁说。

但大卫的问题其实是有道理的，因为这把枪看起来确实有点古怪，感觉有一点蒸汽朋克式的魔幻风格，一点都不像真枪。虽然可能性微乎其微，但还是让人忍不住怀疑那是否只是一个道具，不过枪落在台面上的感觉是实实在在的，分量之重无可辩驳。

“我的天哪，”玛德琳又说了一次，吓得倒吸了一口冷气，“天啊！”

“我们真的、真的要报警了。”苏菲说。

“你跟我们认识吗？”马丁问陌生人。他认定这人肯定是为了以前的医疗纠纷来找茬的，一种久违的责任感油然而生，感觉还不错。

“你们当中肯定有人愿意跟我玩个游戏吧。”陌生人说。

艾米站了起来。

“别动。”陌生人说。

艾米只能又坐下。盖文安抚似地拍了拍她的手。

“现在请你赶快离开，”马丁说，“立即，马上。”

“好奇地问下，我们现在成人质了吗？”盖文说。

“难道你们当中就没有一个人有胆量和我玩个游戏吗？”陌生人说。

“真见鬼，”盖文说，“这不是有没有胆量的问题，问题是你闯入了我们本来非常愉快的家庭晚宴，结果你反客为主，要求我们陪你玩你搞出来的什么乱七八糟的游戏。”

“盖文！”他的父亲打断了他，语气平静，潜台词是“这事就让我来处理吧”。他转向陌生人：“时间到了，走吧。”

陌生人微微一笑。他的目光慢慢扫过屋里的所有人，好像在评估每一个人的分量。

苏菲紧紧抓住了恩雅的手：“亲爱的，别紧张，没事的。”

“够了！”盖文说着，站了起来。让他不爽的不单是陌生人的闯入，更让他生气的是他父亲轻轻松松就把大权从他手里夺走，他又成了一个附属品。

“盖文。”萨拉勉强克制住自己的咆哮。

盖文拿起枪。

“不，”艾米说，“盖文，请不要这样。”

盖文把椅子推到桌边，向后退了几步。

“我的天哪。”里奥说，双手捂住脸。

盖文其实没想过拿起枪以后干什么，他不过是下意识地认为这把枪在这间房里代表着权力，是王之权杖，将之号角。现在枪落到了他的手里，他又有些犹豫不决。他应该还给那个陌生人，命令他把枪带走吗？还是应该没收这把枪？或者他应该用这把枪威胁那个陌生人赶快离开？“现在，赶快离开我家。”

盖文让马丁大吃一惊。现在房间里最危险的人居然是他的大儿子。他没有料到这一点，一时间有点不知所措。和工作相比，家事总是复杂得多。

陌生人微微一笑。“所以说你愿意和我玩一下这个游戏？”

“你，到底想玩什么游戏？”盖文不想被动地回答问题，他想要发号施令，但是目前他处在下风。

“开枪打我。”陌生人说。

玛德琳惊叫了一声，好像不小心踏空楼梯摔下时发出的喊声。

盖文笑了。“哈，这不可能。”一个握着枪的人无法控制事态发展，这是多么奇怪的情形。

“盖文，我觉得你最好把枪放下。”他的父亲说。

他赞同父亲的话，也非常想把枪放下，但他又不想让陌生人看到他的软弱，认为他是父亲的乖宝宝。

陌生人慢慢朝盖文走过去，看起来一点都不怕盖文手里的枪。这是他进屋之后所做的最具威胁性的举动。

“嘿，嘿，嘿！站住，别动！”盖文说，声音和语气都有些失控。

陌生人在距离盖文只有几米的地方停了下来。现在他们俩看起来就像是两块一模一样的磁石，互相排斥但又被外力强行往一块儿推，连空气都感受到了两人之间剑拔弩张的氛围，仔细看似乎可以看见那一波波被挤压变形的气流。

“不许再靠近我。”盖文说。

“盖文，”他的父亲说，“千万要小心。”

“别扯淡了，福尔摩斯先生。”盖文说。

言语的交锋让两个男人都显得很渺小。

那个陌生人稍微动了动，可能只是把身体的重心从一只脚转移到另一只脚，但盖文立即举起枪对着他。他自己都没有意识到自己的举动，就这么把枪举了起来，现在想放下是不可能了。

“哎，该死，”萨拉说，“该死，该死。”

盖文现在正拿枪指着另一个人。他曾经想象过这样的情形，但没有想到，这么做居然会让他如此焦虑不安。

恩雅站起来，跑出了房间。没有人阻止她，好像大家都害怕一点点动静就会打破房间里岌岌可危的平衡，一切悬于一线。大卫不想离开。他完全被吸引住了，一点也不觉得危险。他还在想这是不是爷爷安排的圣诞惊喜。或许这个陌生人是艾米的朋友。过一会儿，等他回到自己的房间，拿出手机，就可以发短消息给瑞恩和亚亚，告诉他们这个有意思的事情。

“你现在必须离开。”盖文对陌生人说。

每个人都看得出来，那个陌生人明显没有离开的意思。

里奥轻轻把椅子往后推，站了起来，把手伸向盖文，想要把他手里的枪管调个方向朝下对着地毯。但是盖文立即把枪口指向了里奥，根本没有考虑这个动作意味着什么。可是对大家来说，此举用意很明显，他似乎在说我也可以毙了你。里奥一屁股又坐了回去。

马丁不知道怎么做才能扭转局面。真希望这会儿大卫、苏菲、萨拉、艾米和玛德琳都不在房间里，不过同时他也觉得现在屋子里的情形古怪得有意思。

“扣动扳机吧。”陌生人说。

“这个人疯了，盖文。”里奥说，“盖文？听我说。”

“这把枪肯定是假的，”盖文说，“所以我们的朋友才会一点都不紧张。”这话说出来连他自己都不信。枪拿在手里的感觉太真实了。

他只不过是在没话找话。如果他不停地说话，也许能找到台阶下。

陌生人一声不吭，一动不动。

“该死的把枪放下，盖文，”萨拉嚷嚷道，“不要再玩这愚蠢幼稚的游戏了，好不好？”

“你嚷嚷也没用。”艾米说。

“好吧，和声细气地劝他似乎也没起什么作用啊。”萨拉说。

盖文上前一步，用枪管直接顶住陌生人的胸口。

“这下可好了。”萨拉说。

玛德琳的脸刷的一下白了。苏菲用手捂住嘴。

“不，不，不，不，不，”马丁竖起一只中指，平静地说，好像他是一个小学老师，要他的学生们停下来重新考虑，再说出正确答案，“这样可不好，盖文。”

艾米说：“盖文，我真的很害怕，你把我们所有人都吓坏了。”

马丁朝大儿子走去。就在这时，枪响了。可是所有人的注意力暂时都被马丁吸引过去了，没人知道到底发生了什么。除了大卫，因为他对祖父没有兴趣，他的兴趣都在那把枪上。所以只有他和盖文的目光盯着那个陌生人。只有他和盖文看到了陌生人被双筒齐发的霰弹枪直接射中胸部的那一幕。他不记得自己听到了巨大的枪声，因为此情此景实在太震撼，就好像一个巨大的隐形的气囊在两个人之间突然炸开，把他俩炸到空中，分别向两边落下。陌生人是因为中弹而被炸飞，盖文则是被枪把的后座力重重地弹在肋骨上撞飞的。他在电影里见过这样的情景，可他没有见过枪弹的力量瞬间穿透陌生人的身体，把他身体的脏器化为齑粉，喷在窗帘上，溅在落地摆钟上，洒在手工上色的贝德福德郡地图上，而此时陌生人的躯干还在空中没落下去。

下一秒，他的身体就落到了地上。陌生人背部着地躺在地板上，头枕着落地钟的底座，冲击力使落地钟不断摇晃。他的大氅像蝙蝠巨大的双翼一样向两边敞开。躺在地毯中央的盖文和陌生人的姿势一模一样，也是背部着地，双臂摊在身体两侧，神志不清，但他的嘴巴和眼睛都张着，好像刚刚注意到屋顶上那奇怪的血迹。枪管冒出的 S 状硫磺灰烟在两人之间慢慢散开，气味刺鼻。

玛德琳尖叫起来，停住，深吸几口气，又尖叫起来，好像她正在参加尖叫比赛。

“盖文……”艾米试探性地叫着，不敢靠盖文太近，“盖文……”

沙发上有血迹。台灯上也有血迹。陌生人的身体下面有一摊血，正慢慢扩大。那摊血黏黏的，外围圆圆鼓鼓，是上好的波特红酒的颜色。三张餐椅上沾上了血迹。餐桌上也有细细一道血痕，把奶酪盘一分为二。一小滴血珠掉进一杯苏特恩白葡萄酒里，缓慢下沉。苏菲的头发上也溅了血。她用一块纸巾机械地擦着，眼睛一动不动地盯着远处墙上的一个电灯开关。

恩雅出现在门厅走廊。奶奶在尖叫。两个男人躺在地上。地上有一大摊血。她以为那个陌生人杀了屋子里的每一个人。她转身就跑，尽量轻手轻脚，跑回二楼的浴室里躲了起来。这样的场景在她脑海里出现过无数次。她经常想象各种各样的灾难场景，车祸、火车上的炸弹、海啸、火山爆发、伊斯兰国、博科圣地。所以每次走进陌生的房子，她都会先搞清楚逃生路线和可以躲藏的地方。这样做让她感觉很安心。她经常想象穿长筒靴的脚在地板上走来走去，事先没有任何准备的蠢孩子们只会哭喊着叫救命的画面。她相信灾难终会发生，所以才未雨绸缪。现在灾难真的发生了，她并没有因为自己逃过一劫而开心，但至少她有所准备。浴缸后面有块活动的护墙板，她把手指插进板子下面的缝隙，把板子拉开，从小洞里钻进去，钻进了爷爷奶奶卧室顶上的小阁楼。那是一个三角形的逼仄空间，处于楼顶水箱和天花板之间，里面布满了蜘蛛网，寒冷刺骨。她两年前在这里待过一次，那时候是暑假，她在这个地方打着手电筒看完了一整本《帅妞崔西》[①]。她以为这上面的温度一年四季恒定不变，但其实这地方是隔热层，可以让房子里保持冬暖夏凉。真该穿上一件外套或者套头衫。可现在太迟了。她抱紧自己，瑟瑟发抖。

楼下，马丁把手搁在妻子的肩头。“停下来别再叫了。到厨房去，吃几片安定。”

对玛德琳来说，现在跟她说话的不是她的丈夫，而是一个医生。因此她停止了尖叫，下意识地站起来，走进厨房，从酸辣酱罐背后的饼干筒里拿出一板锡纸包装的安定。她掰出三颗两毫克含量的药片，就着牛奶吞了下去。她怀疑自己刚从一个特别逼真的噩梦里醒过来，静静地坐下来，等别人过来告诉她究竟发生了什么事。

---

①《帅妞崔西》（*Tracy Beaker*）是英国女作家杰奎琳·威尔逊（Jacqueline Wilson，1945 – ）的代表作。

客厅里，盖文发出一声呻吟，翻了个身，感到体侧一阵刺痛。他蜷起身子，像婴儿一样把自己保护起来，后来才发现断了两根肋骨。艾米在他身边跪下来，揉着他的肩膀，很开心丈夫还活着，可是想到他刚刚用枪打死了一个人，心里又一阵忧虑。

“爸爸？”里奥把掉在地上的枪用右脚尖踢到墙边踢脚线附近。“你是个医生。你得救救他。”

马丁低头看着大儿子。他的大儿子刚刚杀了一个人。

“不是救盖文，”里奥说，“是救他。”他指着那个陌生人，但不敢直接看着尸体。

马丁双手插在赛车绿开衫的口袋里，走到陌生人的尸体旁，或者说走到陌生人残留的躯干旁，站定。陌生人的胸腔有个大洞，心肺都不见了，只剩下血肉模糊的一团，撕裂的筋膜和参差不齐碎裂的骨架清晰可见。他从没有遇到过这么严重的伤情，刚当医生的时候或许见过，或许没有见过。他记得自己处理过最严重的情况就是一个骑摩托的人被大卡车碾轧，但也只是骨盆碎裂，一条腿被碾断。像今晚这种情况，也没有什么必要看医生了吧？

“你不能给他做 CPR[①]吗？”里奥问。

“没有 C，没有 P，那 R 就根本不可能了。”马丁回答。

“你说什么呢，我根本听不懂。”里奥说。

“没有心，没有肺。心肺，简称 CP。”马丁回答道。

① CPR 是 cardiopulmonary resuscitation 的简称，即心肺复苏。

艾米捂着嘴，吐了一手。里奥递给她一块餐巾，她立即冲进了走廊的卫生间。

盖文把一只手平放在地板上，慢慢撑着坐了起来。他用另一只手的大拇指和食指揉了揉眼睛，看上去像一个宿醉的人刚睡醒，意识模糊，头疼欲裂。他说："枪就这么走火了。"

"你杀了他，"萨拉说，"你这该死的混蛋就这么杀了他。"

"你重复再多遍也帮不了你弟弟。"马丁说。

"我根本没想着帮他，唯一需要帮助的人已经他妈的死了。我要不说这话我憋得慌，我那该死的弟弟又犯浑了，真是狗改不了吃屎，只不过这次他吃的不是屎，他杀了人！"

罗伯特轻轻拍拍她的手臂："好了，好了，别说了。"

"该死，把手放开，"萨拉说，"我说的对。他知道我说的对。每个人都知道我说的对。所以别想让我闭嘴，想也不要想。"

罗伯特做了一个大家都能看懂的投降的手势，坐回到椅子上。

苏菲想把大卫带出屋子，但是他拒绝离开，把她放在他肩膀上的手甩开。他现在基本肯定那个男人不是艾米的朋友。他有点恶心，又有些害怕，不过又想向朋友炫耀自己很勇敢："我妹妹吓得逃跑了，但是我没有。"

"他闯到我们家，"盖文慢慢地说，"拿着枪。我是自卫。枪走火了。"

"该死的，你闭嘴，盖文。"萨拉说，"你拿起了枪，我们都让你把枪放下，可是你拒绝放下。你用枪顶住了他的胸膛。你开枪杀了他。"

"这是一个错误。"盖文说。

“是啊，承认错误就是好孩子了，是吧。”萨拉讽刺道。

马丁坐下，揉了揉脸。还不如开车陷在雪地里，在车上过一夜呢。

艾米出现在门厅，用挂在水斗毛巾架上的一块紫色小毛巾擦着惨白的脸。她站在客厅门口没有进来，好像犯罪现场围栏之外的围观群众。

楼上，恩雅在她祖父浴室的小阁楼里快被冻僵了，身体不停地打颤。她一点都不害怕。现在楼下的家人有可能全部都死了，这种想法让她变得无比平静。慢慢地，她的核心体温开始直线下降。

她的母亲并没有因为女儿不见了而担忧。苏菲这会儿根本没空想自己的女儿。此刻，这间屋子就是她的全部世界。

“我要报警。”萨拉说。她向门口走去。艾米退后一步让她走过去。

“等等。”她父亲说。

她下意识地停下脚步。这是她最痛恨父亲的地方，只要父亲一开口，她的第一反应就是自觉自愿地服从，而她要非常努力才能克制自己内心深处对父权的遵从。

“我想你说的对。”父亲小心翼翼地说。和女儿一样，他也得措辞非常小心才能避免女儿的脾气突然爆发。“但我们可能需要考虑一下报警会给我们家带来什么样的后果。毕竟一旦报警我们就没有回头路可走了。”

“你是在建议我不要报警吗？”萨拉说。她做出一副“我真是无语了”的表情，腮帮子气得鼓鼓的，摇着头说：“这人的内脏溅得满天花板都是。”

上次他要求女儿平静下来，她朝他扔了一个餐盘。这次，他说：“给我两分钟考虑一下。”

“一分钟。”萨拉回答。

“你弟弟可能会坐很久的牢。”

盖文摇摇头：“我不能坐牢。”

他的姐姐回答：“我现在一个字都不想听你说。”

盖文咬紧牙，用手压住钻心疼痛的肋骨，不知道该怎么反驳她。

她转向父亲：“还有五十秒。”

“他是个不速之客……”

“他是个客人。”

“他带着枪。”

“但他并没有拿起枪。”

如果马丁是个律师，他可能会在这错综复杂、让人一头雾水的迷宫中找出一条解决之道，但现在恐怕只有上帝才知道这条解决之道是什么。

大卫琢磨着他是不是能把手机拿出来，给尸体拍一张照片。不知道别人会不会认为他冷酷无情，毕竟这个人刚刚死去。不过现在情况非常特殊，估计拍个照也不算什么不道德的事。

“你现在是在要求九个人同时撒一个弥天大谎，”萨拉说，“而且大家说的谎还得一模一样，小到每一个细节，然后这个谎言将跟随我们大家一辈子。请问我们到底该怎么样才能做到？”

女儿真该去做律师，马丁想，而大儿子居然要进监狱了。多么戏剧，多么出乎意料的生活转折啊。他得想办法尽量减轻这件事对玛德琳的伤害，真是棘手，真不想干。他还得把这间屋子封起来，清扫干净，重新装修。

“还有其他人反对吗？”萨拉慢慢转动身子，目光逐一扫过房间里每一个成年人。他们知道她是对的。大家内心其实都有些如释重负，因为萨拉帮大家做了正确的决定，并付诸行动。可是萨拉这个报警电话没有打成。陌生人的身体突然传来汩汩的声音，动静之大，打破了屋子里的沉寂。艾米尖叫起来，用手拍打自己的脸，身体舞动着，在原地打转。她的举动实在是滑稽，就算在当下这个情景也非常可笑。

“艾米！”马丁叫道，“艾米？”他等着她平静下来。“那是身体里原来就有的气被释放出来了。”而且，也非常有可能，陌生人的大肠正在排空里面的粪便，不过没有必要专门说明这一点。他想到玛德琳，也不知道她在厨房里怎么样了。或许应该去看看她好些没。

陌生人坐了起来，睁开眼睛。

艾米一屁股蹲坐在椅子上，一头朝餐桌栽了过去，额头撞到咖啡杯，侧身从椅子上摔了下来。她一下子摔倒在地，罗伯特想要伸手抓她，但没有抓住。盖文低低地叫唤了一下，像一条狗一样悲泣起来。大卫彻底被弄糊涂了。这个事情，绝对是他有生以来见过的最为神奇的事。或许这还真是一场魔术表演。

尽管陌生人的大部分内脏器官都不见了，但他的气色看起来比盖文还好。他把沾满鲜血的胡子梳理齐整，站起来，好像刚才只不过是在街上摔了一跤。他慢慢穿过房间，一步一步，每个人都能听见他的靴子踩在黏糊糊、血迹斑斑的地板上，抬起，放下，又抬起，再放下。他捡起扔在地上的短管霰弹枪，走到盖文身边，站定，俯视着他。盖文的呜咽变成了恸哭。陌生人面露微笑，脸上带着满足的表情，好像刚刚跟趣味相投的朋友一起美餐了一顿。

盖文相信这将是他生命中最后的时刻了，他希望自己能够表现得更勇敢一点，更有男人味一些，但是断掉的肋骨钻心地疼，过去二十分钟的经历又让他的情感如过山车般起伏而耗尽了体力，他什么也做不了，只能闭上眼睛，等着枪声响起。

枪声没有响起。陌生人只说了句："明年圣诞再见。"然后把枪插进外套内里的口袋，扣上外套扣子，遮住血肉模糊的胸腔。"明年轮到我开枪。"他挺直后背，转过身，对着房间里的每一个人说，"祝大家晚安，并祝你们圣诞快乐。"

他大步走到落地玻璃窗前，打开门，迎着暴风雪向着黑暗走去。

盖文双手抱头坐着，盯着厨房桌子的木纹图案，等着母亲让他服用的可待因起作用。萨拉煮了一壶茶，准备了一盘饼干放到大家面前。大家双手捧着热气腾腾的马克杯，吃着奶油夹心饼干，身心好似都得到了一点抚慰。艾米的太阳穴青了一大块。

大卫终于意识到了眼前情形的严重性。有一阵子，他像被敲打过的锣鼓似的激动得浑身颤抖，毕竟刚刚经历过的这场成人洗礼，他的小伙伴们永远也不可能经历。不过，他很后悔刚才没能给那个死过去的陌生人拍照，所以他回房间取出自己的手机，悄悄溜回到大人禁止他进入的餐厅。他对血迹没什么感觉，但是拍下的那几张血淋淋的照片，看上去就是一个犯罪现场的照片，悲凉，肮脏，乏味到极致。这时他才第一次意识到自己目睹大伯杀了一个人。这一事实比看着死去的人突然复活，并且宣布明年他会来杀了他的大伯还要让人难以接受。

楼上，苏菲正一间房挨一间房地搜寻女儿恩雅，越来越感到恐惧。“恩雅……”恩雅会不会因为害怕离开了房子，冲进了黑夜里？而此时，在那个小小的阁楼里，恩雅已经冻得失去了知觉，听不到妈妈的呼唤。苏菲回到厨房里。“我到处都找了，可还是没找到恩雅。”

“她应该不会跑远。”里奥说。

“你根本没听懂我的话。听仔细了，恩雅不在这里。”

过了好一阵子大家才明白她的意思。“她跑出去了。”

“她跑到房子外边去了。”苏菲说。

“该死。”里奥立即站了起来。“爸爸，找一个手电筒给我。”

里奥和罗伯特把花园的角角落落彻底搜寻了一遍。花棚里，长长的木头玫瑰花架后边，连堆肥桶里都仔仔细细地找过了。厨房门口的花盆里有几根竹竿，他俩拿着竹竿在漂浮的肥料里捞来捞去，看恩雅是不是掉进去了。如果真的通过这种方式找到了女儿，那她肯定早已经死了。里奥不敢再想下去。

十分钟后，坐在厨房里的大卫随口说了一句：“有个地方可以藏人。在浴室的顶上，墙后面有个活板门可以进到小隔层里。”

苏菲拔腿就往楼上跑。接下来的几年，每当苏菲情绪低落，想起这一幕，她就会狂扇儿子耳光，边扇边骂他是“恶毒的小王八蛋”，因为他没有早点告诉大家妹妹在哪里。后来，她和里奥的婚姻不可避免地走向终结，归根结底，导火索就是儿子的冷漠和麻木。妹妹在楼上冻得奄奄一息，他却若无其事、无动于衷地坐在厨房吃饼干。

她踢开浴室的门，扯开背板，把女儿从那个小隔层里拉出来。恩雅四肢瘫软，面色灰白，身体冰冷而潮湿。苏菲抱着女儿从走廊跑到卧室。马丁指挥大家共同抢救。帮她脱掉衣服，换上温暖干燥的兔毛连体服，盖上羽绒被。马丁让萨拉拿一个电吹风坐在床边，在恩雅瑟瑟发抖的身体周围不停地吹送暖风。艾米给她戴上一顶羊毛帽子。

苏菲说：“我们得把她送到医院。”

“天气这样怎么送？”马丁说，“就算送到医院他们能做的也不外乎这些。”

苏菲又问：“她会没事吧？”

马丁说：“说实话我真不知道。”马丁的回答实事求是，他真的不知道能不能救活恩雅，可是他言语中透露出的冷静和坦白却让苏菲记忆深刻，让她忘记了最终还是公公拯救了女儿的性命这个事实。

玛德琳弄了一大杯热乎乎的糖水，用孙女小时候用过的吸管杯装了一杯拿到卧室。苏菲把吸管塞到恩雅的嘴里，温柔地说：“宝贝，来，喝一点。”

他们把里奥和罗伯特叫了回来。知道女儿还活着，里奥松了一口气，可是看到女儿半死不活、双目无神的样子，他又吓坏了。他弯下腰，吻着她，喃喃地说：“嗨，小宝贝。”

卧室不大，大家要是都挤在里面只会越帮越忙。所以萨拉和艾米到楼下收拾厨房，清洗碗碟，罗伯特则勉力清理乱七八糟的餐厅。他擦掉落地钟上的血迹，把被血浸透的地毯卷好，捆扎结实，扔到花园里。把贝德福德郡的手绘地图从画框里拿掉，放到抽屉里，沾满血的画框和玻璃可以用肥皂水洗干净。用海绵把墙纸上溅得到处都是、斑斑点点的内脏器官一点点擦掉。把窗帘取下来，浸泡在一桶水里。最后，他关上灯，关上门，象征性地把一把椅子堵在门后。

大家都忙作一团的时候，盖文静静地坐在厨房桌边，一声不吭。身体的痛苦并没有怎么折磨他，从小就喜欢打打闹闹，爬高爬低的他其实还挺享受肉体的伤痛。恩雅是死是活他也根本不关心。凡是和他没有直接关系的事情，他都置身事外。真正困扰他的是他不知道该怎样做才能扭转刚刚发生的事情给他带来的不利影响，这种事以前从未发生过。

艾米在厨房里忙东忙西，擦擦平底锅，又擦擦烤盘。她渴望回到伦敦，渴望摆脱这个平庸的自己，渴望每个晚上都待在舞台那光怪陆离的聚光灯下，坐在海湾风景尽收眼底的客厅，听着窗外淅沥的小雨，迎接曼德斯牧师：“你这么早就来了，太好了。这样在晚饭前我们的事情就能处理完……”她之所以被盖文吸引，是因为盖文表现出的那种刀枪不入、百毒不侵的魅力彻底征服了她，使她无视盖文傲慢自大、冷酷无情的致命缺陷。现在突然发现原来盖文也不是坚不可摧的，这让她开始怀疑在横越人生这浩瀚的大海时，自己是不是上错了船。

这是一个不眠之夜，只有玛德琳眯了一会儿，凌晨四点她也醒了。安定的药效过去之后，那些血淋淋的景象穿透迷迷糊糊的大脑开始清晰地显现。里奥让苏菲睡一会儿，可是没看到恩雅活蹦乱跳地好起来，她根本无法合眼。其实，里奥也是一样。萨拉气得无法睡觉，而罗伯特的使命显然是保持清醒，吸收、平息、转移妻子的愤怒，免得她把已经很不堪的局面搞得无法收拾。

对马丁来说，陌生人死而复生这件事让他百思不得其解。那个人本来已经死得透透的了，怎么又活蹦乱跳了呢？可以肯定的是自己家人成了一个惊天大骗局的受害者。可这是怎么做到的？为什么要这样做？

大卫也睡不着。他上楼去看妹妹，结果妈妈歇斯底里地朝他吼，让他滚远点，声音里充满了仇恨。父亲跑出来在走廊上跟他解释说妈妈只是太紧张了才对他这么粗鲁的。但是由别人替代的道歉并不是发自内心的真正的道歉。每个人都明白这点。

他当时只不过是忘了恩雅可能会藏在那里，后来才想起来。难道大家不该表扬他吗？答案从来都是一样的。因为恩雅是个早产儿，是个小天使，是蒙神赐福的人，刚刚降临到这个世界。有时候他确实希望她死掉，因为每个人都告诉你要乖乖的，要照顾好自己，不要动不动就大惊小怪，要知道你是个多么幸运的孩子。妈咪和爹地现在很忙，有很多事情要处理，所以你就表现得很乖，自己照顾自己，从来不大吵大闹。结果呢？结果就是你被彻底忽视了。

有时候他会想象自己得了一种很严重的疾病。有时候他会想象自己在车祸中成了残废。有时候他会故意夸张地把身体伸出窗外。有时候他用刀尖划伤手腕，直到血渗出来。有时候他会上网查各种致命的毒药。

现在又是这样，“恩雅秀”即将隆重登场。

后半夜，盖文裹着羽绒被躺下休息了一会儿。晨光熹微，他的自信心有所恢复，前一晚发生的一切都恍如隔世，这让他得以打起精神，把发生的事情都抛在脑后。他让艾米又给他拿了一些可待因，端来一杯浓咖啡和烤面包。止疼剂发挥作用后，他小心翼翼、动作缓慢地冲了个澡，然后走下楼，向大家提议餐前出去散散步。

萨拉简直无语了。他怎么能够完全忽视昨晚发生在隔壁餐厅的事，好像没事人一样？而且，为什么其他人都像患了集体失忆症，居然会附和他的提议？她想要把这桩事拿到台面上说说清楚。她想要公正地处理这件事情。最不济，她的弟弟得亲口承认他做了一件非常非常可怕的事情吧。

盖文总是精力充沛，信心满满。他喜新厌旧，生活充满情趣；遇到棘手的事情干脆抛到脑后。而且他总是能让自己的决定显得高尚而体面。这正是很多人被盖文吸引，觉得萨拉难相处的原因，也是全世界常常不公正地按照盖文的意愿行事，而处处给萨拉设置障碍的原因。

玛德琳的臀部不太灵活，所以苏菲没有出去散步，而是留下来帮着准备午饭。恩雅身体已经恢复，虽然她很害怕屋外的世界，但还是决定跟着大部队一起出去，这样比较安全。他们穿上威灵顿靴子，戴上手套，浩浩荡荡朝着教堂进发。一路上不断有村民跟他们打招呼，好像一群爱斯基摩人在白雪皑皑的荒原上碰面了一样。一只金毛犬在雪地上撒欢，在雪堆里钻进钻出，好像一只毛茸茸的海豚在一望无垠的纯白海面上戏耍般忽隐忽现。

罗伯特看到大卫垂头丧气地走在人群的最后面，感觉他有些不对劲。也许他从大卫身上看到了童年时的自己。他的童年在各种各样的国际学校里度过，虽然表面上看起来光鲜华丽，背后却是十四种语言混杂带来的深深的寂寞。

“你怎么了，伙计？”

大卫轻蔑地白了他一眼，眼神里充满青春期的挑衅。罗伯特意识到这个孩子已经病入膏肓，就像面对一个掉进深井的孩子，任何鼓励的话都没有意义，因为井太深了，没有梯子根本不可能把他救出来。随后的几年里，每当听到大卫在歧路上越陷越深的消息，罗伯特就会想起大卫的这个眼神。每到冬季大雪纷飞时，罗伯特也会模糊地想起雪地上侄子那张阴郁的脸，还有根本不清楚自己的哪个孩子陷入了真正危机的里奥和苏菲。

散完步回家，脱掉靴子，大家围着厨房桌子坐下，圣诞午餐已经准备好，简约朴素的风格正好应景不太喜庆的心情。年轻、手脚灵活的人坐在吧台凳上或是洗衣机上，把餐盘放在大腿上吃饭。火鸡肉不错，只有马丁抱怨了下没有配上芜菁甘蓝和芽甘蓝。但肉馅饼和蛋奶沙司的味道比平时还好，所有人都愉快地吃完了午饭，并且难得没有吃撑。没有人质疑，不管直接还是间接，为什么这顿午饭吃得这么不合传统。大家心照不宣地认为，今年的圣诞大餐非常棒。

盖文举起盛着马尔贝克葡萄酒的酒杯："上帝保佑我们。"

午饭后大家开始交换礼物。往年，这个时刻总是令人神经高度紧张(去年盖文送了两根拐杖给父亲，让人觉得这是对马丁的大不敬，也说明盖文心思不够缜密)，今年一切进行得很顺利。大卫拿到了最新版的《FIFA》游戏，马丁拿到了一整套伊莎贝尔·福斯特和亚历山大·曼尼柯夫演奏的《贝多芬小提琴奏鸣曲全集》。萨拉再一次想要提高母亲的文化修养，给她买了一本当代女性作家的小说。这本小说的命运肯定和其他书一样，被玛德琳束之高阁，一次也不会翻阅。盖文甚至给点唱机后面书架上的那一排书起了个名字，统称为"女同黑色小说系列"。反而是里奥和苏菲带来的礼物比其他礼物都要受欢迎。他们从自家花园采摘黑莓，熬制成黑莓果酱，装进小罐子里，贴上恩雅手绘的标签。虽然交换的时候看起来有点寒酸，但其实这个礼物更暖心，大家把这些果酱吃得干干净净（贝多芬的音乐全集，从第四张起，马丁就没有打开过）。

礼物包装纸清理完毕，蛋糕端了上来。按照往年的惯例，他们可能会看邦德系列电影《007大破天幕杀机》，可是电视机和电视机插座都固定在餐厅里，而餐厅是大家最不愿去的地方。突然的空闲让大家的脑海里都浮现出前一晚的血腥场面。趁其他人玩大富翁游戏的时候，里奥和罗伯特逃离屋子，替艾米和盖文取昨晚陷入暴风雪中的车子里的行李箱，结果惊讶地发现那条路上的积雪已经清扫干净，且撒上了防滑的小石子。一个小时不到，盖文和艾米放弃玩了一半的大富翁游戏，驾车沿着M1公路往南驶去。艾米开车，盖文瘫在后座迷迷糊糊地睡觉。

盖文一走，萨拉就开始大声嚷嚷，没完没了地批判他。马丁质问她为什么盖文在的时候她不吭声，反而对这帮无辜的人大放厥词。这当然又让她恼羞成怒，不一会儿就气冲冲地拉着罗伯特一起开车走了。晚上八点，就剩里奥、苏菲和孩子们一家还待在这里。可没过多久，恩雅说她在这里睡不着觉，里奥和苏菲一听，抓住这个借口，连夜开车回杜伦去了。

晚上十点，房子里只剩下马丁和玛德琳，两人惴惴不安地熬了一个晚上，第二天就搬去谢罗斯菲尔郡一个阴冷潮湿的小度假屋，在那儿待了七天。马丁找到了花园暖房被赤杨树砸坏时请过的波兰建筑工安杰依，遥控指挥他将餐厅修复如初。对于餐厅为什么成那副样子，他的解释是“我治疗过的一个精神有问题的病人闯进了我家，企图自杀”。

盖文和艾米在西米德塞克斯医院急诊室的塑料椅子上度过了圣

诞夜，等着做 X 光检查。医院的广播里循环播放着威猛乐队的《去年圣诞》，数到第七遍的时候盖文放弃了。

圣诞节后的第一个工作日，盖文让一个在 BBC 工作的朋友帮忙查一下有没有媒体报道父母居住的村镇里发生枪击事件的传闻。什么也没查到，这件事被他抛之脑后。

接下来的几个星期，艾米眼前时不时地出现创伤之后的闪回片段（黏糊糊的血迹滴在奶酪盘上成一条直线，尸体发出的汩汩声……），但是盖文似乎一点都没受影响，这倒安抚了她的焦虑。她有时候甚至怀疑那件事是不是真的发生过。这种似是而非让她更安心了，慢慢地，这段不堪回首的往事一点点淹没在记忆与现实的模糊地带。

但是，一月底的一个夜晚，盖文被一声枪响惊醒。他睁开眼睛，看到床顶天花板上粘着一团血肉模糊的东西，已经凝固，像一个小小的钟乳石。鲜血正慢慢地、一滴一滴地往床上滴落。他把手放在胸口，感觉到……什么都没有，肺、心脏、胃，全都消失不见了。眼角好像有什么东西在动。那个陌生人站在门口，穿着同样的迷彩裤，同样的黄铜纽扣，脸上的微笑也是一如既往的傲慢无礼，手中那可笑的蒸汽朋克式霰弹枪管冒着烟。一只雄鹰从远山展翅飞来。空气中有炊烟和粪便的味道。

“盖文，”艾米摇晃着他，“你没事吧，盖文，不要喊了。”

他的生活从此一点点崩塌。

那天夜里余下的时光，他一眼未合。拿出瓦莱丽·汉森所著的《丝绸之路：一段新历史》来读。在谷歌上搜喀什葛尔及其周边的相关信息。他和托尼威茨刚刚合资成立了一家制片公司。他解雇了公司聘用的平面设计师，因为这个设计师连一个像样的公司标志都设计不出来。第二天早上，他开车去哈德斯菲尔德附近的斯坦内奇隧道，他们正在那里拍摄第二季《伊桑巴德的王朝》。他努力不去想前一晚的噩梦。下午时分，导演安妮在他边上坐下，看似随意地说了一句："你看起来筋疲力尽哪。在屏幕上这可不好。"她大大咧咧的说话方式让他接受不了，如果她是一个男人，倒还可以理解，可她是个女人，这样的说话方式让他觉得相当刺耳。她也有可能是个女同性恋，不过他俩的关系还没好到可以谈论涉及个人隐私的话题，所以他也无从得知。在她面前，他的个人魅力显然一点作用也发挥不了，这让他既困惑又恼怒。他默默地按照托尼教的方法，在心里数到三，然后才开口说："圣诞节我摔断了两根肋骨。现在还疼着呢。昨天晚上也没有睡好。"

可是第二天晚上在宾馆里，他还是一夜无眠。在电脑上看了《地狱男爵》，服下两粒止疼药，从房间的迷你吧台拿了三小瓶威士忌喝下，还是睡不着。他睁着双眼，盯着眼前模糊而单调的黑暗，听着热气管道低沉而不规律的轰隆声，就是无法逃离眼前这个清醒的世界。他知道如果进入梦乡，那个陌生人就会走进房间，杀了他。但恐惧不是他失眠的唯一原因。他一直以为自己表里如一，从来不知道自己居然也存在无意识思维，更没有认真探究过自己的内心。就算偶尔几次不小心触碰到了无意识的自己，他也没发现有什么异常。他喜欢忙忙碌碌，喜欢有人做伴，喜欢完成各种任务，喜欢尝试各项运动。现在他才意识到自己大脑的某个关键部位可能出了非常严重的问题，到底是什么问题，他说不清，就算说得清也已为时过晚。他今年已经四十一岁了，才察觉到自己的问题所在，而没那么自信的同龄人早在圣阿洛伊斯小学上学时，在寒风吹拂的操场边缘，就开始思考他刚刚才察觉到的问题了。

第二天下午，帕罗默的执行制片人维罗妮卡专门来到片场，礼貌地询问了盖文的健康状况。这次他忘记在开口前先数三个数，用了“混账女魔头”这样的字眼。他被告知可以休息四天，摄制组在此期间会在曼彻斯特和爱丁堡拍一些背景画面。“瑜伽，做爱，吃药，随便你干什么。好好休息休息。你看起来像个活死人一样。”

托尼让他说话前先数三个数的建议本来是就工作而言的，但是当艾米跟他说他该去看医生时，盖文数了三个数也没能阻止自己再次暴怒。这次吵架的结果好的一面是，艾米决定暂时搬到扮演孟德斯牧师的那位演员位于奇斯威克的家里，在客卧先住上一个星期，“以免我们两个人的工作都完蛋”。这样，他就可以用椅子抵住卧室门，开着灯睡觉，也可以听第四电台的节目一直到深夜。

四天之后，他回到哈德斯菲尔德。也许他脑子没有以前活跃，精力也没以前充沛，不过安妮什么都没说，他也在没有任何药物的帮助下完成了接下来的拍摄。这对他来说才是最重要的事情，不靠药物而是自己拯救了自己。

艾米原本只是打算在外面待一个星期，以确保每晚精神焕发地出现在舞台上。可是一个星期变成了两个星期，两个星期变成了四个星期。第六个星期时，推迟很久的《雾》终于上映了。这是麦克森纳影业公司拍的一个小成本电影，去年春天在诺福克海岸北部拍摄。艾米扮演一个有严重残疾的孩子的母亲，孩子可能是，也可能不是被恶魔所操控。虽然是一部恐怖片，但是电影剧情感人，景色优美，观众对艾米的演技非常认可。第十个星期，她得到了ITV[①]新剧七集罪案剧《致命禁闭》的联合女主角的片约，该剧的主演还有杰玛·阿特登和马特·史密斯。

获得新片约的第二天，艾米到沃伦街的蜂蜜餐厅和盖文一起吃午饭。他看上去对这个好消息无动于衷。如果换作往常，她肯定会不开心，但现在知道他一定是精神出了问题，内心正在痛苦挣扎。只要他开口求助，哪怕稍微有一点点暗示，她都不可能拒绝他。但他丝毫没有向她求助的意思。在他们聚少离多的三年婚姻中，她至少明白了一件事，那就是他绝对不会在她面前露出哪怕一点点的脆弱。所以她把没吃完的栗子朗姆酒蛋糕留在盘子里，吻了吻他的脸颊，站起身，走出饭店。离去的瞬间，她忧伤地觉得，他们俩的婚姻就以这种出人意料的方式走向了终结。

他收到萨拉发来的电子邮件。开头第一句话就是："我永远都不想再跟你有任何联系。"这句话对他的打击要远远超过她在邮件里告

① ITV，独立电视台，英国第二大无线电视运营商。

诉他的消息。父亲去买报纸的时候在结了冰的马路道牙上摔了一跤，右腿的大腿骨骨折。他本来应该开车去莱斯特探望一下的，可他不喜欢被人颐指气使，更何况发号施令的是萨拉。所以他打了一个电话给妈妈，说他正在拍摄节目走不开，并祝父亲早日康复。

托尼在为《丝绸之路》系列寻找解说员，但是一直找不到合适的人。大家都说盖文现在性情大变，脾气暴躁，但解说节目应该不成问题。《伊萨巴德的王国》收视率一直很高，投资人对于片场的人际冲突不关心，只要没闹出负面新闻就不关他们什么事。可是，有两家投资人是新加入的，他们急于树立自己的威信，因此对之前的安排非常不满，要求换人。

"最近你有点走霉运，"托尼说，"那就干脆沉潜一年，努力做事，等风头过了，我们再把你重新包装……"

"就这样算了？"盖文问，"你就这样认尿了？"

托尼顿了顿，然后说："盖文，你跟别人犯混，随便你，但如果跟我犯混，那你就完蛋了。"

盖文如果早点醒悟，减少日常开支，对公众演讲的邀约来者不拒，为沃克出版社筹划的儿童书籍《世界上最引人注目的建筑》撰稿，听从经纪人的安排拍几则算不上高端的广告，他的生活也不至于一落千丈，甚至有可能重回巅峰。相反，他居然干了一件愚蠢至极的事，其愚蠢的程度不仅让他无法向别人解释，连他自己都说不清当时为什么那么冲动。

盖文是考文特花园医院俱乐部的会员。如果明智一点，他应该断缴俱乐部的会费，有了稳定的收入后再说。可是他害怕孤身一人，形单影只，所以不舍得放弃俱乐部的会员资格。他坐在俱乐部的酒吧里写沃克出版社的那本书，喝了点酒，微醺。时间接近下午三点。

“盖文？”

他抬起头，眼前站着爱德华·科尔，面带微笑地俯视他。曼德斯牧师。艾米从他身边逃离之后，就住在这个人的家里。这个男人让他感觉不舒服。同性恋总体来说都让他感觉不舒服。当然，这只是生理上的，但也有一种心理上的感觉。他感觉自己被一种虽然听起来像英语，但又不是他所能理解的语言给嘲弄了。

“你好吗？”

“是的，我很好，爱德华，干杯。”

“艾米说她很担心你。”

第二天，托尼无奈地跟他说：“老天啊，别忘了你是个公众人物。”不过，更确切的说法应该是艾米是个公众人物。每当看到报道该事件的新闻提到他的时候都会加上“与演员……分居的丈夫”的字眼，盖文就怒火中烧。

他回答：“去你妈的，爱德华。”

爱德华扬起眉毛：“我的天，现在我算明白她的意思了。”

“你明白个鬼。”

如果你的好意别人不但不领情，反而恶语相向，你当然可以反唇相讥。“给你个建议，就你这点酒量，天黑之前也就配喝喝伯爵红茶。”

从照片上看，没证据显示盖文暴打爱德华，因此盖文没有被起诉严重身体伤害罪。尽管接下来这一年的际遇让他感觉，当时要是进了监狱，反而更好。

那天，他在伦敦西区中心警局的牢房里待了一晚上，第二天下午才被保释出来。他给托尼打电话，没觉得这件事有什么大不了，直到托尼甩了一份《每日邮报》给他，他才意识到自己干了件蠢事。他和托尼的关系，无论是私交还是工作关系，没等托尼把他送回里士满家里就结束了。最后两英里他是走着回去的。路上一个十岁左右的小男孩拦住盖文，想和他拍一张自拍照。盖文粗暴地呵斥他，叫他滚开，男孩哭了起来。他这才意识到男孩完全不知道前一天发生的事情。男孩的父亲气得冲他大吼：“你脑子有病吧！”

在格雷斯与罗纳事务所里，他的财务顾问正“忙于接待其他客户”，所以他被安排坐在一个小会议室里，一个满脸青春痘脓包的小职员建议他做一个预算，清算一下目前手上的投资，把眼下居住的大房子租出去，换个小点的公寓住。他的语气明白无误：“我们不想再为你服务了。”

马丁出院了，大腿骨上打了钉子。他走路迟缓，最初的几个星期需要用助步器。玛德琳一开始还以为是身体疼痛和药物的作用，搞得他糊里糊涂，萎靡不振。但是当他不再大量服用药物，也能行走自如时，玛德琳才意识到这一跤给他带来的不仅仅是身体上的伤害，多年来他在她面前展现出来的强大的意志力、对生活的掌控能力、征服世界的决心，也随着这一跤消弭无踪。他的精神彻底垮了。

杜伦。大卫把一个塑料袋套在头上，塑料袋口在脑后收紧，像留了个马尾辫一样。如果能抵制身体渴望呼吸的本能，熬过缺氧的第一阶段，他就能感受到极度的安宁。起先会头晕眼花，四肢无力，不过稍微松一下袋口，就又能自由呼吸了。他这样干了很多次。他想象自己的尸体躺在卧室地板上被父母发现的情形。他想象自己死去一个星期之后，尸体已经腐烂肿胀，被一个遛狗的人在垃圾场边无意中发现的情形。他想象自己成了植物人的情形。所有这些想象都不同程度地给他带来了安慰。

此后三个月里，盖文一直醉醺醺的。虽然没有烂醉如泥，走路也不会踉踉跄跄，可是他不停地喝，从早饭喝威士忌开始，不时地喝上那么一点，一喝一天，意识经常游离在清醒与混沌之间。

医院俱乐部取消他的会籍之后，他把阵地转移到了考文特和苏荷区环境没那么优雅的场所，只要有人出于好心提醒他要注意健康，少喝点酒，他就离开，再换地方。

他不开信箱，不回电话。只打开过一封前妻克莉丝汀从悉尼发来的电子邮件。邮件说："你忘了索姆的生日。我提醒过你，你还是忘了。如果我再给你写信，我一定会很愤怒。我真的不想再生气。所以请你不要再联系我们了。索姆现在有了一个新爸爸。他亲切、大方、可靠。而你不能给他的生活带来任何好处。”

接下来整整一个星期，夜深人静的时候，陌生人就会出现在他梦中，一只手揪着索姆脖颈处的衣领，另一只手把枪管抵在男孩头部。盖文想接近他们，但是梦中空气黏滞，每一步都很艰难。还没等他走到房子中间，陌生人已经扣动了扳机。索姆的头炸裂开来，红色血浆四处喷溅。

他坐在斯特克里街一家叫作梅姆萨博的印度餐厅里，假装吃咖喱鸡肉串，这样他就能在嘈杂的人群中混上几个小时，灌下四瓶科波拉啤酒。他带着一个螺旋圈笔记本，一本厚厚的菲登出版社出版的关于阿尔瓦·阿尔托①建筑的书，让自己看起来忙忙碌碌。

安柏出现了。也许她的名字并不叫安柏。要是三个月前碰到她，自己肯定会敬而远之。她虚张声势，过度自信，不修边幅，邋邋遢遢，左耳下方的文身已经模糊不清。不过，她突然一屁股在他对面坐下，开口说道：“我更崇拜凡·德罗②。线条简约，大片留白。想要现代派？那就真正的现代起来，别弄得四不像。”这大大咧咧的样子让他彻底放下了防备。

她不打探他的私生活，也不妄加评论。用她的话来说：“生活就

①阿尔瓦·阿尔托（Alvar Aalto，1898－1976），芬兰现代建筑师。

②密斯·凡·德罗（Ludwig Mies Van der Rohe，1886－1969），德国著名现代主义建筑大师。

是个婊子。"她说自己的父亲在她五岁的时候就死了。说这话的时候，她的眼睛久久地注视着他，让他知道她明白他正在经历人生中一段艰难的时光。他们很快就熟稔甚至亲昵起来，关系发展之迅速本应让他心生警惕，可是，他实在太孤单，不敢把她推开。

她学过艺术和建筑，但都没拿到学位。她去过巴塞罗那，去过都柏林，去过诺里奇，也去过哥本哈根。她有飞行执照，知道如何砌起一道石墙，她用瑞典语为他朗诵诗歌，他虽然听不懂，但觉得她读得挺像那么回事。她把自己的经历一个接一个地讲给他听，速度快到他没消化完这一个，下一个就开始了。这只能说明这些故事都经不起推敲。但她身上散发的活力让他无法抗拒。所以就算她去完厕所，擤着鼻涕出来，讲起话来语速飞快，他也没有表现出他以前的那种鄙视或者高高在上的神情。

他们打车回里士满。到家之后，她脱掉鞋子，袜子，解开牛仔裤纽扣说："你想不想跟我做爱？"现在她突然变成了小姑娘，早前那股子自信都不见了。他不知道她是故意装得楚楚可怜，还是真的打算听天由命、奉献自己的肉体，以换取她想要的什么东西。他已经喝多了，所有的道德观念全都抛到脑后，而且她赤裸裸地站在他面前，瘦骨嶙峋，乳房丰满。这具胴体和艾米，甚至和克莉丝汀都没什么分别。如果时光倒流，她们跟安柏一样年轻，生活也那么艰难，那站在这里的有可能就是她们了。她左腿的大腿上有一片乌青。

他抱住她，倒在沙发上。两人在沙发上做爱。他在她体内最多停留了一分钟就射了，没有戴避孕套，也不管她是不是舒服。完事之后，她把自己裹在一条婴儿蓝的羊绒毯子里，那是他送给艾米的生日礼物。她点了一支烟。从来没有人在屋里抽过烟，但他什么也没说。这一天发生了这么多事，这件事说明他彻彻底底地放任了自己的沉沦。

他开了一瓶普伊布朗奇酒庄出品的红酒，两人边喝边看《禁闭岛》，几乎没有交流。是都觉得不好意思，还是根本没话说，他不知道。他们各怀心事，没什么可问的，也没什么可说的。

半夜，她抓住他的手，放在两腿间，用他的手指爱抚自己，直到高潮。她一边做，一边哭泣。他假装半睡半醒，这样就不用假惺惺地对她表示关心。再次睡着后，他梦到了儿子，画面异常清晰：他们一起在半月湾玩波浪中抓小鸡的游戏，克莉丝汀为儿子七岁生日烤的迅猛龙蛋糕，一起读手绘漫画书《小野兽》，一起读《猎熊人》里的故事。这一年来他还没有如此思念过儿子。他梦到他们俩在莫尔文丘陵比赛谁的叫声更大，结果之后两天两个人嗓子都说不出话。他在梦中就知道，这是在做梦，醒过来又会陷入无边的孤独。但是要怎么做才能在梦中沉迷不醒呢?

突然，他睁开了眼睛，屋里飘着淡淡的烟味，楼下传来吵闹的音乐声。

里奥在报纸上读到有关他哥哥的负面新闻时，最初的反应是幸灾乐祸。自从圣诞节之后，恩雅就没有完全恢复，学也不好好上，总是有各种借口：头疼，太累了，肚子疼。苏菲和他因为恩雅的事争执不断，每一次争执他都归咎于盖文。不过，为了让母亲安心，他还是主动写邮件联系了盖文。邮件石沉大海，他才真的担心起来。

他联系了克莉丝汀，联系了艾米，也联系了托尼，没人知道盖文的确切消息，最可信的消息是七周之前。不知为何，他脑海里一直有个画面挥之不去：哥哥脖子上套着简易绞索苦苦挣扎，而他们站在一旁，不但不出手相救，还幸灾乐祸，落井下石，觉得他罪有应得。其实萨拉应该去伦敦看看的，她离得近，经济上也富裕，但他不是不知道哥哥和姐姐之间的矛盾，虽然他常常佯装不知。所以最后，他自掏腰包，拿出一大笔钱，搭了五个小时火车，在五月初一个周六的破晓时分，抵达伦敦。

他敲哥哥家的门，没人应答。于是他去了附近一家咖世家咖啡馆，点了一份帕尼尼，读了四章杰西·查尔德写的《上帝的背叛者》。一个小时后，他又去敲门，还是没有应答，他开始生自己的气，天晓得自己怎么这么轻率就过来了，而他的哥哥很有可能正在巴厘岛逍遥。他走到了邱园[①]，又走回来，一路上想着童年的他在模范少年的阴影下所受到的各种有形无形的伤害：那件盖文穿旧了才拿给他的呢子外套，那个被盖文赶出树屋的下午，那个父亲亲手为盖文制作的书橱，虽然后来连玩具和书本的分量都承受不了。他第三次，也是最后一次敲门，还是没有任何回应。但在离开之前，他站在带刺的防盗篱笆前，身体前倾趴到边窗上，想透过窗户看看屋里的情

①邱园，英国皇家植物园。

形，有点盼着就算看不见一具尸体，至少能看到点什么不堪入目的画面。结果，窗户后面有一个女人，正瞪着他。那女人穿着一件过大的T恤，拿着一个赛车绿的杯子喝着什么，嘴里还叼着烟。她看起来只有二十多岁，一头油腻腻的金发，气质庸俗，长相丑陋，这种人他只在电影或者电视纪录片里看到过。她对他的出现没有任何反应，他才意识到她只不过是在对着窗户照镜子。他慢慢地退后，离开了哥哥家。在去火车站的路上，他跟自己说他哥哥的生活垮了，但是又无法遏制自己的嫉妒，因为盖文的性生活正是缺乏冒险精神的里奥想过而过不上的。

盖文起床，来到楼下的起居室，想命令安柏离开他家，可是他没有勇气说出口。尽管那音乐，那烟味，以及她的存在加快了他朝深渊坠落的速度，但比起房间的孤寂清冷，他更情愿有她的陪伴。有她在旁边，信箱里堆成塔的邮件，房间里响起、挂断，再响起、再挂断的电话铃声，还有那些他藏在抽屉里的照片都不再那么难以忍受。

他们俩同进同出几天之后，盖文发现不知什么时候她居然配了他家的钥匙，也不记得她是否征求过他的意见。在酒精的作用下，他对近期发生的事情越来越模糊。虽然服用了止疼药，也不断下决心要减轻宿醉的影响，但没什么用。

安柏住到他家差不多一个星期之后，一天中午，他从乐购超市回来，发现她正在厨房和一个穿着运动服的男子吵架。那个男人浑身肌肉，但看起来有些营养不良。盖文能够闻到他身上除臭剂的味道和掩饰不住的汗味。

“你在我家做什么？”

“我在和安柏说话。”那个男人头也没抬地回答。

“安柏……”

她说：“对不起，盖文。”

那个男人笑了：“她才不会感觉抱歉呢。你没什么可抱歉的，对不对，宝贝？”

盖文告诉自己他得保护安柏，但是现在他一腔怒火无处发泄，更主要的是感到耻辱，自己怎么就沦落到这个境地了，这种荒唐的事情根本就不该发生。他要做些什么阻止事态进一步恶化。

他是个大个子男人，虽然过去三个月几乎没有锻炼过，但还是挺强壮的。他的对手虽然个子比较小，但显然经常打架，身手老练。他们扭打在一起，同时摔倒在一张椅子上，椅子散了架。那个男人用头猛撞盖文的脸，把他的鼻子撞开了花。撞击之下，盖文松了手，男人站起来，狠狠地朝盖文的后腰猛踢了几脚，然后拖着安柏把她拉了出去。盖文对于安柏会怎么样毫不关心。他连自己脸上所受的伤也不怎么关心。令他惴惴不安的是家里又只剩他一个人了。

他步行去了附近一家诊所的急诊室，居然没有人认出他，他松了口气，内心深处又不可避免地感到悲凉。五个小时之后，他鼻子上包着厚厚的绷带回到了家，发现家里被洗劫一空。放在客厅的苹果手机和钱包，客厅里的电视机、音响、苹果笔记本和护照，都被偷了。他打电话给银行注销卡片，才发现现金账户里的三千英镑已经被取空。他打电话给一个锁匠，但是立刻又打回去让他别来了，因为他发现自己连给锁匠的钱都没有了。他喝了半瓶威士忌，在沙发上躺下，失去了知觉。半小时后醒来，发现脸埋在自己的呕吐物里。

第二天他去银行取钱。宿醉未醒，脸上缠着纱布，身上没有任何身份证明，情绪也糟糕透顶。在银行工作人员叫来警察之前，他就离开了。回到家发现查封财产的法警雇了另一个锁匠把他家的锁换掉了，房子已经被没收。门上用透明胶带粘着一个信封，信封里面的公函告诉他该如何取回他的个人物品。他试着用蓝色的垃圾回收桶砸烂前门的玻璃窗，但是砸了也没用，窗玻璃格太小。玻璃碎了，垃圾桶上层的酒盒子也烂了，酒瓶掉落在他的脚旁，有些摔碎了，玻璃渣撒了一地，有些撒出了剩余的红酒渣和啤酒到他的裤子上。

他的存款账户上还有五千五百英镑，暂时无法支取，口袋里有六英镑四十三便士。他想喝烈酒，想吃东西，想吃止疼药。这些东西他只能买一样。他在博姿药妆店买了一盒氨酚待因片，后来又回去问人家要了一杯水，因为嗓子太干咽不下去。他在图书馆里坐了三个小时，读报纸，瞪着前方发呆。

他不打算给任何过去几年中被他称为朋友的人打电话。对他来说，“朋友”这两个字不包含救济落魄之人，如果他们在穷困潦倒时给他打电话求助，他也会觉得这要求很过分。况且，他现在最担心的就是别人发现他居然落魄至此。

图书馆关门后，他朝里士满公园的嘉德之星走去，从大门进到公园。他需要不停地走路来平息越积越深的怒气。他不是无家可归的人，只是暂时没法回家。他犯了错，这些错误都可以挽回。他连续走了五个小时，在伊莎贝拉植物园小睡。可是根本睡不安稳，不时惊醒，不是被梦中的陌生人吓醒，就是被附近灌木丛里出没的动物弄醒。

第二天早上他又去了银行，这次的态度和缓了很多。柜台上的女人说："你是库柏先生，是不是？"她激动了一秒钟，就安静下来。银行职员把他带进了一个小房间。他向一个穿着深色西服的男人解释他被入室抢劫了。他给银行工作人员提供了母亲出嫁前的姓氏、他的银行卡密码、之前用过的三个地址，最后带着一个装有两千英镑现金的信封走出了银行。他扯掉脸上的纱布，扔到垃圾桶里。

他打电话给法警，法警说要拿回他的东西，需要缴纳七十英镑手续费。他默默地数到三，挂断了电话。

如果接下来的一周住酒店的话，钱很快就会花光，他又将回到一无所有的状态。所以他必须合理分配，省着点用，熬过这段艰难的时光。

他在埃普瑟姆的觅乐户外用品店买了一个睡袋、一个廉价的单人帐篷和一件防水外套。他在赛恩斯伯里超市的减价区买了两包三明治，两桶一升装的水，以后可以用来接自来水。人们盯着他看，可能是因为他断了的鼻子，也可能是人们认出了他，无从知晓。如果他们盯了他很久，他就回瞪人家。如果他们继续盯着他看，他就骂他们，让他们滚开。他又买了许多氨酚待因片。他不想去公民咨询局求助，他也不想住小旅馆，更不想去食物银行或者日间护理站。他不想和无家可归者有任何交集，也不想和那些想照顾无家可归者的人有任何关系。

第二天晚上，他依旧睡在公园里，在钢笔池塘尽头的树丛里搭了一个帐篷。半夜时分，他被警察叫醒。他们对他很客气。他收拾起帐篷，假装朝罗宾逊门走去。但等警察看不到他，他就调头钻进了树丛里。第二天晚上警察再次叫醒他的时候，对他就没有那么客气了。

他沿着泰晤士河朝上游走。他走过鳗鱼派岛、哈姆高地、金斯顿、汉普顿宫。他翻过一道围墙，在德斯伯勒岛的自来水厂后面搭了一个帐篷。第二天他站在切特西桥下，看着夏日的暴雨重重敲击泰晤士河。看了整整两个小时。他走过萨里郡的拉勒安姆、斯坦斯。他穿过 M25 高速路。不知不觉，他已经离开了伦敦。头顶，一架架飞机从希思罗机场飞起，钻入云层。他走过伯克郡的雷斯伯里、温莎。

白日悠长，温暖舒适，但是人来人往，所以他必须在天黑之后架起帐篷，天一亮就把帐篷拆掉。他在 A332 国道旁的小灌木丛里搭帐篷过夜。他在克利夫登附近的树林里搭帐篷过夜。

此时是八月。具体几号他不知道。一年前的此时，他和艾米在马尔代夫潜水，陪伴他们的是成群的魔鬼鱼和黑尾梭子鱼。现在想起那时的生活，感觉如此虚幻，身处其中的他们就像电视广告里的人那样虽然光鲜，却很肤浅。

身上的衣服越来越污秽，越来越破烂，长时间不洗澡的身体散发的臭味越来越浓，这让他感觉很不好意思。但是身上的衣服越肮脏，越破烂，就越没有人注意他，这多少是一种安慰。他终日无所事事。一天中的大部分时间，他都在河边，随意走走，偶尔坐坐。以前的他从来没有用心留意过人类之外的自然世界。在剑桥上学的时候，他划过两个学期的船，但那时的河水对他来说不过是背景和道具。他看到了毛茸茸的水貂在河里嬉水，他看到了灵活的水田鼠在芦苇丛里钻来钻去，他注意到亮蓝色的蜻蜓在芦苇上翩翩起舞。他还遇到过一只油光闪亮的黑色水龟，瞪着鲜红的眼珠趴在一块湿漉漉的石头上晒太阳。他最喜欢晨光熹微的泰晤士河，河面平静无波，光滑如镜，一只只白鹅、一群群鸭子睡在最后一抹雾霭中。

八月转瞬即逝，九月来了。天气开始变冷。早前能让他一觉睡到凌晨四点的氨酚待因片已经失去了效力。他担心增大药量，对肝和肾的损伤也会增大。

他打算在一片小林子里过夜，在那儿遇到一个已经把自己破破烂烂的帐篷搭好，准备过夜的人。两个人攀谈起来。特里做过图书馆员、厨子和花匠。他正在读一本破破烂烂的书，是普里莫·莱维写的《元素周期表》。

他们聊了特里在河里捕到的小龙虾，他准备烧了当晚餐。他们还聊了一六二一年在詹姆士一世眼皮底下驾驶一辆潜艇从威斯敏斯特开到格林威治的克尼利厄斯·德雷贝尔。盖文问他为什么要在艰苦的野外露营，特里解释说他知道哈里王子的亲生父亲的真实身份，所以被安全部门追杀。说着说着他哭了起来，并对此道歉说："我逃亡了太久，心情很难好起来。"盖文祝他好运，起身继续往前走，到别处去找能够搭帐篷过夜的地方。

他的头发里有小虫子。他的右胳膊和肩膀起了红疹。可能是疥疮，也可能不是。他一直感觉胸部有轻微的炎症。

在潘本，他发现合作超市的店员们习惯在关门前把当天没卖完的到期食物扔进商店后门的一个垃圾桶。

一天早晨他看到一个男孩从桥上走过。他很肯定那是他的儿子索姆。他跌跌撞撞地爬上河岸边的斜坡，穿过树篱，等他跑到大路上，却一个人影都没有。后来他又看到过这个男孩几次，不过每次都看不到孩子的脸，永远都是他的背影。盖文一追，他就消失不见。

九月变成了十月。他走过牛津郡的戈林、穆尔斯福德、北斯托克。他看到过一条死狗从河面上漂过，四脚朝天，和卡通片里演的一模一样。他不再买食物。省下的钱都用来买氨酚待因。他逐渐加大剂量，先是双倍，然后是三倍。在瓦林福德一家乐购超市后门的垃圾桶里翻捡的时候，有个保安发现了他，大动肝火，把他推倒在地，反复用脚踢他，骂他“你这个该死的小偷，混账王八蛋”。

他现在明白了，自杀并不是软弱的表现。他已经走了很长的路，到了一个完全不同的地方，每一样事物看起来都是那么陌生。是继续苟且偷生，还是自我了断？这是两难的决定。万不得已的时候，在口袋里装满石头跳河应该是个比较可靠的方法。

十月变成了十一月。阳光明媚的日子，他可以仰面躺在地上连续几个小时，盯着头顶的天空，看云卷云舒，看风云际会。可是有太阳的日子屈指可数。绝大多数的时间天空低沉而灰暗。有两个星期连着下大雨。几次大雨突降，淋得他措手不及，也找不到躲雨的地方，所以他身上的衣服一直湿漉漉的。

他走过牛津、恩舍姆、巴布洛克海斯、纽布里奇。人迹越来越稀少。他真希望自己是个动物，只需要每天出洞狩猎，余下的时间就可以躲在洞穴里吃了睡，睡了吃，不用耽溺往事，沉湎过去，更不必担忧未来。

他身上一点钱也没有了。氨酚待因也吃完了。他总是处于惊恐的状态，不知道是停止摄入可待因的反应，还是他快速下滑的健康状况所致。夜晚气温低到无法入睡。他只能在白天不时地眯一会儿。夜幕降临，他会找一堵墙，靠墙坐下，这样就不会被人从背后袭击。

他持续低烧。他的头一阵阵地疼，关节也开始疼。他已经没有精力，也没有能力去寻找干净的水源。他开始喝河里的水。半夜，他的胃开始痉挛，然后腹泻。

他把帐篷弄丢了。什么时候丢的他一点印象都没有。可能是被偷了，但不知道是被谁偷的。他的左眼已经看不见东西了。

他不能淹死自己。因为他知道原始的本能会让他挣扎求生，跳到水里的结果不过是在下游几百米处冲上岸。那时身上更冷，病得更重。他调转头，往来时的方向走去，想回到牛津。几天前他在那里看到一辆火车开过大雨淹没的草甸，向北驶去。

他在格斯陶修道院附近离开泰晤士河，穿过村庄，朝着草甸方向走。到处可见吃草的牛和瘦骨嶙峋的马。火车的轨道和畜牧草地之间有一道高高的金属栅栏，他已经没有力气翻越那道围栏。所以他沿着围栏一直往南走，直到围栏消失在一片高高的灌木丛中。他在那些带刺的灌木和长长的杂草间艰难地穿行，终于找到了他可以轻易翻过去的木头栅栏。

他坐在土坡上的小树底下，两条铁轨在他身体两边伸向远方。一辆火车开过。十分钟后另一辆火车向着相反的方向开过。他想起了父亲。他想起了索姆。他想起了艾米。他们好像离他非常非常遥远。第三辆火车开过。

从草甸往下走的时候，他后悔没有喝些酒，或者吞些氨酚待因，可以借着酒后之勇了结一切。不过现在也没有必要了。实际上，每辆列车经过，都让他越来越不想坐在那里，而更想踏上前去，在那仅仅十米之外的地方，穿越那道看不见的门，去到那个没有痛楚、没有问题要解决的世界。

他等着，又有三辆火车开过。当看到两百米外的远方，第七辆火车开来的时候，他站起来，走下那片小小的斜坡，走到铺着铁轨的石子路上，踩在离他最近的铁轨上。他的脚稳稳地踩在一根黑色的轨枕上，身体前倾，手放在膝盖上，这样火车将正面撞上他的头，以免被火车撞飞，却没有死，反而躺在铁轨旁奄奄一息。

一百五十米。火车开始鸣笛，可以听到金属轮子擦着金属轨道发出的尖锐啸叫。一百米。几秒钟之后一切都会结束。

透过眼角余光，他看到了动静，有个人在他原来坐的树丛间移动。又是索姆？一定不能转头看。他紧紧盯着脚趾间脏兮兮的鹅卵石。鸣笛。啸叫。二十米。十米。

一只手突然抓住了他的前臂，粗暴地把他往边上拉。一开始他觉得可能是火车的冲力。他满脑子都是火车的鸣笛、金属的撞击和四溅的火花。他很奇怪为什么大脑还能思考，还能感觉到自己的手臂，还能感觉到自己的双脚。那么他不可能死了。雷鸣结束了。他睁开眼，看到了头顶的天空。一只黑色的寻回犬在舔他的脸。

“把手给我，”一个男人俯视着他，“警察已经在来的路上了。我们得马上离开。”

盖文心慌意乱，除了顺从完全无法做出其他举动。那个男人出乎意料地强壮。他把盖文扶起来，然后松开手。盖文感到一阵晕眩。他稳了稳，迈开步子。但是踉踉跄跄走了三步之后，膝盖一软，他朝前跌去，连举起手护住脸的力量都没有。他脸朝下栽倒在小石子路上，昏了过去。

房间里温暖，干净，整洁。三面白墙，白色天花板。第四面墙上一扇大大的落地窗，几乎占了整个墙面。透过窗户可以看到一排整整齐齐的高大树木，树顶是一片平淡无奇、灰白色的天空。他心里闪过一个念头，这是不是一个实验室呢，实验完生命全部旅程的人最终都会回到这里。空气中有薰衣草织物柔顺剂的味道，还有童年记忆中消毒剂的味道。

他的左眼能看得见，尽管模模糊糊，但是能辨清颜色和大概的轮廓。他的手看起来像一个耄耋老人的手。手洗过了，可是指甲缝和皮肤裂纹的深处还残留着没洗净的污垢。红色的痂从手掌一直延伸到手腕处，消失在绿色棉布睡衣的袖子里。他记得他无家可归。他记得他企图自杀。他热泪盈眶，可是不知道是因宽慰而哭，还是对自己失望而哭。

他翻了个身，小心地伸出双脚放到打着蜡的木地板上。身体僵硬，不知道自己昏迷了多久，感觉有好几天。他慢慢地站起来，走到窗口，以为透过树顶，能看到一座座房子的屋顶、数不清的烟囱和纠缠交错的天线，但映入眼帘的却是连绵不绝的英式农场，他童年记忆里的农场。左边是一片茂密的橡树林和山毛榉树林，一片耕种过的田地向下绵延，越过远处一堵石墙，之后随着地势往上走，像日本木雕画中的波浪一般。一排大树种在对面山坡的顶部，远远地能看到教堂尖顶。久违的安宁舒适，久违的与世隔绝。

他转过身。对面墙上有一扇白色的门。门后面是什么他不知道，也不想知道。走到窗口已经让他筋疲力尽，实在无力应对任何突发状况。他回到床上，躺下，闭上眼睛，又滑到现实之外的某个地方。

他再次醒来。一个女人坐在一把式样简单、色泽淡黄的木头椅子上。那把椅子之前并不在屋里。现在是同一天稍晚的时候，还是他已经睡到第二天了？她有一头栗色的短发，剪成波波头的样式。她穿着牛仔裤，披着一件奶黄色的羊毛披风。她赤着双脚。他认出她是谁，但又很肯定自己从来没有见过她。他心口一阵悸动。他不知道自己是不是在这个地方好多年了，这样的邂逅也已发生过几百上千次了，可是每次过后他都会忘掉。

女人静静地坐着，一声不响，似乎很享受当下的静谧，时间就这样一分一秒地流逝。他也没开口，害怕戳破这个脆弱绮丽的泡泡，梦醒发现自己其实还在河边流浪。最后她开口了："你得起来吃些东西。"他才意识到自己真的饿坏了。她站起来。"相信你能找到下楼的路。"她离开的时候没有关门。

透过门缝，可以看到更多木质家具，更多的灯光流泻，更多刷白漆的墙，还有一个狭长的大玻璃窗，以及窗外更茂密的树木。他能闻到壁炉木柴燃烧的味道。他不想离开，担心离开这间屋子，可能得应付他没有力气和勇气去应付的事。可他又怕得罪主人，不管主人是谁。他站起来，走到门口，扶着门框喘了口气。

这间卧室在二楼，栏杆后面共有七间屋子，从三面围住一个方方正正、光照充足的中庭。在他下面，透过栏杆看到的是整个屋子的中心，三组矮墩墩的沙发围着一个开放式壁炉，里面有几块圆木烧得噼啪作响。在他正前方，是一面大玻璃墙，两层楼那么高，分割成几个大正方形。窗外长长的草坪、小巧的湖泊和环绕的树木透过玻璃看去像一个美妙的影像艺术作品。从这个角度看，这是他见过的最美丽的房子，他年少时梦想的房子，和罗克利父母家的房子风格截然不同，那里天花板低矮压抑，墙壁厚实沉闷，屋角黑暗压抑，每一个缝隙、每一个角落都塞满了古董物件。

通往一楼的楼梯是敞开式的，横踏步之间没有竖板。他缓慢地走下楼梯。脚上没穿拖鞋，但楼梯踏板，是温暖的。下楼后，他看到中庭连着另一个敞开式餐厅和厨房，虽然小了一点，但同样光线充足。女人站在炉子前面，从一个小小的黑色锅里舀出粥，盛到一个陶碗里。“坐下吧。”说话的语气是那么熟悉，让他非常不安，好像这是他们之间重复过多遍的仪式。他从来没想过要喝粥，但当她说出这句话，他就觉得这正是他最想要的。他在桌子边坐下，她把碗放在他面前。“喝咖啡吗？”

他点点头，不敢出声说话。仿佛他俩正在玩一个游戏，规则是什么他不知道，只是隐隐觉得，赌注之高可能超乎他想象。

水壶里的水煮沸了，鸣叫起来。她拧上开关，把沸腾的水倒进一个咖啡壶。一柱热气升起，漫过她的头顶。她把盖子塞进玻璃壶，把壶放回到桌上。在桌子对面坐下之前，她走到他跟前，轻柔地用两只手指帮他挽起睡衣的袖子，查看他手腕处的疹子。她点了点头，然后伸手从口袋里拿出一小管蓝白相间的百灭宁，递给他。“我已经帮你涂了一点。你需要再涂几次。”

“谢谢。”他的声音低沉沙哑，不得不清了清喉咙重复一次。“谢谢你。”

“吃吧。”

粥很好喝，牛奶多水少。咖啡也很醇。他慢慢地吃一口粥，喝一口咖啡。在他的右边，有一幅长长的画，半抽象的风景画，四五十年代的风格，绿色、蓝色和灰色的色块相间，前景处有粗犷的黑色线条，可能是树，也可能是人。就像他对这个女人的感觉，他确信他在什么地方见过这幅画，但说不出是哪里。女人在读一本书。他看不到书的封面，书的文字好像是某种外国文字。但他只有一只眼睛是好的，所以看不清楚到底是什么文字。

他吃完粥，喝完咖啡。桌面是一整块橡木制成。他用手抚摸着桌面，感受着手指下打磨过的原木那柔柔的、沙沙的感觉。他打量四周。还从没有住过这样的房子，单单是坐在那里，欣赏室内的几何线条就让人很享受了。如果他一直住这样的房子，这种温馨惬意的感觉会不会消失？他会不会对这个房间熟视无睹，就像对所有的房间，无论好坏，一旦适应，都会习以为常、视而不见？

女人盯着他。他感觉有什么事情将会发生。果然，就在那一刻，光线突然变暗，让人感觉恐怖。日蚀。他转过头，透过窗子看到外面开始下雪。屋里如此暖和，穿着睡袍的他舒适到完全忘了屋外的季节。

女人好像知道他在想什么，或许只是机缘巧合。她说："今天是圣诞前夜。"

这时，那个陌生人走进了屋子。

盖文一开始没有认出他来。他的胡子刮掉了，头发也剃过，穿着一件剪裁合体的高级定制炭灰色西服，棕色粗革皮鞋，西服里面是一件白色的衬衫，没有系领带。安静地走在他身边的是那只黑色寻回犬，盖文想起来就是在铁路边上他看见的那只。一开始盖文只是觉得这个人出现在这栋房子，出现在这风景如画的屋里，是多么格格不入。他想起上学的时候，学校里曾经有个印度男孩，拉吉内什。其他人都是白皮肤。在他父母居住的镇上人们也都是白皮肤，除了他。

陌生人坐下，给自己倒了一杯咖啡。"你是个非常幸运的人。"

他一开口，盖文就听出了他的口音，想起第一次听到这声音的时候猜不出他是哪里人。对盖文来说，幸运是他目前最遥不可及的东西。在过去的十二个月里，他一次也没有想过那个陌生人临走时的留言。但是现在，他发现这个他认为最不重要的细节，其实是过去一整年他所有遭遇的关键。“你要开枪打我吗？”他听见自己的声音在说。那声音听起来像个怯生生的孩子。

陌生人开始考虑这个问题，或是假装在考虑，然后他微微笑了一下，回答说：“我觉得你遭的罪够多了。”外面的雪越下越大，大片大片的白色雪花落在深绿色的树上。楼下，在屋里炉火和灯光的映衬下，房前的雪片看上去粉粉的，闪着桃红的光泽。“但我们是很容易忘记教训的，除非有些事情能够永远提醒我们。”他一边说，一边用另一只手悠闲地抚摸着坐在他身边的猎犬的耳朵。

盖文对着这个人的胸膛开过枪。他想说对不起，但对不起似乎太微不足道了。或许陌生人的话就是这个意思。

“我们不要白白浪费了你所经历的事情。”陌生人从桌边倾过身体，抓住他的手腕。他抓得不紧，但盖文能感觉到他的强健有力。他的表情平静而慈祥，像是父亲抓住了自己马上要做手术的孩子的手，虽然孩子要经历身体的苦痛，但那是为了孩子好。

女人站起来，绕过早餐吧台，打开一个抽屉。抽屉太小，显然放不下霰弹枪。盖文以为她会拿出一把刀，但等她回到桌边，他看到她一手拿着断线钳，一手拿着条白色毛巾和一套急救包。盖文挣扎起来。陌生人既没因此把他的手握得更紧，也没有放开。他直视着盖文的眼睛，说：“这事迟早要发生。总有一天你会为此而感谢我。”

女人把毛巾铺在桌子上，把急救包放在一边，拿起断线钳。钳子很旧，蒙了一层厚厚的灰尘，和屋子里的其他东西形成鲜明对比。多年的使用使得钳子的金属面上都是刮痕和凹坑，接头处和缝隙里都是黑色的油污。

“伸出你右手的食指。”陌生人说。

他毫无办法。他把另外三只手指弯曲着蜷到手掌里，只有食指直直的伸着，好像文艺复兴时期油画里的施洗者约翰。他闭上眼睛。女人把钳子套在他手指的第一个关节处时，他能感觉到冰冷的金属的分量。没有刀锋。纯粹靠压力来完成切割工作，两片钳嘴互相挤压产生的压力。

她说：“我尽可能快些。”

他感觉到她调整了下位置，从一边轻轻晃到另一边，像是准备高尔夫挥杆的动作。她迅速深吸一口气，用力一夹。大齿轮切过皮肤，到骨头处停住了。显然这个活比想象中更难一点。她调整了一下双脚的位置，方便使出更多的力量，然后用尽全力第二次猛力一夹。金属夹碎骨头碰在一起。骨头碎裂的声音大得出人意料。听起来不像一根手指，更像大腿骨的断裂声。他睁开眼睛。

手指尖那一段掉在了毛巾上，血从指端涌了出来。最初那么几秒，他感觉不到疼。然后突如其来一阵钻心的疼，比他这辈子所感受到的疼痛的总和还要痛。他感觉自己要昏倒了。陌生人放开他那只没有受伤的手，拣起掉落的指节，扔给一直在边上看着的狗。狗跑到房间的一角，在下着雪的窗边蜷缩起来，开始咀嚼那节手指。

女人从急救箱里取出一长条纱布，绕住盖文残缺的手指来止血，包紧之后又牢牢打了一个结。内啡肽开始起作用了。疼痛减轻，取而代之的是晕眩和一点点恶心，房间里的一切变得有些模糊。那个女人把一团敷料放在他的断指上，然后盖上膏药纱布，固定在他的掌心。她又加了第二张膏药。陌生人用毛巾把桌上的血迹擦干净，把毛巾扔到垃圾桶里。女人把急救包的东西放好，再把急救包连同断线钳一起放回抽屉。她回来的时候手掌上放着两粒药片，还拿着一杯咖啡。“扑热息痛片。我觉得我们能做的也只有这个了。”

他把药片放进嘴里，就着咖啡吞了下去。

陌生人开口了：“现在，我们该出发了。”

有那么一刻，他以为他在说他们两个人该出发了，自己会被独自留在这栋美丽的屋子里。但是他们没有动。这才意识到他是说他该出发了。“我要去哪里？”

“走吧，时间不早了。”

他们给他拿来过去七个月他一直穿着的鞋子。他们给他拿来过去七个月他一直穿着的外套。还是那么脏。衣服和鞋子都臭烘烘的，自己之前居然对这个臭味习以为常。

他被带出屋子，坐进一辆黑色宝马车的后座。雪还在下，很大很密。手指又开始疼。陌生人坐进驾驶座，汽车启动驶离的时候，他才发现女人没有跟他们一起出来。不管刚才她对他做了什么，他为自己没能跟她好好道别深感遗憾，同时又绝望地想到自己可能再也见不到她了。

盖文根本不清楚他们要去哪里。透过车窗玻璃，可以看到不断延伸的漏斗状光束中，雪在纷纷扬扬地下。路边偶尔闪过几个亮着灯的窗户，马路对面偶尔出现一驶而过的汽车的大灯，然后又是无边的黑暗。他们开过一个村庄，接着另一个。慢慢地，窗户外到底有些什么他彻底不知道了。体内的内啡肽已经释放殆尽，断指给他带来的疼痛剧烈难忍，他得用全身的力气握住自己的手不动才行。汽车在乡间的道路上颠簸。他哭了。他还从未因为疼痛而哭过。

他不确定汽车开了多久。大概有半小时到两小时那么久，车子停了下来。他以为他会被陌生人带到发现他的那条铁轨边上，但他看到马路两边有亮着的灯。

陌生人关上引擎，走下车，绕到他那边，打开车门："我们到了。"

盖文用手背擦了擦眼睛，爬出车门。外面天寒地冻。地上的雪有三四英寸厚。令他惊讶的是汽车居然开得飞快，厚厚的积雪一点都没有影响车速。

陌生人关上他身后的车门。"跟我来。"

或许因为受伤，或许因为黑暗，也或许因为漫天大雪阻挡了视线，一开始他没有意识到自己在哪里，直到陌生人领着他穿过罗克利父母家的大门，他才认出来。他想转身，离开这个地方。他不想见他的家人。他不想告诉他们过去一年他的落魄。他们可能认为他已经死了。但是他又无法转身离开。他知道陌生人不会允许他坐回车上，他知道在这样一个夜晚他不可能一直待在户外不寻求他人的帮助。

“看。”陌生人说。

他们站在草坪上，面前是法式落地窗。屋子里亮着灯，窗帘没有拉上。他向前走了几步，一开始他以为父母一定是把房子卖给了别人，因为他看到一个老人撑着助步器朝餐厅走去。他还想，他是不是像童话里那样，虽然只离开了一年，但那一年却是现实中的无数年，而他的父母早已亡故。老人坐下之后，盖文才意识到眼前的人就是他的父亲。要么他年前摔的那跤远比想象中严重，要么就是这中间的几个月有什么事情发生，他看起来缩小了一半，老了二十多岁。

盖文朝房子走近一步。他的母亲坐在桌子的上首，过去父亲常坐的位置。里奥坐在她的一边，萨拉在她的另一边。姐姐看起来不像往常那么活跃。有个年轻的少女坐在她旁边，身材苗条，肤色黝黑。他猜一定是艾丽。他已经两年没有见过她了。苏菲和恩雅正兴致勃勃地聊着什么，他没看到大卫，也没看到给大卫留的位子。

一阵薄纱似的雪洒在他和房子之间，打断了他的思绪，也让他意识到身体的寒冷和手指的疼痛。他转身，发现陌生人已经消失。他再次孤单一人。低头看看自己的手，发现绷带已经被血浸透，鲜血正一滴滴地滴落下来，掉在他脚旁的雪地里。他需要医生。他需要温暖。他需要很多帮助。

他转向屋子。又一阵风吹来。他深深地吸了一口气，踏上灌木之间那道铺着砖的门廊。门廊感应灯亮了。他在窗玻璃上敲了两下。屋里的人一起转过头，看着他。

谋杀

丹尼尔站在漏斗巷，一条两堵高墙之间的窄道，这头连着游乐场，那头通往居民区。有风的日子，穿堂风从这里刮过，形成旋转上升的气流，越过四栋公寓楼之间所谓的街头绿地，横冲直撞，上演一场都市水泥森林版的《绿野仙踪》。任何没有固定的东西都可能被风刮起，越飞越高。晾晒的衣服，垃圾，尘土。据说曾有成年男人被这风刮倒，还有一只猫甚至被刮到了天上。

只是今天早上没有风，已经连着好几天没有一丝风了，终日闷热潮湿，空气凝滞，让人总想打开窗户透气，忘了自己其实就站在户外。现在是八月末，他们度假回来已有一个星期。他们去了西班牙的马格里夫，学会了仰泳，还被水母蜇了一下。再过一个星期就要开学。他十岁。家里，姐姐海伦和弟弟保罗正在玩老师和学生的游戏。海伦十二岁，扮演老师，保罗七岁，扮演小学生。海伦有一块黑板和一小盒八色粉笔，要是保罗不听话，她就狠狠地打他的腿。母亲正趴在餐桌前拼一幅威尼斯风景的大拼图。锅炉正加热一周一次洗澡的热水。

游乐场里，一个小女孩在荡秋千，脚上的白袜子一荡一荡，出现，消失，出现，消失。现在是一九七二年。《银色机器》和《火箭太空人》这两首歌正流行。他无聊至极，挥手赶走脸旁一只嗡嗡叫的大黄蜂，走到肖恩家公寓楼的楼梯口，走上台阶。远处，一扇车门重重地关上。

他这一生将要经历几桩非凡离奇的事情，除今天以外，还有另外三桩。第一桩，他会租住在法国卡奥尔附近的一栋房子里，暮色四合，他和八岁的儿子一起坐在阳台上，会看到远处山谷里一道闪电击中附近的一个谷仓。诡异的是，那道电光火石的利剑好像不是从天而降，而是从谷仓的地底突然炸裂。

第二桩，他将在斯特劳德附近，跟一个钢铁定制加工厂的经理开会。这个工厂建在铁路沿线，旁边还有两家工厂。会开到一半的时候，一头母牛会从天而降，砸穿屋顶。这事听起来好笑，可那时就会吓破他们的胆。

第三桩，发生在他五十岁生日的那个早晨，他母亲会给他打电话，说想见他。她的声音听起来很平静，也没说为何想见他。尽管那天下午他要参加一个生日派对，可还是会开车回到莱斯特的父母家。到那里之后才发现救护车已经把母亲的尸体运走了。第二天和父亲谈起，他才意识到，接到母亲电话的时候，其实母亲已经中风死亡半个小时了。

今天发生的事和那三桩都不同，不单单是令人震惊，更主要的是那些特殊的时刻组成了交错分离的网，每一个交叉，时间都有可能分叉、断裂。回望过去，你会发现，如果当时发生的事情稍微有一点点不同，你眼前的生活就可能完全改变，而现在的你将会飞速消失在茫茫深渊。

肖恩和他算不上朋友，只能称得上是玩伴，因为他们是一个班的同学。肖恩家位于果园大厦的顶楼，而丹尼尔家在大厦旁边一条小路上的一栋联体房屋里。丹尼尔的母亲说肖恩家的人都不是好东西，但她还说看电视时如果离电视太近，会伤眼睛；如果去运河游泳，会淹死在那里。不管怎样，丹尼尔喜欢肖恩家人说话时的柔声细语，他们的阔气大方，他们的随性而为，还喜欢他们家摆在煤气取暖炉两侧的瓷狗。每到周日清晨，考博先生会细致周到地给他那辆绿色宝马车抛光打蜡上特索润滑油。肖恩的哥哥迪伦既是泥瓦匠又是木匠。站在他们家的露台上，可以远眺通往森林的环形公路、汽车制造厂和无线电通信塔。丹尼尔觉得这里的景色比他从卢顿飞往帕尔马的飞机上看到的棒多了。飞机上什么都看不见，一片草地都没有，更别提趴在飞机窗户往下看时吓得两腿直抖了。

他走出电梯，看到肖恩的母亲正要出门。肖恩的母亲也让丹尼尔羡慕不已。自己的母亲去商店的时候，他、保罗和海伦必须全程陪伴。*帮我看着肖恩，别让他闯祸。*考博太太捋了捋他的头发，径直向电梯走去。银光闪闪的电梯门合上的那一刻，丹尼尔看到她点燃了一支香烟。

大门上镶着带图案的玻璃，肖恩的轮廓在门后影影绰绰。门突然打开。给你看样东西。

什么东西？

肖恩示意丹尼尔跟着他走进迪伦的卧室。你必须保证跟谁也不说。

丹尼尔从来没有进过迪伦的房间，因为迪伦明确禁止别人进入。要知道迪伦做仰卧推举时可是能推起一百八十磅的重量的。踩着客厅鳄梨绿色的亚麻地毡，他走进铺着红色长绒地毯的卧室。卧室有一股香烟和百露须后水混合的味道，感觉这间屋子跟电影里演的房间一样：主人已死，所以每件物品都很重要。墙上贴着《巨蟒剧团》和《法国贩毒网》两部电影的海报。吉米·道伊尔[1]是个硬汉。桌上有一份折叠起来的《每日快报》，上面放着一个摩托车汽缸盖，渗出来的机油把报纸弄得油乎乎的，几近透明。床头柜上放着一台便携式留声机，红色的人造革盒盖敞开着，奶油色的唱臂弯曲着放在唱盘中央的银色杆子旁，几张新发行的唱片放在床头柜上。深紫乐队的《机器头》、杰思罗·塔尔乐队的《顽固笨蛋》，还有大卫·鲍伊的《Z 字星辰》。

你必须保证。

我发誓。

这事特别重要。

放心吧。

①吉米·道伊尔是《法国贩毒网》的主要角色。

肖恩握住衣柜的松木把手把门打开，单薄的门板发出啪的一声，摆脱了磁力。他从衣柜顶层拿下一个粉蓝色的鞋盒，把盒子放在卡其色的毯子上，然后打开盒盖。一把枪躺在原来包鞋子的白色包装纸上。肖恩把枪从簌簌作响的纸头上掂起来，枪在他手上看起来轻飘飘的，没什么分量，做旧的鸽灰色金属闪着微光。枪身一侧刻着**雷明顿·兰德**的字样。枪柄略微凸起，两侧装饰有栗色蛇皮状格子纹饰，用螺丝固定，这样抓握更舒服。

肖恩伸直手臂举起枪，慢慢转动，把枪口对准丹尼尔的脸。砰，他轻声说。砰。

丹尼尔的父亲是救生员，在当地一个游泳池工作，不过大部分时间他是前台接待。丹尼尔曾经很自豪，因为每个人都认识父亲，可是现在他却觉得尴尬。他母亲是市政厅的兼职秘书。父亲喜欢读侦探小说，母亲热衷于在餐桌上玩拼图。如果要吃饭，她就把拼图用三合板盖起来。多年以后，他向朋友和熟人谈起自己的父母时，总是找不到合适的字眼形容他们。他们只想过普普通通、平平淡淡的生活，不想引人注目，尽量安安静静的，不占用太多空间。他们与世无争，除了自己的生活，其他事一概不关心。他定期回家看望父母，就算每次看望都让他感到无聊，他也不会用“无聊”这个词来形容他们，因为他真心羡慕父母那世所罕见的享受生活中微小乐趣的能力，当然更让他庆幸的是自己的父母一点都不像他有些朋友的父母：退休之后无所事事，又上了年纪，就变得脾气古怪、不好伺候。

他们离开家，来到大堂。肖恩转动钥匙，把大玻璃门推向一边，走到大街上。热浪扑面而来，交通喧闹杂乱，空气中隐隐可见棕色烟霾，灰蒙蒙的天空似乎需要清洗。丹尼尔感觉到汗珠顺着后背往下淌。

肖恩把枪对准一辆行驶中的沃尔沃，然后又瞄准另一辆反方向行驶的阿尔法·罗密欧。我们可以随便开枪打死一个人，神不知鬼不觉。丹尼尔解释说警察可以通过挡风玻璃上的弹孔和驾驶员身上的弹孔测试出子弹打出的位置。绝对的，我亲爱的华生医生。肖恩说。

我们去森林里吧。

枪里有子弹吗？

当然有了。肖恩说。

环形公路的另一边是高耸入云、林木葱茏的森林，那里是城乡结合处，中间有一大片荒地。人们有时会把车停在靠近彭宁顿的野餐区，在长满橡树、白蜡树和楸树的树丛间遛狗。不过很少有人愿意往山坡北面去，双向车道上川流不息的车辆和附近林地上随意丢弃的注射器和压扁的大啤酒罐让大家不愿踏足。

他们在草地边缘耐心等待着，呼啸而过的卡车带来的热浪扑打在他们身上，好像要把衣服吸走。跑！肖恩一声呼唤，他们冲到了马路中央的隔离带，翻过随意摆放的S型隔离墩，在光秃秃的草坪边稍作停顿，然后穿过对向车道，跑到砂砾地面的紧急停车带。停车带附近到处堆着破烂不堪的家具和一袋袋黑色垃圾，袋口被出没其间的老鼠和狐狸扯得稀烂。细菌在阳光下滋生繁衍。垃圾堆里还扔着一个四脚朝天的婴儿车。他们推开垃圾场嘎吱作响的门，里边有一条带车辙的小路从这里向森林里延伸。肖恩背了一个黄色的高乐牌背包，包里装着那把手枪。

他们穿过垃圾场，走过垃圾场的波纹钢房子，路过罗伯特家。他家门口停着一辆房车，轮胎瘪着，一盏探照灯绑在电线杆上。罗伯特·海尔斯和罗伯特·海尔斯和罗伯特·海尔斯，祖父、父亲和儿子，名字一模一样，住在同一屋檐下。最年轻的罗伯特 · 海尔斯和他们在一个学校上学，比他们高两届。他身上总有股没洗净像饼干一样的味道，瘦骨嶙峋，骨头快把皮肤撑破了。他喜欢把各种小动物装在蛋糕锡纸盒里带到学校。楸甲虫、老鼠、鹪鹩和青草蛇。什么都带。有一次唐尼 · 法尔用那条青草蛇追逐吓唬在操场上玩的小孩儿，然后抓着蛇头朝球门柱上使劲摔。罗伯特气得把唐尼推倒在地，抓住他的左手用力往后掰，直到把唐尼的两根手指掰断为止。

罗伯特家的窗帘拉得严严实实，他们家那辆红色的厢式货车也没有停在外面，所以丹尼尔和肖恩绕过房子，顺着越来越窄的小道向树林里走去。一柱柱尘土飞扬的太阳光整齐地透过树枝间的空隙层层叠叠地洒向地面。一只燕八哥咕咕咕叫个不停。干裂得呈粉末状的泥地上扔着一个被踩扁了的猪肉条包装盒。幸运的是瘾君子和酒鬼们大都没有太多耐力，走不了多远。所以，再往里走十分钟，地上随意丢弃的垃圾就渐渐稀少，直至消失。如果没有汽车尾气的味道，你几乎可以把路左边车流的喧嚣声想象成瀑布奔流进山涧的声音。

他们来到一片空地上，找到初夏时两个人一起用树枝搭起来的那个小棚子。搭好棚子，躲在那里喝了杯杯香（一种甜味梨子汽泡酒），抽了六根薄荷味香烟，后来恶心得不行。棚子现在只剩下几根折了的树枝。就在这儿吧。肖恩找到一根圆木，用来放置射击用的靶子，让丹尼尔再去找些可供射击的东西当目标。丹尼尔翻过栏杆，在紧挨着路肩的山楂树丛中乱翻，找到了两个空啤酒罐、一个压扁的塑料油桶、一个沾满泥巴的两只胳膊都掉了的泰迪熊。暑热让他精疲力竭。他想着自己站在家门口的草坪上，用大拇指压住水龙头的出水口滋水玩，喷出来的水在空中形成一道彩虹。他把这些东西隔开一定的距离依次放在圆木上。想到那个曾经拥有这只泰迪熊的孩子，他后悔捡了这只熊，但什么都没说。

肖恩举起枪，双腿分开站稳。丹尼尔看到他扣动扳机时，食指指肚紧贴扳机。周围一片沉寂，如大教堂般静谧。汽车不再喧嚣，燕八哥不再鸣叫。他能听到自己血管里的血液汩汩流淌。

不知为何，他没听到枪响，只看到惊鸟飞起，肖恩向后倒去，好像有个看不见的巨兽向他冲来，把他扑倒在地。油桶、瓶子和泰迪熊还在圆木上，纹丝未动。

哦，我的天呀。肖恩站了起来。哦，我的天呀。他兴奋地手舞足蹈。显然这辈子他还没干过这么刺激的事情。哦，我的天呀。

一架军用飞机从他们头顶的天空飞过，倾斜着转弯。肖恩没让丹尼尔开第二枪，丹尼尔既失望又轻松。肖恩大口喘着粗气，动作夸张。他重新提起劲，用T恤衫袖子擦掉额头的汗，再次举起枪。这次，枪声响炸天。很明显，这声枪响估计很多人都听得到。

你们在干什么？他们的校友罗伯特·海尔斯突然出现在背后。

他俩吓得都跳了起来，不过肖恩很快就恢复了镇定。你觉得我们在干什么？

你有枪。天气如此炎热，罗伯特却穿着一件破旧的连帽防风衣。

那又怎样。

让我开一枪。

呵，想得倒美。肖恩说。

让我开一枪，罗伯特说。他往前走了一步。他比肖恩足足高出一头。

肖恩抬起手臂，把枪口对准罗伯特的脸，就像刚才在卧室里那样。没门！

丹尼尔意识到肖恩很可能会杀了罗伯特。这个可能性让他特别兴奋。他将成为一桩谋杀案的见证人。人们会尊敬他，同情他。

罗伯特一动不动。五秒钟，十秒钟。《黄金三镖客》的场景再现。丹尼尔看不出罗伯特是害怕了，还是完全无所谓。终于，他开口了。我要杀了你。他说这话的语气，不像孩子们在游乐场吵架时虚张声势的语气，而是在陈述一个事实，跟说“我要去买些东西”一样随意。说完，转身就走，头也不回。肖恩一直用枪口对着他，直至他消失在视野中。他们两个听着他踩在枯枝落叶上发出的嘎吱声渐渐远去。

胳膊抽筋了。肖恩用力甩了几下手臂。该死的抽筋。他走到泰迪熊前面，把枪管对着玩具熊的额头正中。丹尼尔觉得那头熊看起来和罗伯特很像，都带着漠然和无动于衷的表情看着正前方。但是肖恩显然不想再浪费一颗子弹。该死。罗伯特的出现让他们的冒险变得索然无味。肖恩把枪扔进高乐背包。走吧。

两个人重新回到树林里，这次他们绕了远路，先向上爬，再从垃圾场的另一头出来，这样就可以完全绕开罗伯特家的房子了。蠓虫到处乱飞，空气燠热肮脏。丹尼尔左脚踩上了狗屎，使劲擦也没法完全把狗屎擦掉。

姐姐海伦出生的时候是臀位，吓了大家一跳。头出来的时候，脐带把她的脖子缠得紧紧的，导致大脑缺氧。丹尼尔到十六岁才会知道这个事实。之前他只知道她有时突然眼神游离，一会儿又恢复正常。他只知道她对数字有认知困难，不会清点物体数量，也看不懂时间。

她十六岁就会辍学，什么文凭也拿不到。先是住在家里，在一个家具大卖场工作，后来会到一家蔬菜水果店上班。她会换好几个主治医生，用的药也会越来越好。乙琥胺，丙戊酸。本来就不算严重的病会慢慢好转。她会长大成人，虽然还会偶尔犯糊涂，但是体态丰满，金发碧眼，非常漂亮。人们总是不自觉地被她吸引。她将在夜总会遇到加里。加里身材魁梧，三十五岁，有一栋独立别墅，拥有一家出租汽车公司，在他的生活圈子里说一不二。他们会结婚。

丹尼尔很久之后才明白这是一个多么令人愉快的结局。

突然，空气里传来嗖的一声，接着是树叶被踩动的咔哒声。是弩，还是弹弓？没等他们回过神，又传来了第二声。诡异之处就在这里。丹尼尔发誓他先看到有东西飞来，然后才听到嗖嗖声，之后肖恩才感觉到疼，他手肘上擦出一条粉红色的血痕。肖恩疼得叫了起来，举起了手臂。混蛋。

他们迅速蹲在小道上，心扑通扑通跳。肖恩仔细查看伤情。没有流血，只有一条红色血痕，好像不小心碰到一个热锅的边缘被烫了一下。罗伯特肯定埋伏在山下的某个地方。神不知鬼不觉。挡风玻璃上的枪眼，驾驶员身上的枪眼。丹尼尔躲在灌木丛里，什么也看不到，但是又不敢把头伸出去。最好的方案就是赶快跑，跑得越快越好，这样罗伯特就得瞄准两个在树林间不断移动的目标。可是肖恩气得从包里拿出枪。我要打死他。

别犯傻了。

那你有什么好主意？

又一声嗖，接着咔嗒。他们俩同时趴下躲避。有那么几秒，肖恩看上去吓坏了。很快他又平静下来。这边。他像个突击队员一样在荆棘丛中的空地上匍匐前进。

丹尼尔不想落单，只能跟着他。肖恩匍匐前进的时候手里还抓着枪。丹尼尔生怕他不小心扣动扳机。地上厚厚一层干裂的果皮、干草和卷曲的树皮。他们拖着身体在疙疙瘩瘩的树干之间爬行，在布满荆棘的道路上前进。他努力假装他们是在演电影，但是做不到。

他们爬错了方向，不但离垃圾场越来越远，居然还爬到了罗伯特家后边。这儿就像罗伯特的后花园，他了解这里的每一寸土地。丹尼尔的脸扎到一根刺，他紧紧闭上眼睛，不让自己哭出声，等待疼痛过去。摸摸脸，肮脏的手指沾上了鲜血。

现在他们爬到了一个树枝笼罩而成的圆顶洞穴，刚够两人伸直腿躺下。这里可能是什么动物睡觉的地方。令人难以置信的是，他们居然听到了远处冰激凌车的音乐声。

没有第四下弹弓的声音。

我们现在怎么办？

我们等着，肖恩说。

等什么？

等到天黑。

丹尼尔看了看手表。六点他妈妈会给肖恩家打电话，七点就会报警。他翻了个身，仰面躺着，眯缝着眼睛，树冠透下来的阳光变成了一个个互相重叠的白色、黄色、柠檬绿色的光晕。狗屎的臭味忽隐忽现。这个地方安全吗？是陷阱吗？他想象着罗伯特低头看着躺在荆棘丛中的他们，瓮中捉鳖。他记得唐尼手指折断时的嚎哭。

二十分钟后，紧张的心情开始放松。或许这正是罗伯特想要的效果，吓唬吓唬他们，然后回家坐在电视机前得意地大笑。四十分钟过去了。丹尼尔从早饭之后到现在什么都没吃，连口水都没喝。他头疼欲裂，干涩的嘴唇起了一层黏糊糊的皮。他们决定逃跑。他们不相信罗伯特还在附近等他们，况且飞奔会让逃跑变得更刺激，也能让他们受了伤的自尊心得到一点点安慰。

就在这时他们听到了脚步声。咔嚓一声，然后是寂静。又是咔嚓一声。有人在附近的树丛里小心翼翼地移动，并竭力放轻脚步。丹尼尔头皮发麻，每一次剧烈的心跳都会加剧这种感觉。肖恩抓起手枪，翻身趴在地上，胳膊肘支撑着地面。咔嚓。丹尼尔脑海里出现了罗伯特的样子：一个土著猎人，背着箭袋，缠着腰带，箭已上弦，两个弯曲的手指把弓弦绷得紧紧的，蓄势待发。脚步声向右移动。他要么不确定他们的具体位置，要么就在绕着他们转圈，寻找最好的攻击方向。来吧，肖恩自言自语地说，他慢慢转动身体，枪口始终朝着声音发出的地方。来呀。

丹尼尔希望这一切快点结束。他不知道自己还能撑多久，简直想跳起来大声喊叫。我们在这里！就像保罗在躲猫猫游戏时经常干的那样。但是周围突然安静下来。脚步声消失了。咔嚓声消失了。一团团蠓虫在空中嗡嗡乱飞。瀑布在远处潺潺流动。此刻，肖恩看起来真的非常恐惧。

背后传来树枝断裂的声音，他们立刻回头看。这时，一个黑乎乎的影子从树影中跳了出来，挡住了令人炫目的阳光。肖恩立刻扣动扳机。枪声就在丹尼尔耳边响起，震得他耳朵生疼，接下去的几分钟聋了一般什么都听不见，只听到噼噼啪啪的声音，就像雨滴掉落在高压线上的火花声。

他立刻意识到那黑影不是罗伯特。然后眼前一黑，什么也看不见了。有什么东西在他肚子上重重踢了一脚，疼得他直抽冷气。当他伸直因疼痛而蜷在一起的身子、睁开眼睛时，眼前赫然出现了一张脸，一头矮鹿的脸，大得惊人。他想后退，但被荆棘丛挡住了去路。那头鹿侧身躺着，呼哧呼哧地喘着粗气，四肢徒劳地乱蹬，想站起来。它身上有一股动物园骆驼棚里的味道，湿漉漉的眼睛漆黑发亮，下巴上下抖动，僵硬的小舌头伸进伸出。颈部有一片皮毛鲜血淋漓，呼吸时发出呼噜呼噜的声音。它全身颤抖，四肢抽搐。丹尼尔实在不忍心看下去，可又无法让自己逃开。它一副楚楚可怜的神情，仿佛童话故事里人变成的鹿一样，想求救却无法开口。

两分钟。三分钟。它越来越虚弱，生命之光渐熄，慢慢向那沉沉的黑色深渊滑去，那里是它的最终归宿，是所有人的最终归宿。它绝望地挣扎，想要更多时间、更多光亮。后来，每当丹尼尔听到有人说为生命抗争这句话，这幅画面就会浮现在他眼前。

肖恩抬起脚，一条腿跨过鹿的身体，坐在鹿的胸脯上。他把枪管摁在鹿头的一侧，扣动扳机。砰……砰……砰……砰……每一声枪响都让鹿的身子猛烈地抽搐一下。子弹打光了。安静了几秒，鹿的身体第五次抽搐后，彻底不动了。哦耶。肖恩说着，发出长长的一声欢呼。哦耶。好像这是他渴望已久的时刻。

鹿头下面蜿蜒地流出一道道黏糊糊的血迹。丹尼尔想哭，可是心里的某种情感不知何时已经封锁，或者破碎。

肖恩说，我们得把它弄回去。

弄回哪里？

弄回我家。

为什么？

吃了它啊。

丹尼尔不知如何回应。他觉得那是头有灵性的鹿。不知为何，他始终觉得这头鹿就是罗伯特的化身。一只苍蝇趴到鹿眼上。

肖恩站起来，把荆棘丛往边上踢了踢，用跑鞋的鞋跟踩断那些根茎，这样它们就不会弹到身上。我们可以剥了它的皮。

他让丹尼尔去紧急停车带那里把刚才看到的废弃婴儿车弄过来。丹尼尔立即行动，他迫切地需要暂时离开肖恩和那头鹿。他走过垃圾场，希望能够撞见罗伯特，把他拖回原来的冒险中。但是罗伯特家窗帘低垂，屋里一点动静都没有。他把绑在门上的绿色环状细绳解开，推开嘎吱作响的门。一辆棕色的奔驰车停在紧急停车带。驾驶员从挡风玻璃的一侧看着他，但是丹尼尔无法看清驾驶员的脸。他把婴儿车翻过来。那是一辆老式的、画着卡通画的婴儿车，有一个折叠顶棚和弹簧减震，把手生锈弯曲，海军蓝的衬垫破裂开口，四个轮子有两个没有气。他把婴儿车拖过垃圾场的门，然后把门关上。

当然，那不过是光线造成的幻觉。时间也只是各种分叉和断裂的交错分离。假如你再晚一会儿从路沿下去。假如你给一个穿红色连衣裙的女人点一支烟。你翻看考卷，发现所有的题都会，或者一道都不会。每一刻你都可能刚躲过一颗子弹，每一刻你都可能失去一个机会。一群幽灵在黑暗中快速滑过。

或许他和别人的不同之处在于，他注意到了这些分叉和断裂，而且会用这种方法重新看待世界，其他人不会。十岁那年，那个八月的下午，他感受到了只有在车祸中死里逃生、毫发无伤的人才能感受到的晕眩。或许并非毫发无伤，因为他意识到身体的一部分已被剥离，留在了一个他永远无法穿越的平行世界里。

把鹿搬到婴儿车上的时候，鹿突然放了一个屁，屎尿流了一身。现在闻起来没有骆驼棚的臭味了。丹尼尔觉得直接拖着鹿走要比放在婴儿车里推着更容易，但他什么都没说。小道在靠近垃圾场的地方慢慢变得平整，没有枝枝杈杈的牵绊，也没有被太阳晒得硬邦邦的车辙摩擦。他们可以轻松地推着小车往前走。

那个男人坐在奔驰车的引擎盖上，好像专为观看演出的第二幕找了个好位子。他留着齐肩黑发，穿着廉价西服，戴一条粗重的黄金手链。肖恩把门关上，绿色绳子重新缠好。那个人点燃了一支香烟。小子们。他只说了这一句。不易察觉地对他们点了点头。没有微笑。没有挥手。多年以后，丹尼尔常常会梦见他，随着场景的变化，坐在不同东西的边缘，抽香烟，戴金手镯，对他们喊：小子们。

他们站在双向车道的一侧。地面晒得发烫。金属晒得发烫。丹尼尔看到路过的司机们瞥了他们一眼，目光转开，又转回来。三，二，一。手推车越来越不稳，根本无法直线推行。走到中央隔离带的时候，呼啸而过的车辆一个个吓得赶紧急刹车。快车道上的一辆大卡车差点撞到他们，司机愤怒地使劲按喇叭。

他们花了很久才笨手笨脚地把鹿和婴儿车抬过隔离带，尽管那条黄色的草带并不宽。警察！肖恩说。丹尼尔回头，看见一辆刷着橘色彩条的白色罗孚牌警车从他们身边呼啸而过，向着山上的方向开去。爬坡的时候警灯闪烁，警笛响起。警车会绕着环岛转一圈，从对面车道开回去。他们最多有一分钟的时间。

走！肖恩大喊。推车在辅路的路肩上磕磕碰碰。接着，他们把婴儿车举起来，抬过那排修剪整齐的树，来到停车场。做完这些事，丹尼尔喘得上气不接下气。沃伦家的人！肖恩喘着气说。于是他们不敢停歇，一鼓作气，穿过一群在儿童滑梯上聒噪玩耍的孩子，把婴儿车推到住宅区后面那几条被高墙围着的小路上。终于没有了警笛，也没有了轮胎嘎吱嘎吱的响声。丹尼尔的头疼得厉害，太阳穴一跳一跳的。他需要在黑暗中躺下来。

他们推着婴儿车穿过炎热的绿地，来到了果园大厦。一个老太太看着他们，目瞪口呆。她穿着涤纶印花裙，小腿静脉曲张。肖恩夸张地给她敬了个礼。达勒太太好。

双开门的大门进去比较容易，但把婴儿车和鹿弄进电梯就没那么轻松了。两个人推推挤挤，在电梯一侧的镜子上留下很大一片血迹。肖恩伸出手指，在和他头顶齐平的高度用大写的字母写下了**谋杀**的字样。电梯哐当一下停住，电梯门打开。

后来他把这个经历告诉朋友们，他们都不明白他为什么要跟到最后。为什么不跑？他的朋友有一支上了膛的枪。他无数次惊讶地发现几乎所有人都记不住自己的童年，都习惯用成年人的思维去看待小时候的自己，用成年人的眼光去看那些泛黄的老照片、穿过的小凉鞋、坐过的小椅子。好像做选择的能力、做决定的能力以及对人说“不”的能力都是一学就会的技艺，跟学系鞋带或者骑自行车一样简单。很多事情都是自然而然地发生。如果够幸运，你就能接受完整的教育。如果够幸运，你就不会被那些经营五人制比赛的家伙欺负。如果非常幸运，你就能达到更高的层次，你可以说，我要学习会计专业……我想住在乡间……我想和你度过余生。

一切发生得太快。没等肖恩把钥匙插进锁孔，门就开了。迪伦穿着肮脏的蓝色工作服站在门口，正在打电话。他平静地对着电话说，没事了，迈克，我等会儿打给你。然后放下电话，一把扯住肖恩的头发，将他拖到门后的走廊里。肖恩就那样倒在铺着地毯的地板上，被哥哥一路拖行，还撞倒了放电话的小桌。迪伦一脚踩住肖恩的胸口，扯过他的背包，拉开，扯断了背带。他拿出手枪，检查枪膛，用手掌根把枪膛推回原位，从开着的房门把枪扔到自己房间的床上。肖恩坐起来，想往后退，但迪伦抓住他T恤衫的领子，把他拎起来，摁到墙上。丹尼尔站在门口，一动不动，希望这样，他们就不会注意到他了。迪伦朝肖恩的脸就是一拳，然后松开手，任他倒在地板上。肖恩翻了个身，身体蜷缩起来，开始哭，一颗牙齿掉在踢脚线旁。迪伦转身，走到门口。他慢慢地抚摸着鹿的一侧身体，来来回回有五六下，缓慢而温柔，好像那头鹿是一个生病的孩子。把它弄进来。

他们推着婴儿车穿过起居室，来到露台上。迪伦交给丹尼尔一串钥匙，让他下楼从他车子的后备厢里拿两条毯子上来。被分派干这件事情让丹尼尔感到很骄傲。他把两条带着油漆斑点和结块涂料的毯子拿到楼上。迪伦把毯子铺开，铺在水泥地的中央，把鹿放上去。他从口袋里拿出一把史丹利牌小刀，把鹿翻过来朝天躺着，然后从头颈到股沟划了深深长长的一刀。软骨断裂。他又划了第二刀，和第一刀呈九十度的方向，在鹿的胸口切出了一个十字。在十字的中央朝一个方向又重重地拉动，使得十字中央的毛皮往后褪去一点。那块毛皮像是湿了的门垫。没有多少血流出来，这让丹尼尔略感吃惊。皮肤下面是呈大理石纹路的隔膜，和一层厚厚的白色脂肪连接在一起。迪伦顺着那个十字拉啊切啊，拉啊切啊，直至鹿皮被完全剥掉。

肖恩用一条毛巾捂住大半个脸走到露台上，像戴了一个面具，毛巾上血迹斑斑。丹尼尔看不出他的表情。远处，空气的热浪让汽车制造厂厚厚的砂岩建筑看起来像在轻轻地晃动。一只雄鹰在林子上空盘旋。他又开始头疼，也许一直在疼，只不过他刚刚注意到而已。他走进屋子，来到厨房。沥干架上有一只倒放的马克杯。他拿过杯子，放在水龙头下接满水，一口气喝了下去。

前门打开又关上，考伯太太在喊：到底发生了什么见鬼的事？

他走进起居室，在棕色的皮沙发上坐下，听着壁炉架上的旅行钟发出有节奏的滴答声，等待头疼消退。壁炉架上有一张肖恩和迪伦在学校的合影。墙上挂着一个在康沃尔买的挂盘，上面画着系黄色领结的灯塔和三只黑嘴海鸥。鞋底隐隐传来狗屎的味道。肖恩拎着一只装满水的桶来到走廊，走进卫生间，把脏东西倒进马桶里，冲掉，然后拎着空桶走回去。

他睡着了。二十分钟，也可能是半个小时。电锯的声音惊醒了他。迷糊了一会儿，他才记起自己在什么地方。头倒是不疼了。醒过来，发现世界在你睡着的时候还在如常运转的感觉很奇怪。他走到露台上。迪伦正把鹿大卸八块。腿已经锯下来，切成两半，蹄子堆成一堆，鹿腿在另一堆。隔壁的卡尔也在露台上，斜靠着栏杆抽烟。我去跟楼下的炸鱼薯条店老板说一声，他家后院有一个大冰柜。肖恩不再拿毛巾捂着脸。他的左眼因肿胀半睁着，上唇破了个口子。

把这些扔了，可以吗？迪伦向他们指了指那个黄色的婴儿澡盆。肺，肠子，光滑的紫色泡泡堆了一盆。

他和肖恩一人一边，抓起浴盆的把手，准备出门。迪伦举起切下来的鹿头，对卡尔说，你觉得怎么样？挂在壁炉上面可以吗？浴盆看起来让人恶心，抬起来时里面的东西摇摆晃动，液体洒了一路，一直洒到电梯里。电梯镜子上大写的**谋杀**还在那里。人的内脏看起来应该也差不多。令人目眩的阳光被遮住的诡异时刻。有那么一会儿他觉得抬着的是罗伯特的内脏。

他说，你还好吗？

肖恩说，挺好。

他们之间的某种关联被打破了，但是感觉还不错。就像两个成年人一样客套。

他们把浴盆放下，掀开一个大金属垃圾桶的盖子。一群苍蝇飞了出来，扑面袭来一股令人反胃的恶臭。他们把浴盆抬到齐胸高的地方。两个十来岁的女孩从他们旁边经过。见鬼。倒数几下，一起抬起浴盆往垃圾桶里倒。盆里的东西滑了出来，落在桶的底部，发出沉闷的响声。

楼上烤箱开着，考伯太太正把一块血淋淋的腰腿肉放进烤盘里。卡尔嘴里叼着一根香烟，正帮她削土豆皮。迪伦喝着一罐健力士啤酒。过来。他对肖恩说。肖恩走过去，他把手放在肖恩肩膀上。如果你再敢做这样的事情，我他妈会杀了你。懂了吗？连丹尼尔都听得出，他其实是在说我爱你。迪伦递给肖恩剩下的半罐健力士，自己又打开一罐新的。

你妈妈打电话来了，考伯太太说，她在找你。

好的。他一动不动。

这跟枪一点关系也没有，不是吗？此刻，现在，就是时间分叉断裂的地方。如果他开口说话，如果他请求留下来，所有的事情从这一刻起可能就变得不一样了。但他什么都没说。考伯太太说：快点，赶快走吧，你妈妈会担心的。尽管后来在脑子里反复琢磨，他还是无法确定她到底是不想让他母亲担心，还是只是想把他赶快打发走。他没跟他们说再见，因为不想听到他们冷漠的回答。他走出前门，轻轻把门关上，走下楼梯，这样就不用再次面对电梯里的血迹了。

四十年后他会去参加母亲的葬礼。之后，不想参加完葬礼就去住宾馆，显得自己太冷酷无情，他会在他原来的卧室睡一晚。这让他深感不安。所以当父亲说希望生活尽快恢复正常时，他马上领会了父亲的意思，并大大地松了口气，离开了父亲家，让父亲回到他的日常习惯之中：早晨去散步，看《每日邮报》，每周三吃猪排。

出城的道路在施工。他意外地发现自己在环岛开上了通往住宅区和树林之间的岔路。往事清晰浮现，他感觉自己差点撞上那两个在车道上推着婴儿车的男孩。他放慢车速，在紧急停车带停了下来，粗粝的碎石在轮胎下发出嘎吱声。停车带旁边扔着一个生锈的油桶，盛了半桶雨水，还有一个粉红色的沙发，扶手处和靠背裂开，肮脏的黄色海绵块露出来。他从车上下来，站在大卡车开过时带来的巨大气流里。令人恐怖的是通往垃圾场的那扇门还是用绿色的麻绳缠着。这令他毛骨悚然。他打开门，走进去，把门关上。

垃圾场还在那里，罗伯特家的房子也还在那里。窗帘低垂。他想这房子这些年来是不是一直关着。罗伯特·海尔斯和罗伯特·海尔斯和罗伯特·海尔斯，同一个人，在这里变老、死亡，然后在臭气和昏暗中再次重生。

第一声枪响前的那种绝对静谧。楸甲虫。乳黄色的阳光层层叠叠整齐地洒向地面。

他弯下腰，从开裂的柏油路上拾起一块边缘凹凸不平的石块，想象着把石头扔向前门玻璃，玻璃打碎落下，受惊的鸟儿鸣叫着四散乱飞。灯光照了过来。

他身后有根树枝被踩断了。他没有转身。那是一头鹿。他知道那是一头鹿。它又出现了。

可是他无法抵抗转身的诱惑。慢慢转过身，发现自己正盯着一张老人的脸，罗伯特的脸。是他父亲吗？或许就是罗伯特。这到底是哪一年？

那个男人说，你是谁？有那么三四秒，丹尼尔大脑一片空白。

啄木鸟和狼

每次醒来，总有那么一会儿，她都深信，只要睁开眼睛，就会回到格洛斯特，回到那所度过了生命前七年的大房子里，躺在她的小床上，盯着挂在床顶不停旋转的木质动物玩具：河马、狮子、猴子、蛇，还有老鹰。于是她睁开眼睛，发现自己正盯着头顶的通风口，它周围一圈淡黄色的污渍，四根电缆被米卡尔拿灰色胶带粘到镶板上穿过天花板。空气中飘散着淡淡的汗味和塑料燃烧的味道，还有隐约可闻的人体排泄物的臭味。墙壁里水泵在不停运转。

第二百一十九天。她坐起来，揉揉眼。后背疼得厉害。慢慢下床，站到地板上，后背抵着床帮坐下，双腿伸直。左手抓着右脚，保持不动，坚持十秒。再换右手抓着左脚，保持，十秒。坐直，后背僵硬的肌肉好像松弛了一些。她仔细听了听，确定厕所没人，才穿过走廊朝厕所走去。回到房间，脱下裤子和背心，用橘色的湿毛巾擦洗全身，再穿上裤子和背心，把益皮特润肤乳抹到脚后跟和手肘上，吞下睾丸激素，刷了牙。做完这些事，她穿上绿色工作服，拉上拉链，去北二区吃早餐。

苏琪和阿尔温德正坐在桌前吃谷兰诺拉麦片，喝着咖啡，眼睛盯着平板电脑。阿尔温德抬起头看她。“早上好，克莱尔。”

她从来没觉得阿尔温德有魅力，可是他的皮肤是那么光滑，完美无瑕，看起来跟小羊皮一样细腻。有时她忍不住地想伸出手，轻轻抚摸他脖子后面的肌肤。她问他家里有什么消息可分享。

“是个小女孩。”阿尔温德把平板电脑的屏幕转向她给她看上面的照片。照片里，阿尔温德的姐姐抱着一个小小的、全身湿乎乎的婴儿，一条黄色针织毯子把小婴儿裹得紧紧的。“蕾拉。”

“阿尔温德舅舅。恭喜啦！”

“谢谢，不过我可是一点贡献都没做。”他看着自己的小外甥女。“体重九磅六盎司[①]。”

“这对婴儿来说算大吗？”

“谁知道呢。”

“差不多是一个感恩节火鸡的重量。”苏琪插嘴道，头都没抬。他们身材都比较苗条，可是苏琪跟他们相比，体型更小，走起路来悄无声息。有时当克莱尔眼角的余光瞥见苏琪时，总觉得是个青春期少女和他们待在一起，总是被她吓一跳。苏琪是柔道黑带，也是空手道黑带。克莱尔猜她肯定还在看丹·布朗的《天使与魔鬼》。

① 九磅六盎司约为 4.3 千克。

“还有，危地马拉发生了政变。”阿尔温德说，“布拉德·皮特死了。”

“真的吗？”

“当然是真的。”

“吸毒过量？”

“癌症。”

“影迷们对此有心理准备吗？”

“全世界都被这个消息弄得措手不及，”阿尔温德说，“不过我对明星八卦不太了解。”

“我们应该搞个电影之夜纪念他，”苏琪说，仍旧没有抬头。“《十一罗汉》《搏击俱乐部》《十二猴子》。”

“还有《快乐的大脚》，”阿尔温德说，“他在里边给磷虾威尔配音。这是报纸上一篇内容非常全面的讣告上写的。”他的眼睛还盯着照片上那个他永远也没有机会抱在怀里的小女孩，用手捂住嘴巴，好像要压下喉咙里的哽咽。他锁上屏幕，蕾拉消失了。

苏琪终于抬起头来：“顺便问一下，你见到乔了没？”

“我刚刚起床，”克莱尔说，“有什么问题吗？”

“他肯定在睡懒觉。”苏琪又回到丹·布朗的故事里。“我等会儿去把他叫起来。”

克莱尔把水倒在苹果粉上，往黑麦薄脆饼干上抹了些奶油奶酪，坐下来，透过划痕道道的舷窗往外看。窗外，五千英亩的粉色岩石在灰白暗淡的天空下绵延。远处五六处尘暴在移动，每个都有二三十米高。珍珠湾区[1]，坚忍撞击陨石坑。每一次往外看，她都会想，科学家们是怎么想的，居然以沙克尔顿爵士的“坚忍号”给这个地方命名，而那艘船早已被困威德尔海[2]，落得个粉身碎骨的下场。这是多么讽刺。

说实话，她特别怀念太空飞行的那段时光，待在密封的金属珠里，串在世界上最长的一根轨道项链上，穿过地球辐射带，遨游在零下两百度的外太空。儿时曾幻想跟着麦哲伦或弗罗比舍一起航行大海，搜寻西北航道，停靠西里伯斯岛，船体颠簸时躲在甲板下，感受水下一百英寻处的深寒，玩味从高高瞭望台望去的空寂。种种遐思都带给她一种感觉：心无所恃，随遇而安。而这，正是她来到这里的原因。所以，苏琪癫痫病发作时她很镇静，前进端口调节器爆炸导致他们失控旋转了整整两个星期时她也没有慌张。这是跨过已知世界的边缘走向未知要付出的代价，如果不能张开双臂拥抱不测之事，那么到这里来的意义又是什么？

其实，如果这次探险的结局由她决定，那他们所有人在着陆时就会死去：飞船进入大气层时头部朝下，降落伞也支离破碎，以时速一百或一百五十公里的速度撞击地面。不会着火，也不会窒息。砰。一了百了。既已经历过夏花绚烂，还如何面对平淡人生？只能沉潜，无怨。毕竟，他们这群人被选中来到这里，正是因为他们逆来顺受、

①珍珠湾区是美国地质调查局对火星表面划分的 30 个区域之一。

②威德尔海是南极的边缘海，南大西洋的一部分。因 1823 年英国探险家威德尔首先到达此地而得名。

沉着坚忍、无怨无悔的个性。

她想起了佩恩堡的那个小花园。母亲被送到疗养院之前的一年，每晚把母亲那瘦小的身躯抱到床上安顿睡觉后，她都会到小花园待上两个小时，感受那种静寂，再回到自己的床上睡去。暮春，猎户座载人飞船正在调试，仙后座星座几乎消失，木星被密密麻麻的卫星围绕着，火星升到了黄道大转轮的上方，从遥远的距离就可看见这个铁锈红的星球。信息如淅沥的夜雨穿过黑暗向她涌来。迫切地想逃离，随便哪里都可以。可是，直到她真的走远了，才明白，不论逃到哪里，哪怕是天涯海角，内心深处想要生活在别处的欲望都无法被填满。

她开始收集上午的数据，每一个数据都写两遍。然后，去南二区和佩尔会合交接。

“早上好啊，同事。”他目不转睛地盯着她，看了三四秒，然后说，“你睡得还是不好。”

“我得多滑会儿雪了。”

“那就多滑一会儿。”佩尔脖子上有个胎记，如果他是弗兰肯斯坦造出来的怪物的话，胎记的位置正好是拧螺丝的地方。金色寸头现在已经长成马尾扎在脑后。有一次训练发生了火灾，大家以为是哪个环节出错导致的。佩尔当机立断地把肖娜和库尔特关在舱里以阻止火势蔓延。肖娜以为自己要死了，在里边歇斯底里地大哭。那周训练一结束肖娜和库尔特就离开了队伍。如果哪天大祸临头，克莱尔希望佩尔能在身旁，和她一起待在气闸舱里。

“水流量多少？”

“205 升。”

“备用装置呢？”

“A 正常。B 正常。”

“紫外线消毒系统呢？”

“已经开始正常运转了。”

“太好了！”佩尔说，“氯气的味道实在是太恶心了。”

“氧气浓度 21.85%，氮气 77.87%，二氧化碳 0.045%。”

“内部辐射量？”

“最高 10.5 毫拉德，最低 9.5 毫拉德。”

“湿度？”

“23%。”克莱尔说，“我把夜晚的温度调低了两度。”

“不想让大家太舒服，是吧。外边天气怎么样？”

“零下 12.2 度，逐渐升高。风速 4 ~ 8 千米/小时。能见度 18 ~ 20 千米。”

“那么，亲爱的朋友们，今天天气状况良好，将会是一个晴空万里的夏日。”佩尔惬意地往后一靠。“祝大家上班一路好心情。开车小心。下面我们用一首布鲁斯·斯普林斯汀的经典老歌开启今天的节目，二〇〇七年的专辑《魔力》的主打歌《音迹全无》。”

第二队的五名船员乘坐“翡翠鸟号”飞船正在太空飞行，要再飞四百零八天，他们是乔·戴勒、陈安妮、安玛丽·荷本、水清、基斯·凡·埃斯。他们现在看起来还不真实。这也许是一种自我保护机制，也许是因为火星和地球的通讯有三十分钟光时的延迟，也许是因为当地球转到太阳后边，火星合日[①]时那持续两个星期与地球的通信中断，所有这些都让他们谈起地球时不再用到“家”这个词。尽管每天从那里还会或多或少接收一些信息，可是，地球对他们来说，已经成了虚构的地方。突然之间他们要来了，这五个新队员，就好像从童话森林里走出来的人物，没人知道他们是好是坏。

她来到西一区，脱掉工作服，只穿了裤子和背心，把耳机擦干净，连到播放器上，上下滚动播放列表找到凯莉·米洛的《神奇公主》专辑，按下播放键，然后踏上跑步机，把阻力调高到64。

这里的重力加速度是0.4个G，不过在“阿尔戈号”上过了两年失重生活之后，刚到这里时，感觉就像在游乐场玩飞车走壁一样晕头转向。现在已经习惯成自然。她对大家走路时的弹跳已经无动于衷，对自己逐渐变细的双腿和肿胀的脸庞也已习以为常。不过有时候看录像带，她还是会惊讶于地球人的走路速度，就像过去黑白电影里的查理·卓别林或者启斯东警察那样，走得飞快。几个月前，苏琪不小心绊倒了一把椅子，脚踝居然骨折了。不知道他们的骨质流失现在是不是已经稳定下来，不再恶化。他们这帮人就像实验室

①火星合日，地球和火星都围绕太阳公转，当从地球上看到太阳完全遮蔽火星时，此时的现象被称作“火星合日”。当火星、太阳、地球三者形成这样一条直线时，太阳的强烈辐射将会很容易干扰甚至切断地球与火星之间的通信。

的小白鼠一样身先士卒。十五分钟，二十分钟。她偷了个懒，稍微下调了一点阻力。能够在这里待下去的秘诀就是做事不问目的，只要坚忍不拔。二十五分钟，三十分钟。我是如此幸运。她汗流浃背。

阿尔温德说他想泡澡，特别怀念慢慢滑入热气蒸腾的水中的感觉。对她来说，最渴望的应该是淋浴。尘封已久的一段记忆不时回到她的脑中。她曾经和彼得一起去葡萄牙度假。不记得住在哪个酒店，也不记得度假时间，她的记忆力就是这么差。不过，该记住的细节却历历在目。她记得那片沙滩、海边的木头跳板、状如水母的维多利亚式灯罩，还有彼得身上穿的绿色速比涛泳裤。回到宾馆房间，海风轻拂阳台纱帘，脚底感受着冰凉的赤陶瓷砖，她的皮肤带着咸味，几近晒伤。裸着身子站在花洒下，享受水流在身上滑过的感觉。为什么这一幕如此难忘？

午饭后她去找米卡尔。他们要一起在白天进行一次出舱活动，继续修理通信碟。不用走太远，只须拿着两根钛杆和一个冲击钻，慢慢走一公里半就行了。可是在这短短的一段路上，就可以有无数种死法。第一次出舱，刚走了四十米，她的供氧装备就出了问题。往回走到半路，她已人事不省。佩尔拼尽全力才把她拖回气闸舱，救了她的命。

跟佩尔和乔交接前，他们手上这份检查单还有七十三处没有查完。从储物柜拿出头盔，放到桌子上，脱掉的保暖内衣也放到桌子上。

“苏琪跟我说乔有点不舒服，”米卡尔说，“你要是想来一次心脏病，我建议你还是推迟到明天比较好。”

“心脏病倒是一个比较好的解脱方法，你说呢？”克莱尔说。

“等会儿出舱后你可千万别解脱。”

佩尔和苏琪，用好听点的话来说，人格都有些变态。他俩都记忆力超群，任何消息都能过耳不忘。从来不知疲倦，更不知恐惧为何物。这两个人天天脑子里都在想些什么，克莱尔一头雾水。她有时候会怀疑他俩的大脑长时间都空空如也，就像睡觉的鲨鱼一样，一半大脑停止活动，只是无意识地随波逐流。阿尔温德大部分时间都活泼开朗，可他总是会时不时地陷入忧郁，虽然他已尽力克制，阴郁的氛围还是会弥漫开来。跟其他人一样，克莱尔也和他保持着距离,尽量不让自己被他的忧郁传染。乔是大家的医生,充满正能量，总是激情满满。她喜欢和乔一起玩西洋双陆棋，帮他打扫舱室，可是她受不了乔过于旺盛的精力，他无时无刻不在动，忍受不了一点安静，随时随地找各种消遣。唯独和米卡尔在一起，她才会觉得安逸、自在，待上几个小时也不会烦。米卡尔沉静、安详，和他在一起的感觉就像和狗狗或者马儿在一起那样舒服。他留着海盗一样的胡子，不爱墨守成规，没事就爱讲他之前的生活，还能讲得绘声绘色。对他来说，奇闻逸事信手拈来。 克莱尔偶尔会跟他做爱，但从来不会沉醉其间，最主要的原因应该是她和彼得的关系让她无法投入和别人的性爱中。现在，她还是不喜欢做爱，可是，不断摄入的睾丸激素在使她的骨头变强壮的同时，也大大提升了她的性欲。她得时不时释放一下不断压抑的欲望，否则每晚的噩梦会搅得她寝食难安。

每次做爱后，他们躺在一起，米卡尔用手轻抚她发丝的温柔，瞬间把她带回自己光速逃离、尘封三年的情感。往事似乎只在一帘之隔。

从储物柜拿出靴子。“锯木厂下边有一片山毛榉树林，”米卡尔说，“一到春天，那里的景色美得让人窒息。一边是黄灿灿、开得淋漓尽致的油菜花；另一边，一片一片的蓝铃花次第开放在林中枯叶上，如蓝色幻境。”他们一点点地检查脚踝处、膝盖和骨盆处的密封是否完好，把每一只靴子都三百六十度全方位地仔细查看。“有一次一个护林员在我身后追我。一个大家伙，手里有枪。太刺激了。”

苏琪出现在门口，悄无声息。她脸上的表情克莱尔从来没有见过。“你们得来一趟。”

“腹部疼痛现在蔓延到右髂窝了，”乔说话有些困难，“吃不下饭，吐了几次，高烧到四十一度，还有反跳痛[①]。症状很明显，都不用化验白细胞。”

“吃抗生素了吗？”佩尔问。

“正准备吃。”

“什么时候做手术？”

“现在正是时候。”乔说。

大家都盯着克莱尔。可是她从没做过阑尾手术。

佩尔转向乔。“你跟她说下都需要干什么。苏琪，换上蓝色工作服，

---

①反跳痛，在痛处轻轻按压，然后迅速抬手，在抬手的一瞬间有明显的痛感，便称之为反跳痛，是腹膜炎的标志性体征。

把西二区消消毒，换一个新的空气过滤器。阿尔温德，去把手术设备准备好。米卡尔，我们俩去查查资料，准备照片、笔记还有示意图。乔，用吗啡还是克他命麻醉？”

大家都离开了，只剩下克莱尔和乔待在一起。他说：“好吧，我们俩的冒险即将开始。”

她在佛罗里达受过军医的培训，四年的学习内容压缩到了六个月，根本没有时间真刀真枪地做手术。再过四百零三天陈安妮医生就会跟他们会合。关键时刻你们能做的就是把所有可能发生的情况按照轻重缓急提前预测，设一条警戒线，在时间逝去、金钱耗光、思考能力完全丧失之前做出正确判断。希望你们在太空不会遇到这种危急的情况。

“太空沙发客”是他们想出来的称呼，专指像他们这样的人，心甘情愿地坐到七百吨重的大烟花顶端发射升空，在太空遨游，玩拼字游戏，打扫厕所，无所事事，就此度过余生。你得拿放大镜仔细看才能看出这两种截然不同的人生轨迹在维恩图[①]上是如何产生交集又重叠到一起的。

她没有世俗的羁绊。父母双亡，和彼得恋爱的三年让她明白：她没办法和任何人建立亲密关系。他想要个孩子，可是儿时父亲把她当成出气筒的经历，对她幼小的心灵造成的创伤让她不想为人父母。

①维恩图，又称文氏图，用于显示元素集合重叠区域的图示。

她拿了两个物理学的学位，找了份实验室技术员的工作。大家都说她志向应该更远大一些，可她天性就是这么平淡，改也改不了。那些妒贤嫉能的人会说她太孤芳自赏，落落难合。后来，她找到毕生所好。瓦斯科·达·伽马[①]，沙克尔顿爵士，加加林。幻想自己四百年后能名垂青史，这样想很傻吗？

乔仰卧着，右手固定，身上插着管子，米卡尔正给他手动供氧。克莱尔站在乔右边，苏琪站在左边，都穿着蓝色手术服，戴着口罩。旁边的桌子上放着手术设备，各种型号的手术刀、六个牵开器、几个夹钳、一个电烙器、羊肠线、手术缝合针、生理盐水和抗菌凝胶等，整齐排列。桌后立着两个平板电脑，一个显示的是腹腔皮肤和肌肉的构造，一个是她在乔的指示下写的手术注意事项。麻醉之前，乔先在自己肚子上用三福记号笔交叉画了两条长约四厘米的十字对角线，给她标记好下刀的地方。她把记号洗掉，用抗菌凝胶彻底消毒。

苏琪和米卡尔的眼神在口罩的遮挡下看起来深不可测。舷窗外，夏普山[②]的沉积岩层层堆积，充满二氧化碳的天空平淡无奇。她慢慢收回飘忽的思绪。冷静。每一步都要深思。细节，细节，注重细节是关键。

米卡尔鼓励她：“你没问题的。”

---

①瓦斯科·达·伽马（Vasco Da Gama，约 1460－1524），葡萄牙航海家，欧印航线的发现者。

②夏普山，又名伊奥利亚山，火星山，以 NASA 早期探测火星任务的科学家罗伯特·菲利普·夏普的名字命名。

她拿起一个十二韧的手术刀，划开腹壁，血立即涌了出来。苏琪赶快用血管钳勾住引流管放入出血处把血液导出来。肌肤的三层构造呈现在她面前：先是外层皮肤，接着是坎帕尔氏浅筋膜层，俗称脂肪层，再往下就是包裹着肌肉的薄薄一层斯卡帕氏深筋膜。她用电烙器烧灼较大血管的出血点，闻起来像煎培根的味道。心脏监护器发出滴滴的声音。心跳 78 次 / 分。米卡尔用力挤压那个透明的塑料球释放氧气。她划了第二刀，停下，查阅示意图。切口已经到腹壁肌的浅层。腹外斜肌的平行肌纤维从西北向东南方向整齐排列。现在任务开始艰巨。她沿着肌纤维方向切一个小口，把两个钳夹推挤进切口，转动牵开器把切口分开，用力之大让她吃惊，更没想到的是这么大的力道肌肉居然没有撕裂。牵引器分开的切口呈六边形，开口非常小。

肌肉下面就是腹膜。她用梅氏解剖剪小心翼翼地提起腹膜，剪开，这个开口比刚才的还要小一些。米卡尔问她要不要帮忙，她厉声说不需要。说完，才意识到自己的语气很冲。停下来，深呼吸三次。手术开始到现在已经二十四分钟了，进展缓慢，不过确保每个步骤的准确比进展迅速要重要得多。

她查看了下笔记。现在得先找到升结肠和包裹升结肠的纵行平滑肌。她一张一张翻看图片，没什么有用的信息。看来得用夹钳夹着结肠来回找了。也不知道用多大劲又光又滑的肠壁才不会破裂。轻轻夹着大网膜，推到左边，用两个夹钳夹着结肠一点点交替移动，跟拽着一根湿绳子一样。左边找完，换右边，同样的程序再来一次。

找到了，这次她看到了结肠带。沿着结肠带下行，尾端就是盲肠。发炎的部位清晰可见。

阿尔温德进来了，穿着蓝色手术服，戴着口罩，替换米卡尔。米卡尔离开了房间。

克莱尔用夹钳的圆头轻轻夹着阑尾提到小洞外边，用第二个夹钳夹住阑尾和结肠连接处的系膜挤压直到开口闭合，提到第一个切口处，放着不动，再拿一个夹钳在另一面夹一下。阑尾的末端有动脉，所以她得先把缝线扎紧。她伸出手拿缝线，苏琪把线头递给她。把线绕着两个夹钳之间较细的地方扎紧，系个平结，把线剪断。然后缝合第二次。为确保不出差错，第三次缝合。做完之后，她慢慢松开夹在阑尾缝合处的夹钳。

她没问乔阑尾里边是什么东西，估计全是脓。但是里边的脓流动性有多大，会不会喷溅，这些她都不知道。她让苏琪拿几块涂满抗菌凝胶的湿纱布把阑尾周围垫好，以防切除时脓液喷溅到腹膜腔里。垫好之后，她拿了一把干净的手术刀从刚才的缝合处和夹钳之间割了下去。这个过程比她想象的要难，割下去时她的手一滑，戳破了纱布，割到了肌肉。

“妈的。”

停下来，深呼吸，检查新伤口。还好，没有刺穿腹膜。更幸运的是，肿胀的阑尾也脱落了，没有任何渗漏。她把脱落的阑尾扔到托盘里，接着用电烙器烧灼阑尾残端黏膜。

把第二个夹钳拿掉，缝合得很结实。还是再等五分钟吧，确保万无一失。屋里异常安静，只听到呼吸气囊有节奏的一收一放。四分钟过去了，四分三十秒，五分钟。她用生理盐水冲洗伤口，把腹膜切口拉到一起用夹钳夹住。苏琪把一根弯针穿好线递给她，她开始缝合腹膜，缝一针，把夹钳挪开一点，再缝一针，夹钳再移一点。腹膜缝合完毕，她用手轻轻戳了戳伤口两端，还不错，虽然针脚缝得很难看，不过挺结实。再次用生理盐水冲洗缝合处。

用夹钳夹住腹肌层开始缝合。夹住筋膜层开始缝合。夹住外层皮肤开始缝合。每一道缝合都用生理盐水冲洗干净。

手术持续了三个半小时。

苏琪说她会把屋子清理干净，密切观察乔的状况。

阿尔温德说："你太了不起了，真棒！"

她走到屋外，脱下手套，去掉口罩，米卡尔走到她面前拥她入怀，佩尔就站在他们旁边。这是米卡尔第一次在外人面前跟她这么亲昵。"你太勇敢了！"

第二天早上，乔死了。苏琪给他端了一碗热乎乎的燕麦粥还有一杯淡咖啡当早餐。他慢慢地坐了起来，因为坐着吃饭比较方便。可能就是坐起来那一下把缝合的针脚撑开了。他让苏琪把克莱尔叫了过来。苏琪还不知道发生了什么事。

乔跟克莱尔说一切都是他自己的责任。他本该早点跟大家说他不舒服的。乔身下的床单被血染红。他要求注射吗啡。现在大家都在这儿。阿尔温德，米卡尔，还有佩尔。从药效发作到昏迷不醒，他有五分钟的时间意识是清楚的。

佩尔站得直直的，胸膛高挺，开口说道：“我谨代表大家——”

乔说：“滚你的吧。”

阿尔温德笑出了声，又赶快闭嘴。

乔静静地躺着，双眼紧闭，说：“我想听点音乐。”

“想听什么音乐？”米卡尔问道。

“蓝草音乐[1]。”乔回答。

米卡尔回来的时候乔已经陷入了昏迷，不过他还是开始播音乐。接下来该干什么，没有人知道。协议里的内容没有一条能够应对现在的场景。离开房间感觉不对，可是静静地看着乔，什么也不做，就等他咽气的感觉也不对。就好像人还没死，大家就急着出席葬礼一样。苏琪抓着乔的手握了一会儿，乔没有任何回应，她就把手放开了。阿尔温德盯着窗外，没有人看到他脸上的表情。乔听着卡尔·斯托里和其乐队“散漫登山者”演唱的《我主记载每一刻》，停止了呼吸。

佩尔开口说：“我们先把该干的事干好吧。”

他们把乔的衣服脱光，堵住伤口，用那张带血的床单把乔的身体包裹严实。

循环利用的重要性在这里是不言自明的。克莱尔脑子里突然闪

①蓝草音乐，乡村音乐的一个分支。

过一个念头：把这样一具水分和热量都那么充足的尸体直接丢掉是不是太可惜了。夜幕已经降临，大家不想冒险出去，所以就把乔放在气闸室等待天亮。

米卡尔和克莱尔一起清理乔的房间，把衣服叠整齐放好，床铺整理干净。克莱尔打开乔的百宝箱，从里边拿出一个棕榈叶编的十字架、一个三叶虫化石，还有一个缺了个轮子的绿色法拉利车模。她把这些东西和折纸动物园放在一起。百宝箱底躺着一张皱皱巴巴、折叠起来的照片，上面一个大约十八九岁的女孩，一丝不挂地躺在床上，肤色黝黑，头发漆黑蓬松，胸部丰满，风情万种。女孩床边的地毯上放着一瓶打开的红酒，床头上贴着的不知哪部电影的海报露了一个角。把照片放回原位之后，他们把房间封起来以节约能源。

第二天早上他们把乔埋在了基地外边。没有车子拉，米卡尔和阿尔温德就一人抓一头，把乔抬了出去。穿着出舱服走路得特别小心，一旦跌倒，再爬起来就难了，所以他俩走得小心翼翼，移动缓慢，不时停下休息一会儿。基地往南几百米远的地方有一块空地，大家心照不宣，把那块地当成了临时墓地。这几百米的路他们走了二十五分钟。之后再回舱拿铲子。地面的土没有想象的那么厚，只能挖一个浅坑把乔放进去。到现在为止他们在外边已经待了超过两个小时。佩尔让他们回舱，可他们坚持要把事情干完。他们捡了一堆石头一块块堆在乔身上，堆成一个长长的、不太高的石堆，这样就算刮大风，乔的身体也不会暴露在荒野之中。等干完这些返回舱内，他们在外边已经待了超过五个小时。两人都筋疲力尽。

佩尔说："我知道现在大家都很难受，可是我们不能被感情冲昏了头脑，该遵守的规则还是要遵守。"

米卡尔和阿尔温德脱掉出舱服，大家一起吃午饭。

阿尔温德说："我想朗诵一首诗。"

佩尔说："这个应该可以，估计没人反对吧。"

阿尔温德站了起来："Maranare tuhu mamo shyamo saman meghabaran tujha, megha jotajuta, raktakamalkara, rakta adharaputa……"

苏琪问他朗诵的是哪首诗。

"泰戈尔。"阿尔温德回答道，既没给大家翻译一下，也没告诉大家这首诗的名字。克莱尔猜他可能是想通过这首诗把自己比其他人更深切的悲痛发泄出来。

米卡尔谈起乔的逸事，谈起他们在"阿尔戈号"上时乔在飘浮的烤架上用黑麦饼干玩圈叉游戏，谈起他做的那个可提前预测苏琪癫痫发作的监控器，谈起他唱歌时那难听的嗓音。

佩尔说："今天下午大家还是按照日程安排继续工作吧。"

苏琪说："我们的日子还长着呢，今天下午就让大家想干什么干什么吧。"

每个人都要就乔的去世写份报告，拍个视频说明情况。互相之间不能提前讨论报告的内容。不过基本内容都是提前准备好的，有一整套完备的资料供他们使用，他们只需要稍微编辑一下，让内容看起来更个人化即可。除此以外，一旦有队员去世，剩下的人都得做专门的心理测试。

以前，一旦想独处，她就会躲回自己的房间；感到孤独的时候会找人陪。现在，她多么希望能有第三个选项，到底是什么，自己也说不清。她成了大家的医生。跟米卡尔说她没心思做爱，米卡尔很体贴，说那就抱着好了。在他怀里，她想到了彼得，不知道自己是不是因为害怕太爱他而毁掉了这段恋情。到底是太爱一个人，还是爱得不够深沉？这两种感情能分得清吗？

一天晚上，佩尔准备晚饭时，下意识地哼起了《我主记载每一刻》的曲调。阿尔温德吼了一句："你他妈哼什么呢？"克莱尔从没见过阿尔温德这么粗暴无礼。佩尔回答说自己也不知道怎么就哼起了这个曲调。阿尔温德骂他是没感情的机器人。佩尔气得一把抓住阿尔温德的领口，说："你的感情在我们的任务面前根本不值一提。"

克莱尔赶快打圆场："大家都很难过，只是每个人的难过方式不一样。"

停了一下，佩尔松开抓着阿尔温德的手说："当然，你说的对。"

她给阿尔温德开了些安定，一天六毫克，逐日递减。她给他制定的常规强化训练量比平日增加了一半。她每晚和他见面评估他的情绪是否正常。他获准给远在美国纽黑文和印度金奈的家人发送更多录像，也能够接收更多从家里发过来的视频。

佩尔私下找到她要跟她谈谈肯特协议的内容，因为他觉得现在是时候了。她回答说阿尔温德肯定会好转的，现在只不过是暂时的精神紧张。不到万不得已她不会去看协议内容。

生活重回正轨，一切照旧。佩尔、米卡尔、苏琪和阿尔温德轮流进行出舱活动。克莱尔不能再进行任何有可能危及生命的活动。她现在每天的工作就是量量大家的体温、血压和肺活量，测一测肌肉弹性、骨密度和视觉敏锐度，测试大家的反应速度，扫描肿瘤是否生发。她看尼尔·盖曼的书，看乔治·R. R. 马丁的书。圣诞来了又去，没有人张罗着过节。这样也好，没有对比就没有伤害。节日的绚烂过后，寂寞更加无处遁形。阿尔温德吃完了一个疗程的安定，看起来状态已经稳定。

二月初，“翡翠鸟号”和地面失去联系。失联之前安玛丽·荷本给日内瓦中心发送了一条语音信息，报告说他们检测到舱内氧气浓度升高，因此会关闭百分之九十五的电子设备，直到查出泄漏点。通信再也没有恢复。日内瓦总部复原了“翡翠鸟号”的黑匣子，发现安玛丽发出消息约一个小时之后，舱内温度上升迅速，温度高到足以致命。高温持续了十七分钟。整个飞船的电子设备没有任何动静。就算有人在某个密封舱待着幸免于难，估计也会服下莫辛以避免更加痛苦的死亡。飞行轨道没有改变，所以“翡翠鸟号”会继续沿着既定轨道往前飞。九个月之后，也就是九月四号或五号，在适当的时间，他们能看到“翡翠鸟号”冲破火星的大气层，像流星一样划破天际，熊熊燃烧。

他们通过视频观看了分别在日内瓦和佛罗里达举行的非教派悼念活动，自己也举行了一个小型的悼念仪式。阿尔温德这次没有引用泰戈尔的诗。他们又人手一份事先准备好的材料提前录制，在媒体上播出。

第三队前来营救他们的宇航员整装待发，准备乘坐名叫“食雀鹰号”的载人飞船飞向太空。不过，飞船发射时间待定。得先找到“翡翠鸟号”失事的原因并把问题解决，“食雀鹰号”才能升空。“翡翠鸟号”上携带了大量太阳能电池板、新的空气滤芯、多种医疗补给、一个3D打印机，还有半吨树脂树胶块。这些东西随着飞船一起失事。现在，他们五个得仔细清理存货，认真计划每日配给。佩尔和苏琪核对数字。不再有出舱活动，每天的食物摄入量减少百分之十，舱内温度调低三度，东二区关闭，北二区的就餐区面积减小，给健身房的设备腾地方。她跟苏琪搬到了一间房，佩尔和米卡尔也住在一间屋子里。

现在他们有了大把时间自由支配。佩尔一天锻炼三个小时。深蹲，俯卧撑，引体向上。有时他就在离他们几米远的地方滑雪，也不管他们是不是在吃饭。

苏琪开始学习德语。阿尔温德在德国的斯图加特工作过七年，于是他们开始用德语对话，好像两个人都是德国一个小城的居民一样。小城名叫 Stiller am Simssee，是阿尔温德的杜撰。

Tut mir leid, ich bin zu spät mein Fahrrad einen Platten hatte. ①

①意为：对不起，我迟到了，因为我的自行车有一个轮胎漏气。

Komm in mein Haus. Mein Vater wird es reparieren können.[①]

米卡尔开始看老电影，都是惊悚片。《西北偏北》《法国贩毒网》《冲突》。他坐在安静的角落里练习正念。他总是说："克莱尔，你还好吗？我特别担心你。"

据报道，孟加拉的洪水导致超过一万人死亡，实际死亡人数无人知晓。日本终于把福岛用水泥封闭起来了，巨大的水泥盒子一半埋在地底，一半露出地面。站在阿尔温德身后，她看到新闻头条的标题："翡翠鸟号"命运谜团未解。她脑海突然浮现一个场景：弗兰克·维尔德带着队员躲在象岛的船下苟且偷生，吃着海豹和企鹅肉，与此同时，沙克尔顿爵士冒着生命危险航行在大海上寻求救援。

警报突然响了起来。舱内气压意想不到地开始下降。他们在北一区集合，把其他区域全部封锁，再一个个轮流打开检查，发现泄漏点在南二区。佩尔和米卡尔穿上全套防护服进到南二区的舱里，花费了三天时间，来来回回进去五次才找到藏在墙板里坏掉的阀门，把泄漏点修好。

阿尔温德说："这根本算不上一次紧急事故。"

克莱尔开始担心他是不是精神又开始不正常。

"这是一次警告，"他说，"让我们对即将到来的危险提高警惕。"

她从来没考虑过这种可能性，想要驳斥阿尔温德这荒唐的想法，可是她又该怎么去证明？

---

①意为：快进来。我爸爸会修车。

荷兰海牙成立了一个委员会，专门讨论“翡翠鸟号”失联的问题。物理学家、工程师还有系统分析员等各领域专家争先恐后地发表自己的看法。

她主动要求跟米卡尔做爱。她好想把自己灌醉。她想拿锤子把东西全砸碎。这些念头在她脑中纠缠交错，左冲右突。为什么这样，她茫然不解，也无法释怀。米卡尔在她体内时她大声尖叫，吓得米卡尔赶紧用手捂住她的嘴以免别人听见。她用力咬他的手，直至出血。她高潮了。这还是第一次。过了一会儿，她感觉自己昏昏沉沉如浮萍般飘浮在空茫迷离的黑暗中，眼前影影绰绰出现了过去生活的片段。佩恩堡花园里那如雪花漫洒的树树梨花，万米高空俯瞰东京的璀璨，彼得整齐的淡淡人鱼线顺着肚脐向下延伸的性感。

有一台无线电发射机坏了，因为没有备用容量，所以个人语音和视频都无法传输。发射机修好之前，他们只能跟家里发送文字信息。

米卡尔开始看《霹雳钻》《猎人之夜》《悠长假期》。

“Es sind Sommerferien und ich bin sehr gelangweilt。[①]” 阿尔温德用德语说。

“Morgen werde ich Dich zum segeln auf dem See mitnehmen。[②]” 苏琪回道。

---

①意为：现在是暑假，我很无聊。

②意为：明天我会带你去湖里划船。

他说："我姐姐发给我的信息，全是假的。"

"阿尔温德，"克莱尔叫道，"你又在胡说什么？"

"有一个小组专门负责编写发给我们的信息，我们录制视频时说的话也是他们提前写好的。他们比较喜欢搞笑。可是搞笑根本就不是我姐姐的风格。我们看到的新闻也是假的，内容越来越没有说服力。比如，一点关于我们的消息都没有。"

克莱尔提醒阿尔温德不要跟佩尔说这些事情。他安抚似的轻拍克莱尔的胳膊，好像问题都出在克莱尔身上一样。"别担心，克莱尔。一切顺利，事事都会一帆风顺的。"

佩尔在北一区的跑步机上参加巴黎马拉松比赛。与此同时，三亿公里外的巴黎正如火如荼地进行着马拉松比赛。他用了三个小时四十二分钟跑完全程。

她生病了。不知道到底是什么病，但是能感觉到体内在发生着变化。能想到的测验都做了，什么也没发现。最后一次测试有了结果。她怀孕了。照理说每天吃那么多药，不应该怀孕的。她没告诉米卡尔，传给日内瓦的周数据也造了假。现在没法要孩子，可是把孩子流掉的想法又太不人道。

佩尔私下来找她。坐在她的床脚，他看起来很平静，却半天不说话。然后他说："我不知道自己为什么要干这些事。"

"干什么事？"

"眼前的所有事。"他转身抚摸着舱室的墙壁，动作十分轻柔。"荣誉感，自豪感，责任感，对国家的热爱，对家庭的深爱，还有想要名垂千古的野心。曾经引以为傲的东西现在对我来说一点意义都没有了。”

她问道：“我们收到家里发来的邮件，佩尔，都是假的吗？”

有好长一阵子，他一声不吭。

“还有那些新闻，也是假的？”

“委员会早已解散了，”他说，“根本查不出‘翡翠鸟号’失联的原因。第三艘飞船的发射也是子虚乌有的事。太冒险了。”他把双手盖住鼻子，好像戴着面罩一样用力呼吸。“据报道，针对目前情况，我们应对得非常好，也理解经费紧张、技术不完善、安全从来都没有绝对保障的情况。所以，我们会光荣赴死。”

她说：“也许你应该给我看下肯特协议了。”

“哦，我想现在已经没必要了。”

第二天早上，他们在南二区找到了他，趴在地上，一只耳朵贴着地板，好像他没死，只是在侧耳倾听从地底传来的声音。

“莫辛。”米卡尔把一个透明塑料袋递给苏琪，里边空空如也。

阿尔温德突然出现在他们背后。“这我倒是没想到。”

克莱尔带着大家来到南一区，佩尔把系统登录密码用永久记号笔写在了操控台上。

指令舱导航通信员发过来的视频已经有四个星期之久了。“事态已经超出我的控制了，佩尔。我们会继续积极争取，可是要想事情有转机估计得把现任政府推翻才行。我本不该这样说，可是，你们已经没有利用价值了。中心大部分的人都这么想。”

出舱禁令现在一点意义也没有，大家都不想在舱里放一具尸体，所以米卡尔和阿尔温德穿上出舱服准备出去。他俩不准备把佩尔拖到临时墓地去，毕竟对佩尔的感情没有跟乔那样深厚。苏琪提出了抗议，可是佩尔的死带给她的悲伤已经让她自顾不暇。他们把佩尔放到了平时扔掉落的毛发和剪掉的指甲的垃圾槽旁边，因为这个地方从舱内任何一个角度都看不到。

苏琪发送了一份报告。她说佩尔死了。她说大家已经知道了委员会的决定，也知道已经被地球抛弃。导航通信员的回复很迅速，过了四个小时就收到了。

导航通信员告诉他们无须再遵守任何协议，自己也会不遗余力地给他们提供帮助。接下来就是一阵沉默。“恐怕我们没法跟你们的家人说实话。”

“他妈的。”米卡尔骂了一句。

克莱尔把视频关掉。

“我们的家人恐怕早就猜到了。”阿尔温德说。

“到底是怎么回事？”苏琪很迷惑。

“你相信那些所谓家里发给你的邮件上说的话吗？”阿尔温德问她，“我感觉我们的家人早就不信那些所谓我们写的邮件了。”

克莱尔说：“我，怀孕了。”

很长一段时间都没人说话。

"这怎么可能？"苏琪问道。

米卡尔说："对不起。"

他们一起看《双重赔偿》《水落石出》《铁血硬汉》。

米卡尔画了一个时间表。"假设任何意外都不会发生，假设我们的消耗率和损耗率跟现在持平，这个日期就是我们能活着的最后期限，之后，没有人能生存下去。假设有第二艘飞船来救我们，而且他们能及时赶到，这个日期就是飞船发射的最后期限。"

苏琪坏了一颗牙。克莱尔实施局部麻醉把坏牙拔掉了。

导航通信员又开始给他们发送真实的新闻。加利福尼亚大火失控。红雀队在世界职业棒球大赛上拿了冠军。珠穆朗玛峰不再对外国登山者开放。

她以为自己的欲望会因怀孕而消失，事实证明她错了。现在的她变得自己都不认识了。米卡尔说他没心思做爱时，她居然狠狠地扇了他一巴掌。

阿尔温德说："你还想学德语吗？"

苏琪说："我们返回地球之后，我要去 Stiller am Simsee 定居，在那里买个小房子，去吃花式果子甜面包，在山中漫步，读弗里德里希·迪伦马特的侦探小说。"

阿尔温德说："没有 Stiller am Simsee 这个地方。"

"哦，"苏琪说，"我理解错了。"

米卡尔跟她说："你现在不能生孩子。我们没法要这个孩子。这简直不可理喻。”

克莱尔不再恶心想吐。她自己玩天际游戏，跟随便谁一起玩十五子游戏。一场沙尘暴席卷而来，其恶劣程度前所未见。舱外狂风呼啸，可致癌的沙尘粒子质地坚硬，打在舱壁上发出刺耳的声音。和日内瓦的通信信号慢慢减弱，变得断断续续，直至最后彻底失联。也不知道是哪里出问题了。应该是外边的设备出了故障，不过沙尘暴不停，也没法出去检查。

米卡尔说：“一八八三年‘木犀草号’在驶往悉尼的途中沉没。四个船员坐着救生船只带着两个腌萝卜罐头弃船逃生。他们在离陆地七百英里的海上漂浮，吃海龟肉，因为接不到雨水，只能喝自己的尿。三个星期后，那个名叫理查德·帕克的男仆陷入昏迷。汤姆·达德利和埃德温·斯蒂芬斯用小刀在理查德·帕克的脖子上捅了一刀把他捅死，剩下三人分食了他的肉，喝了他的血。”

“你跟我们说这个干什么？”阿尔温德问道。

睡梦中，乔使劲捶舱壁要求进来。他说他又冷又孤独。她一下子被吓醒了。这个梦她没有告诉任何人。

每周例行一次的扫描时，克莱尔在苏琪左侧乳房看到了一个新的肿块，可能是肿瘤。

米卡尔对她说：“我爱你。”

她回道：“你只是因为害怕死亡才这么说。”

“我是惧怕死亡，可我也爱你。”

“我现在最需要的是你的坚强。”她的肚子已经微微隆起。

六个星期之后的某天早上，沙尘暴突然止息。虽然渴盼这一刻，但突如其来的平静让大家心神不宁。万籁无声，阒静无人，寂然四野。和日内瓦的联系仍旧无法恢复。米卡尔和阿尔温德进行了一次出舱活动，可是无线电发射机什么问题都没有。出舱活动太耗能源，每进行一次就会消耗掉他们八天的能量。他们投票表决是否要进行第二次。结论是：除非有艘飞船从天而降，否则他们不会再跟外界有任何联系。

苏琪建议大家减少每日热量的摄入，阿尔温德和米卡尔降至一千卡，克莱尔和她自己降至八百卡。

米卡尔说："克莱尔怀孕了。"

"也就是说我们得把口粮让给一个根本不可能出生的东西？"苏琪说。

米卡尔回道："你的意思是为了你能多活一个月，我们就得饿死一个孩子？"

阿尔温德站起来，离开了房间。克莱尔想，阿尔温德这是在积蓄能量，从长计议，他会是最后死的那个。

他们互相之间能闻到对方口腔呼出的氨味。

警报响起。北二区的结构出现了问题，可能是风暴压力太大把结构破坏了。他们连穿工作服的劲都没有，更不用说做超声波检查，于是干脆把北二区封了起来。

大家都不再锻炼身体。苏琪又摔了一跤，脚踝骨折。她想要多少止痛药，克莱尔就给她多少。

现在能感觉到宝宝在她肚子里动。她给自己做了次扫描，是个男孩。可是，她不敢给他取名字。

他们又一起看电影。《十一罗汉》《公主新娘》《廊桥遗梦》。克莱尔自己躲在另外的房间看书、玩游戏。她实在忍受不了再看到有关地球的影像。

阿尔温德说："我怀念双脚踩在湿润草地上的感觉。"

克莱尔说："上帝呀，你够了，阿尔温德。"

苏琪服下了莫辛。他们重新打开北二区，把苏琪放进去，再次封上。

每天下午都有五个瘦得皮包骨头、肤色棕褐的男孩子在木质跳台那里玩水。彼得和她坐在海滩最高处的咖啡馆里吃鹰嘴豆牛蹄配蔬菜。

"请给我一瓶法奇那橙汁汽水。"

第二天一只水母把她给蜇了，那天晚上她只能把脚放在冰桶里一动不动。彼得给她讲建于公元前七千年前的亚特利特雅姆古村落，里边有世界上最古老的怪石圈，现在正沉在以色列海法附近的地中海。他给她讲博德明荒原的投掷者怪石圈，快乐的少女怪石圈、九夫人怪石圈，还有十二使徒怪石圈。他们整个下午都躺在床上一丝不挂。西落阳光里起舞翻飞的细微灰尘，屋外大海边水花飞溅的嬉戏玩闹，还有乔丹廉价音箱传出缈缈的拉丁民谣。她接到医院打来的电话，说她母亲中风了。

米卡尔得了腹泻。她给他吃泻立停，口服补盐液，可他还是脱水严重，头痛难忍。

她和阿尔温德谁都没有力气挪动米卡尔的尸体。

阿尔温德说："死神啊，你好像我的爱人，肤白如雪，云鬓半挽，手如红莲，唇红如血。"她问他："你说的什么？""泰戈尔。"他回答。"Maranare tuhu mama，你不记得了？"她把手放在他脖子后面那滑如绸缎的肌肤上直到温度一点点变冷。

分娩过程不知道持续了多久。死亡跟生孩子的痛苦比起来简直是小儿科。无数次想放弃，可是想到肚子里的孩子，莫名就有了力气。乔坐在房间另一头看着她，脸色灰白。乔是医生，这个想法让她安心了些。她用尽全力拖着身子来到药柜前，找到一塑料瓶的吗啡，喝了一小口。不能喝太多，太多的话会把宝宝毒死，烂在肚子里。好像是这样的吧。她记得以前听人说过一次。

一次宫缩，又来一次，再一次宫缩。每一次宫缩，感觉就像有人把她的手放到火里烧，拿出来，再放进去。她开始祈祷，可是突然不知该向谁祷告，几亿公里外的地球上没有一个她可以祷告的人，什么都没有。这个念头如一阵狂风，从她空空如也的头脑呼啸而过，关门打窗。又一次宫缩。要是她能顺其自然就好了。要是她无须用力就好了。

她紧闭双眼，眼睑后边有道道闪光，犹如他们夜晚看到的超新星爆炸后的闪光在视网膜的残留。地板上有什么东西在动。她掀起背心，把那个蠕动的东西揽到怀里，挨着乳房。世界消失了，陷入一片黑暗。过了一会儿,她睁开眼睛,希望能看到头顶转着圈的河马、狮子、猴子、蛇和老鹰。可是，她只看到自己躺在一个由铝和塑料制成的房间角落里，身下一摊血，怀里一个小婴儿。

操心另一个人的吃喝拉撒似乎更能让她找到生活的动力。她把小婴儿用毛巾包起来。他一哭，她就得哄他。刚开始的五天，所有的东西她都吃两份，直到觉得体力恢复才减少摄入量。她实在忍受不了吃自己的胎盘，至少现在还无法入口，于是她把胎盘冻了起来。所有人都死了，只剩她一个人，食物供给充足多了。

米卡尔和阿尔温德的尸体开始腐烂。她把他俩拽到走廊里，把走廊封掉。现在她的全部活动范围就是这个小房间。

她开始看关于大自然的纪录片，只要里边没有人，她就没那么痛苦。地球对她来说只是一个遥不可及的美丽星球。埃塞俄比亚高原吃草的狮尾猴子。海鬣蜥。一群狮子咬死一头母象。宝宝如果不舒服，她会抱着他一圈圈地转，直到他睡着。他盯着她看，小手抓住她的指头，脸上带着一丝微笑。她记起米卡尔是他的父亲。她记起米卡尔和她曾经跑过锯木厂下边的山毛榉树林，一片一片的蓝铃花次第开放在枯叶上。好像是上个世纪的事情了。她明白她和宝宝不可能一直这样过下去，一旦电力系统出故障，一旦供氧系统出问题，她只能坐以待毙。架子上还有一板莫辛。

西雅图的两个研究生解开了“翡翠鸟号”失联的谜团。原因是一次太阳风暴的突然爆发，摧毁了“翡翠鸟号”的氧传感器。他们进行了一次模拟试验，再进行一次试验，一次一次地试验，力求完美。安装防护罩用了两个星期。“食雀鹰号”一个月之后发射升空。令人惊喜的是，“食雀鹰号”只须在轨道上等待三十六个小时就能遇到这两年内最好的发射时机。接下来，飞船要在太空翱翔十四个月的时间。

那场沙尘暴破坏掉无线电接收器之后，仅仅过了两个月，“食雀鹰号”就发射升空了。

跟随飞船升上太空的有六位宇航员——米娜·劳勒、维贾伊、朱莉亚·费雷蒂、贝尔·琼森、玛丽·D. 埃弗斯利和泰勒·保罗。在太空已经飞行两个月，他们还是没有收到“耐力号”的任何消息。也许人全死光了。最好的结果就是整个空间站系统完全瘫痪，他们只需要把尸体埋葬，把整个空间站清理一下，再把故障修复即可。最坏的结果是所有的尸体都放置在运转良好、温暖的空间站里，一待就是十五个月。

他们胆战心惊地监控着太阳风暴的爆发，不过还好，悲剧没有重现。只有一个小插曲，在降落时，他们与意外擦肩而过。一个降落伞出了问题，导致降落不够平稳，幸运的是，他们平安着陆。

着陆点离空间站有一千二百米远，没关系，反正他们也不急着参加六场葬礼。等一切就位，来几次短距离的出舱活动之后，再去看看空间站的情况也不迟。

从空间站地底传来石头剧烈的震颤把她惊醒，不知道是地震的位移还是她的幻觉。现在的她越来越难分辨什么是现实,什么是虚幻。

天光一亮，一切都看得清清楚楚。虽然视力受损严重，虽然沙尘覆盖、划痕道道的窗户让她看不清窗外，可她还是一眼就认出了外边那个庞然大物的轮廓。她低下头看着宝宝的脸说:“我们得救了。”说完，控制不住地哭了起来。

可是没有人来。第一天没人来。第二天没人来。第三天还是没人来。她开始怀疑是不是发生了什么可怕的事情。是不是船员们在着陆时全死了。她不知道该如何给他们发信号，打手势还是发送电子信号都不知该怎么做。十天时间过去了，一直没人来。宝宝和她变得越来越虚弱。刚开始她没奶水喂他时他还哭几声，现在他一声不响。她正穿行在一片永远也不会消散的乳白色的浓雾中。她的关节开始疼痛。

这是她要做的最后一件事。她把所有能找到的固态荧光棒收集到一起，等到天黑，把荧光棒一个一个粘到窗户上。粘完，力气也耗尽了。她搂着迈克尔躺在床垫上，把毯子盖好。

他们又放了一遍录像带。是镜头在闪光？还是反射到的太阳光？

一个小时之后，闪光还在。从两个窗户都能看见。维贾伊说他看见一个人影，但是很快消失在明亮的日光中。他们照了张照片，增大对比度，然后放大。米娜脱口而出："上帝呀！"在那个三角形的窗户上，残缺不全的荧光棒拼出了两个大字：**救我**。荧光棒能持续发光两天时间。空间站里有人还活着。

泰勒跟日内瓦联系要求撤销协议。他们要进行第一次出舱活动。贝尔·琼森和米娜·劳勒自告奋勇出舱。准备时间花费了九个小时。出舱活动开始之前，贝尔和米娜睡了两个小时。维贾伊也穿好了自己的太空服以备不时之需。太阳下山之前他们还有三个小时。

地面很平坦。他们只用了三十分钟就到了旧空间站。空间站右边，有一个石堆，下边埋着乔·福雷斯特医生。空间站左边，日光正从未完工的天线阵列的一根根钛杆上掠过，迅速下沉。他们绕着矮矮胖胖的双蜘蛛形的舱室绕了一圈。背面一个低凹的地方躺着一具尸体，被沙尘暴严重损毁，现在只剩一副骨架。泰勒、朱莉亚、维贾伊还有玛丽通过贝尔和米娜的头戴式摄像机传送的信号实时看着这一切。

基地大部分的窗户都是黑乎乎的，温度指示器显示的结果说明这些舱室早已被减压封闭。只有一个舱室看起来还有人用。可是沙尘暴不但把尸体上的血肉冲蚀得一干二净，还把窗玻璃划得伤痕累累，里边什么样根本看不清，只能模模糊糊看到窗户上粘着的荧光棒，现在已经不亮了，泛着淡淡的荧光。红外线照射的地方隐约可见一个类似人的形状。后来贝尔和米娜承认，他们看到那个形状的第一反应虽然很荒唐，可是当时两个人都深信，不管里边是谁，也不管里边是什么，肯定都不是最初的六个队员，也有可能那东西根本就不是人。

他们回到旁边的舱室外，那里有扇门，跟所有的应急门一样，门中间有一个中央曲柄，不到万不得已不会打开。他们把随身携带的钢条插上，试着扭动曲柄，贝尔先来，米娜又试，可是两人都不敢太用力，害怕一不小心失足摔倒就惨了，更可怕的是，万一出舱太空服被撕烂，他们就死定了。结果二十分钟过去了，曲柄纹丝未动。泰勒跟他们说："干脆找块该死的石头砸开吧。"贝尔从地上捡起一块大石朝曲柄砸去，整个空间站响起了嗡嗡的共振声。他又砸了一下。曲柄松了一点，再砸第三次，把石头扔到地上。现在用戴着手套的双手就能把曲柄转开了。终于，他们打开门，走了进去。

门口地板上有具尸体，眼睛凹陷，皮肤皱缩干瘪，跟风干的木乃伊一样。小小的个头和厚厚的黑发可以判断出这应该是苏琪·卡米诺。他们把门关上，把苏琪封在里边。把空间站的电源打开之后，顶灯亮了起来，发动机也开始工作。检查内部气压，把二氧化碳抽出去，让新鲜空气从空间站的其他地方流通进来。他们这么大张旗鼓地破门而入，空间站里居然没有任何回应。如果第二扇门后的舱室还有人活着，这个人要么已经不省人事，要么故意一声不吭。难道这是个陷阱？

一声轻响，门开了。

克莱尔·霍格和她的宝宝躺在一张脏兮兮的床垫上，小宝宝一动不动，克莱尔也几乎人事不省。所有的情况他们都想到了，就是没想到这个场景。

通话系统里传来泰勒的一声惊呼:“天哪！”

朱莉亚叫道:“伙伴们，赶快救他们哪，快点！”

米娜无视泰勒的命令，把头盔去掉。空气里弥漫着尿骚味和汗味，还有股米娜说不出来是什么的味道，甜甜的，浓稠得像是化不开。她把手套去掉，把小婴儿抱了起来。小小的身体软绵绵地蜷她怀里，生气全无，不过身体还是暖的。婴孩全身沾满了自己的大便，到处都是溃疡和疹子。是个男孩。贝尔仍旧戴着头盔和手套。他把垫子上的女人翻到复苏体位。她的头发乱七八糟地纠缠在一起，像条老鼠尾巴似的拖在脑后，眼睛好像看不清东西，跟她说话也似乎听不懂，自己也不会说，双手不停地在身旁乱摸乱抓找自己的宝宝。地板上扔着一板没有打开的莫辛，就在床垫旁边，唾手可得。米娜拿了条干净的毯子给小宝宝换上，把他包得紧紧的抱在自己怀里。

贝尔找到了一些香蕉末，用随身带的水慢慢倒进去调成糊状，女人吃了一些。给宝宝喂的时候，米娜找了个注射器，去掉针头，把香蕉糊抽到针管里，再喂到宝宝的嘴里。喂第一口时，宝宝呛了一下，咽下去，突然又全都咳了出来。再喂第二口。

现在还不能把克莱尔和婴儿从基地带到他们的着陆舱，实在太危险，准备工作也耗时良久。于是，贝尔检查了整个基地的设备状况，发现除了与外界的联系出了故障之外，基地设施功能一切齐备。维贾伊背着一袋医疗用品，慢慢走完一千二百米的距离，把药送了过来。

夜幕已经降临，着陆舱的人们眼睁睁地看着维贾伊彻底消失在黑暗中，独自走完最后十分钟的路程。贝尔在旁边的舱室又发现了两具尸体。是米卡尔·加尔金和阿尔温德·桑加。从外形来看，米卡尔应该是孩子的父亲。维贾伊给克莱尔和小婴儿输了葡萄糖和生理盐水。

她把他们三个叫成“米卡尔”“苏琪”还有“佩尔”。她跟他们说有人把她的宝宝抢走了。他们赶紧说：“这不是你的宝宝吗？”问她婴儿叫什么。她不知道。维贾伊给婴儿洗了个澡，全身涂上益皮特保湿霜。她说她想到花园里去。他们跟她解释这里没有花园。

他们说：“你们能活着实在是太幸运了。”他们说：“克莱尔，你能跟我们说说这里发生了什么事吗？”

她说：“我们路过了那个锯木厂。那里有许多蓝铃花开放。”

她给婴儿喂奶，抱着他一刻也不撒手。他们喂她喝牛肉汤，吃黑麦面包，还有苹果汁。她说：“我想跟米卡尔说话。”他们跟她说等她好一点再跟她详细解释到底发生了什么。宝宝哭了起来。他们说：“这是个好现象。”

她一步步走到了着陆舱。走这段路的感觉比她做过的任何训练都要痛苦。宝宝绑在她身上，跟她一起待在一件超过她体型五倍的超大出舱太空服里。维贾伊和贝尔一左一右，搀扶着她，不让她倒下。

她想起米卡尔已经死去。忆起阿尔温德躺在地板上，在她面前死了。想起佩尔、苏琪和乔一个个全都死了。记起“翡翠鸟号”的大火。她听蓝草音乐，听凯利的歌，听莫扎特的钢琴曲。她抱着宝宝一起拍照。泰勒说：“你出名了。”

三个月之后，她和宝宝都恢复得差不多了，他们准备返航。他们乘坐的飞行器很小，全自动操控，什么都不用她干。接下来，她和宝宝要独自在太空待上十九个月，这对她来说根本不是问题，反正其他人的存在对她也没什么意义。

飞行器上升的感觉非常可怕，不过持续的时间很短暂。宝宝尖叫不止。他们在预定轨道盘旋了一个星期才和返回地球的宇宙飞船交会对接。接着，三次强有力的喷射之后，他们与返回地球的宇宙飞船对接成功，沿着预定轨道滑向茫茫无边的黑暗。

她得开始锻炼。把带子绑到身上，系紧，她开始沿着轨道慢慢走。两百米，五百米，一千米，两千米。她跟宝宝一起睡在舱内的隔板上，那里的防护罩最厚，可以最大程度地减轻辐射对宝宝小小身体的伤害。他在空气中飘浮，咯咯地笑。她开始担心他的腿以后会不会走路。无线电里有人在说话。她开始怀疑自己精神是否正常。已经这么久了，她还是吃不下东西，也不知道是不是大脑受到了什么不可恢复的损伤。他盯着她的脸。她微笑，他也微笑。她咧嘴大笑，他也跟着咯咯笑出声。一有东西从他身边飘过，他就会追着飘走。时间不再重要。浩瀚宇宙为他们所有，璀璨星辰是他们的玩伴。她告诉他每一个星座的名字。波江座，仙王座，天龙座。他的睡眠时间越来越短，开始吃固体食物，到处探险。她得无时无刻地盯着他，不让他搞破坏，不让他偷拿东西。他嘴里不停念叨:“妈妈,妈妈。”他们一起吃梨干，吃花式果子甜面包，吃炸鱼条。才十九个月。时间太短了。真希望他们俩能永远待在这浩瀚无边、寂寥深沉的宇宙深处。

她们在拜科努尔[1]西北方向二十四公里处着陆。返回舱设计时根本没有考虑过婴儿乘客的需求。降落的最后二十分钟，她把宝宝放到自己腿上坐好,用绝缘胶带把他们俩缠在一起,缠了一圈又一圈,固定得紧紧的。他尖叫挣扎。最近一年半，他们都在微重力的环境下生活，可是撞击地面时承受的重力会高达4G。她现在已经感觉身体重得难受了。用剩下的一段胶带把宝宝的头固定在她胸前，这样他的脖子就不会折断，可是撞击对他的大脑会造成什么样的冲击，她束手无策。

突如其来的噪音和剧烈的震动让她不知所措。出什么问题了吗?经历了那么多，如果这就是最后的归宿，实在让她难以接受。巨大的声响里传来两声嘎吱声，宇宙飞船突然剧烈颠簸，接着，两块炽热的防护罩开始脱离飞船，掠过她旁边的小窗户，彻底脱落，在她头顶的天空烧了起来。又一声巨响。听起来像是什么东西从房顶掉到水泥地面的声音。她还以为他们撞击了地面，其实只是减速伞打开了。要触地的最后一刻，返回舱下边的反推发动机开始点火把飞

①拜科努尔的航天发射场是苏联建造的航天器发射场和导弹试验基地，位于哈萨克斯坦一片半荒漠地区。

船向上推，以降低着陆速度，实现缓慢着陆。她又一次以为已经着陆了。这次真的着陆了。她晕了过去。

醒来以后，她迷迷糊糊不知道自己在哪儿，也不明白为什么身体这么重。好像有孩子在哭。孩子就绑在她胸前。她想把他松开，不过得用刀把胶带割断才不会扯掉宝宝的头发。好像裤兜里有一把小刀。她扭头想从裤兜里把刀掏出来，立刻发现自己的脖子扭伤不能动了。她慢慢把脖子转回原位不再动弹。

她必须躺着一动不动才行。可是宝宝一直在哭。她心疼地跟他说："对不起，对不起。很快就会有人来救我们了。"

可是没有人来。透过眼角余光，她能看到灰蒙蒙的窗外那三角形的天空暗淡无光。他们已经着陆。现在是白天。她只知道这些。这是在哪里，在哪个国家？她毫无概念。经历了这么多事，见证了这么多死亡，飞行几亿公里，在旅途的终点她的生命终于要走到尽头了。

孩子越来越虚弱，哭声也逐渐减弱。也许他会幸存下来。要是能以自己的死亡换取孩子的幸存，她心甘情愿。

有人来了。刚开始传来了直升机螺旋桨转动时发出的震耳欲聋的呼呼声，接着水陆两用卡车的隆隆声也清晰可闻。门嘭嘭响，脚步纷乱，低沉的说话声混合着俄语和英语。有人在叫她的名字。她本应该从里边把舱门打开的，但现在他们得把密封舱切开。从窗户里她看见氧乙炔切割机切割时飞溅的火星。

舱门掉了，各种气味都涌了进来。尘土的味道，青草的味道，废气的味道。这些尘世的味道让她抑制不住地抽泣起来。面前浮现出几张脸。她的手紧紧地握在一起。“不要动。我的脖子扭伤了。”立即有人拿了一个塑料颈围给她套上扣好。他们肯定考虑过这种可能性了。有人割断缠着宝宝的胶带，把他抱了起来。接着，一个担架伸到她身下温柔地把她从返回舱里举了出去。

光线，噪音，眼前的一切都让她吃惊。闪光灯不停闪烁，无线电波发出噼啪声。这么多人。孩子在她旁边，被人抱着，身体软绵绵。他的眼睛在强光的刺激下突然紧紧挤了一下。他还活着。刚才只是重力压得他动弹不得。

身边的一切变化太快，她无所适从，感觉体内所有器官全部错位。她头疼，眩晕，呕吐。有人拿湿毛巾帮她擦嘴。急救人员抬着她上坡来到最近的一辆卡车上。担架在她身下固定着。引擎发动，她伸出手握住宝宝的小手。

在太空安静地滑行了那么久，突然之间速度这么慢地行驶在颠簸的路上，感觉很奇怪。大家跟她说话，可是她没有力气回答。他们走了一条没有碎石子的路，颠簸得没有那么厉害。接着又开到一条柏油路上，橡胶轮胎低低地哼唱。她的头被固定着，看不到窗外的景色，只能感觉到舌头的重量，手、脚和小肠的重量。一个医生把针头插进她的胳膊，连上了输液管。

卡车慢慢开进了航天中心。

刚开始她以为自己在做梦。

“克莱尔……”

睁开眼之后，有好一会儿她不敢相信自己的眼睛。他现在留了黑黑的胡子，修剪得整整齐齐；比之前胖了些，不过这样反倒给他增加了一些权威感。这在过去是没有的。

“彼得？”他捏了捏她的手。“你一直等着我。”

她在床上躺了两天，喝鸡汤，吃炒蛋。恶心感渐渐消退。她可以坐起来了。宝宝坐在一个安全座椅里，下边垫着软软的羊皮防止他得褥疮。一有时间她就把宝宝抱起来，双手放在他腋下，让他的双脚接触地面，握着他的手让他在地上蹦来蹦去。他似乎还不知道双腿的作用是什么。

彼得下榻在拜科努尔的森特拉尔纳亚酒店。淋浴是坏的，餐厅也没开门。

她的体重稍稍增加了一些。她在屋里来回地走。她开始吃小羊肉和面包，喝红酒。她可以在阳光下坐上十分钟、二十分钟。天空让她感到恐惧。她喜欢刮风，喜欢下雨。她跟记者会面。记者不能随意提问，采访时间也不能超过十五分钟。她抱着孩子让他们拍照。他还是不会走路，看起来很痛苦。但是，至少他活了下来，和她在一起。曾几何时，这些事情她想都不敢想。

彼得每天过来陪她一个小时。他把迈克尔抱在怀里，仿佛根本不在乎迈克尔是别的男人的孩子。他有如此雅量让她不知所措。她何德何能值得他如此牺牲自己？

他们坐着军用安东诺夫飞机飞到了莫斯科，在机场又接受了几次采访。她说："有很多事我都不能谈。"她说："我现在只想一个人待着。"她说："死神啊，你好像我的爱人，肤白如雪，云鬓半挽。"他们跟记者说："霍格小姐太疲倦了，请大家谅解。很抱歉现在得结束采访。"

她把头发剪短，染成金黄色，买了条裙子。从小到大她不记得自己穿过裙子。

他们飞到慕尼黑。迈克尔还是不会走路。尚需时日。他们租了一辆银色宝马，沿着E52号公路朝南开往萨尔斯堡。巴伐利亚阿尔卑斯山脉在他们眼前跃然而起。路过客栈之后他们向北拐，一路开到山顶。眼前的景色绚丽到让她窒息。十公里宽的冰蓝湖面上波光点点，一艘艘白色帆船聚在一起，点缀着如镜的湖面，桅杆都向一侧倾斜。

路边的路牌上写着：Stiller am Simssee。

他们开过中心城区，穿行在纵横交错的鹅卵石路面上，路过路边建筑的凉篷。有一家名叫"海鸥湖"的酒店，还有一家西奈切格霍斯酒店。一头剥了皮的猪挂在肉店门外。他们沿着客栈路往下开到湖边，沿着岸边的道路转了个弯，来到湖边的一个住宅小区。彼得把车停在一所小小的房子外边。白墙，褐色木质栏杆的露台，黑色的屋顶像一个超大尺寸的帽子扣在房上。

她把熟睡的宝宝从汽车安全座椅里抱出来，让他趴在自己肩上。彼得从口袋里掏出一把钥匙，把他们带到了一个空无一人的走廊。

走廊里有六个信件架，花瓶里插了一束纸做的郁金香，墙上一幅相框，里边镶着的照片是上世纪初的湖畔景致。楼梯在他们脚下发出阵阵回声。彼得把孩子接过去。楼梯共有三段，每爬一段，她都得停下来喘口气。

他们走进自己的公寓。灯还没开，彼得就把身后的门关上了。屋里一片漆黑。凉风习习，空气里闻得到蜂蜡和香草的味道。“站着别动。”她听到三声吱扭声，那是生锈的把手和合页转动时发出的声音，接着，百叶窗突然洞开。房间里有没有家具已经不重要，其作用不过是给这摄人心魄的美景镶了个边。她走到露台上。帆船队已经散开，一片片白帆一艘接一艘地绕着一枚黄色浮标迎风航行。景色如许，草木青葱，生活热闹，阳光明媚。她内心的感动快要溢出。彼得抱着熟睡的孩子站在她身旁。她的手指从木质扶手那清晰的纹路上一条条划过，每一条都代表着过往久远的一年。她越过湖水向远山的森林望去，就在那里，五十年前，一百年前，还是二百年前，这根扶手的命运在那里开始。

有些地方不太对劲，她能感觉到，却说不出到底哪里不对劲。

彼得说：“明天下午我们去湖上划船。”

窒 息

她离开研究所，搭乘地铁红线[1]坐到戴维斯站下车，然后步行回家。站在死气沉沉的房间里，心口一阵刺痛。突然就想逃离。这里没什么值得她留恋的了，干脆抛开一切，说走就走。把要带的东西塞进两个提包，房门钥匙放在信箱盒子里，打了一辆出租车来到洛根国际机场。最近一班英国航空公司的离港航班居然还剩一个商务舱的座位，价格低到不可思议。这算是一个好兆头，虽然她并不相信这种鬼话。

坐在机场的星巴克里，她小口地喝着一杯意式咖啡，想象着房屋中介公司那个脾气暴躁的小个子女人站在起居室里，看着她带不走的一个健身球、一个从巴厘岛带回的皮影玩偶，还有那几把从“箱&桶”家居用品店买回来的扶手椅，气急败坏地不知该如何处理的样子。她右边坐着两个土里土气的摩门教男孩，身穿黑色西装，肩

①波士顿地铁以颜色区分线路，分别为红线、蓝线、橙线、绿线和银线。

并肩挤在一起，神态拘谨。埃尔德斯·索斯提和贝尔，名字就绣在两人衣服的徽章上，如此醒目，好似办公室门上的名牌。她左边坐着一个男人，肤色黝黑发亮，穿着白色带帽斗篷，斗篷上绣着精美的图案，正认真阅读《新金融时代》。手机上有四条短消息。她推开手机后盖，用指甲尖挑出 SIM 卡，把卡和手机一起扔进了旁边的垃圾箱。

航班到达。登机。空乘送上免费香槟，飞机向后退到跑道上，在地面滑行一小段距离后，叶轮机开始加速。一转眼，飞机带着她离开地面，升上天空。一个小时以后，她吃着鲜美可口的玉米鸡肉，搭配野蘑菇汁和小茴香，看暗夜在窗外流动。后来，她沉沉睡去，仍旧做梦，但不再重现玉石俱焚的惨烈。这次在梦里，她游弋在无边无际的宇宙辐射波中，强光耀眼，极度深寒。等她清醒，飞机正倾斜着飞过哈福德郡上空，准备降落在伦敦希思罗机场。

火车咣当咣当地带着她从尤斯顿车站一路向北。一切都如此熟悉。废旧汽车场里用铁链拴着的大狗，铁路的平交道口，风景如画的乡村，历史课本上的那些事件就发生在这片土地上。“濯足节”的洗足币[1]，童谣《玫瑰花环》背后的黑死病。近乡情怯，她应该提前往家里打个电话的。可是她又想悄悄地回去，不惊动任何人，看看家里人过得怎么样，是否一切安好，如果可以的话，她会转身，继续前行。

①洗足币是英国国王在濯足节发给穷人的救济金。

她走下出租车，站在恩典路上，注视着眼前的街景。住宅区中央有一大片绿茵茵的三角形绿地，两边高楼耸立，另一边有一排店铺，绿地中间还建了一个游乐场。小区的设计图肯定构思巧妙，堪称建筑设计的典范，不过这种美感也仅仅存在于设计图中。

街边有家尼萨连锁杂货店，还有家名叫“油炸小队”的油炸食品店。伯妮·卡维尔咨询中心位于这两个店铺中间。步行街中央有一块大石头，记得他们给这块石头起名叫“陨石”，此时有两个男孩正在石头上玩特技。她向左转，经过富兰克林大厦，路边的垃圾箱散发着令人作呕的气味，十二月的寒气都无法把这气味驱散。

沃特斯路十七号。一块碎瓦片静静地躺在门前车道上。现在是下午三点左右，可是家里门窗紧闭，灰蒙蒙的窗户后面，所有的窗帘都拉得严严实实。门铃坏了。她使劲地拍着房门上的信箱，等了一会儿，没人应答。再拍，屋里仍旧一片死寂。一个念头在她脑中一闪而过，是失望，还是解脱？很难说得清。她弯下腰透过投信口往里看，屋里一片漆黑，寒气袭人，还能闻到隐隐的尿骚味。

“妈……”恍惚间她又回到了九岁，穿着绿色粗尼外套、威灵顿长靴，质量低劣的长袜总是不知不觉地滑到脚后跟。她又一次用力拍信箱，边拍边喊：“有人吗？”

她前后左右看了看，发现没人注意，就学着电影里的桥段，用手肘捅破门上的一块玻璃，把手伸进窗格的破洞，后背一阵战栗，好像门后会有什么东西一把抓住她的手。拔掉门上的保险栓链子，扭开门锁，门打开了。

站在玄关，尿骚味越发浓烈，空气潮湿，污浊。电话桌上的邮件和印刷品堆成了塔，灰色蓬松的尘团把地毯和踢脚线之间的缝隙填得满满当当。墙纸到处开裂剥落。楼上传来什么响动，抑或只是她的想象？

“妈……？”

屋里漆黑一片，一道微弱的阳光透过窗帘缝隙漏了进来，成了房间里唯一的光源。突然，她站在门槛处，呆住了。地上躺着一个人。身形瘦小，衣服也太破，不可能是她的母亲。她从来没见过死人。可奇怪的是，看到这具尸体，她的第一反应不是害怕，而是愤怒。居然有人非法侵占了母亲的房子，还留下这一堆烂摊子等她收拾！她用袖子捂住鼻子和嘴巴，穿过房间，蹲到尸体面前仔细查看。是个女人，看起来比她以为的要老，躺在一张污秽不堪的床垫上，灰白的头发乱七八糟地缠在一起，指甲缝里满是污垢，穿着一件脏兮兮的蓝色开衫和一条厚厚的深绿色灯芯绒长裙。看到这条裙子，她才认出眼前的老女人正是自己的母亲。

“我的天哪！”

她下意识地想逃跑，假装自己从没回来过，假装眼前这一切都没发生过。可是，她得报警。还得通知她姐姐罗宾。她蹲下来，等着心跳不再剧烈跳动，等着晕眩慢慢消失。刚要站起来，母亲却突然睁开了双眼，像个木偶一样。

“该死的！”她吓得倒退一步，一屁股坐在地上，头狠狠地撞在壁炉沿上。

“你是谁？”母亲惊慌失措地问道，双眼圆睁。

她一下子张口结舌。

“我家没什么值钱东西。”母亲说着说着突然停了下来，眼睛眯起来仔细看着她，“我认识你吗？”

她得打电话叫个救护车过来，可是脑子一片空白，怎么也想不起英国的急救电话号码。

“是卡罗尔，对吗？”母亲抓住沙发扶手，慢慢坐起来，跪在垫子上。“你发型变了。”她用尽全力站了起来。“你不是在美国吗？”

“我以为你死了。”

“我在睡觉。”

“可是你在地上躺着！”她的后脑勺一阵阵地抽痛。

“我在床垫上躺着！”

“现在是大中午！”

“我上不动楼了。”

房子里到处都覆盖着厚厚的灰尘。那幅镶嵌在画框里的统帅海报随随便便地靠墙放着，画框玻璃裂了长长一道缝。墙上本来挂海报的地方如今有一大块没有褪色的长方形印记，勾勒出画框本来的模样。

“你不是恨我们吗，”母亲说道，“我以为你永远也不会回来了。”

小时候，在这间屋子里，她和罗宾喝番茄浓汤，吃手指面包，看《喜鹊》和《权杖王牌》节目。在这个房子里，她和罗宾玩猫捉老鼠，把床单撑在咖啡桌上搭帐篷。“到底发生了什么事？”

“我睡着了。”

“房子怎么破成了这样？你怎么变成了这样？”

“你爸死了。”

“然后呢？”

过去，后院篱笆旁种了一棵酸橙树，枝叶繁茂，伸展着覆盖了整个边窗。一刮风，树上的叶子就会像深海鱼群一样舞动翻飞，色彩斑斓。现在，窗上钉了一块胶合板，把窗外的景色遮得严严实实。

“你怎么进来的？”母亲问道。

“妈，你多久没洗澡了？”

“照顾你爸浪费了我四十三年的光阴。”

“我都闻到你身上的臭味了。”

“一辈子做不完的家务活。”

“罗宾知道你现在的样子吗？”

“到最后他居然说自己不幸福，和我在一起他从来都没有快乐过。”

“罗宾什么都没和我提过。”

“我不想出门。满大街都是胖子。公交车站的电子指示牌会告诉你下一班公交车几点到。我给你倒杯茶吧。”说完她就去厨房弄了杯天知道有多脏的“细菌茶”。

卡罗尔拿起放在窗台上的人造长颈鹿，吹掉了上面的浮灰。她还记得，课间休息时在教员休息室里，卡洛韦小姐和她一起用红色的钳子把一个衣服撑子钳成长颈鹿的骨架。卡洛韦小姐干巴巴的双手环着她的手，嘴里一股咖啡和饼干混合的味道。“加油，使劲夹。”

她从尼萨超市的收银员那里要来了当地一家出租车公司的电话，去公共电话亭打电话叫了一辆车。坐在长凳上等车的间隙，旧日时光一一浮现。她记起这里曾经举行过一场街头派对。一九八一年七月，为庆祝查尔斯王子和黛安娜王妃大婚，一场盛大的狂欢在这里举行。公交车站音质极差的有线广播里放着歌手可米·沃德和“特别之队”乐队的歌。大家都喝得醉醺醺，随着音乐舞动摇摆。这个城市……如今已变成荒芜的鬼魅之城。

梅拉德路中间用长条桌搭了个临时舞台，除了乐队在上边演奏了国歌《天佑女王》，没有其他人表演。一位市政委员站在舞台上心不在焉地讲话，没讲几句，就被底下喝倒彩的群众赶了下去。随着时间的推移，高雅的庆祝活动慢慢变味了。薄暮时分，狂欢嘉年华的氛围变得越来越低俗下流，年纪稍长的人忍受不了，纷纷散去归家。她记得有个女人坐在草地上嚎啕大哭；她记得雅敏的哥哥和崔西·赫利伍德在游乐场的旋转木马上做爱，他那帮狐朋狗友欢呼着把旋转木马转得飞快；她记得希恩家的双胞胎兄弟在运动场燃放火箭弹烟花，直到把警察招来了他们才停下。可是警察一走，他们转头又开始放。几个月过去了，还能看到散落在地上的小小的塑料国旗，随意丢弃在足球场边的荨麻丛中、塞到利德比特面包房的铁丝围栏后边的印着王子和王妃照片的啤酒罐和餐巾纸。

她记得某个圣诞节，海伦·韦勒的弟弟吃了过量的迷幻蘑菇，站在卡文迪什大厦七楼的阳台上往下跳，身上披着一件印有蜘蛛侠图案的床单。她还记起了清新的卡夏尔香水，甜蜜的草莓味雀巢巧伴伴，还有劲爆的邦尼·M乐队唱的《拉－拉－拉斯普京》。她忆起父亲总爱站在窗边，若有所思地看向窗外，嘴里喃喃着：功业盖物，强者折服。[1]许多年以后，她才知道这句话并不是父亲的原创，可是，父亲扮演的到底是这句话的原作者诗人雪莱还是把自己假想成了万王之王奥兹曼迪亚斯？她也说不清。

罗宾正从洗衣机里把刚洗好的衣服往外拿。烘干机隆隆地转着。透过半开的折叠门，卡罗尔看到她的三个外甥福戈、克莱尔和莉比正在看动画片《飞出个未来》。这两个外甥女谁是谁，她到现在都分不清。廉价的卡纸相框里夹着孩子们画的彩笔画；地上扔着五个网球拍，还有一个弹跳球；一盆已经死了的大叶盆栽旁边卧着两只猫。眼前的杂乱与喧闹让卡罗尔感觉胸闷气短。“天哪，罗宾，你怎么能放任妈妈不管呢？”

“我没放任谁不管。”

“我百分百肯定她尿裤子了。”

“那你有没有帮她把脏衣服脱掉，帮她洗澡，换上干净衣服呢？”

罗宾比上次见面胖了得有将近两英石[2]，身材走形，体态臃肿。

“妈的，卡罗尔，你六年没回来了。回来怎么不提前通知我们？”

“我回来探望妈妈，不行吗？”

“那你这么多年就给我们寄几张圣诞卡，发一封莫名其妙的邮

①出自英国诗人雪莱的诗歌《奥兹曼迪亚斯》。本译文为杨绛翻译的版本。

②两英石约为十三千克。

件？”罗宾边说边把洗衣机的门重重摔上，然后双手托起洗衣篮放到椅子上。

“你别这样。”

“别哪样？别指出你轻轻松松就扔下爹妈逃得远远的这个事实？”

“你怎么不跟我说？”

“你从来没问过！”

“我问什么？问你，妈妈是不是疯了？”

“妈妈没疯，对家里的事你从来不闻不问。”

两人的口角让她感到前所未有的满足，就像把尺子伸进打着石膏的创口使劲挠奇痒无比的新肉一样过瘾。“我现在不是跟你讨论谁吃亏谁占便宜，我现在和你谈的是我们的妈妈，老太太一个人待在猪窝一样的家里，在地板上睡觉！”

“爸爸死的时候你怎么不回来？”

“我们当时在明尼苏达州，待在一个鸟不拉屎的地方。回到波士顿之后我才收到你的消息。我当时就跟你解释了！”

“你也没回来参加爸爸的葬礼！”

卡罗尔知道她不能再和罗宾吵下去。她的生活层次和品位已经超出罗宾太多，就让她占据这个小小的道德制高点吧。罗宾就是喜欢揪着事情不放。那次旅行她记得清清楚楚。苍鹰在湖上的天空盘旋，花栗鼠轻快地在小屋的房顶蹦蹦跳跳。房间闻起来有淡淡的雪松味。临湖一艘红色的小船系在木头码头上。她耳边响起了船尾发动机发动时的突突声和水波轻拍铝制船身的哗啦声。

“妈妈多久出门一次？”

“我一般周二和周四下班后会过去看看，周日上午带她去塞恩斯伯里超市买东西。”

“也就是说她从来不自己出门？”

“我不会让她饿死的。”罗宾定定地看着她，久久不说话，然后突然问，“埃沙还好吗？”

罗宾是怎么猜出来的？她就像X光，一下看透了卡罗尔的隐痛。这是不是母性的表现？天天照顾孩子让她练就了这种超强能力？

“埃沙挺好的。据我所知挺好的。”

罗宾点了点头，一点姐姐的安慰都没有给她。

“爸爸是癌症二期，已经扩散到肺部和骨髓了。医生直接放弃，缝合之后就把爸爸送到临终关怀医院了。”

“我知道。”

“不，卡罗尔，你什么都不知道。”罗宾从洗衣篮里拣出三双袜子晾到窗户下边的暖气片上。“他上厕所的时候晕倒了，裤子堆在脚踝都没来得及提上。”

“你不需要跟我说这些。”

“他能把病情瞒这么久，连医生都觉得吃惊。”罗宾深吸一口气。“你还记得吗？小时候，家里的电话铃一响，你就喜欢躲在厨房角落，用双手捂住耳朵。这幅画面我现在还记得。”餐桌上散乱地扔着做了一半的圣诞贺卡、闪光胶水、安全剪刀和瓦楞纸做的圣诞老人。“有时候亲人需要我们在身边，”罗宾说，“会不舒服，会很难受，但是，你不能逃避。”

她在普瑞米尔酒店订了房间，晚餐吃了份不正宗的意大利面。因为时差没倒过来，身体还停留在美国东部标准时间，她毫无睡意，于是坐在逼仄的房间里找出在机场买的那本萨拉·沃特斯的书开始读，却发现根本不知自己在读什么，思绪始终被父亲从确诊到去世的那段急转直下的日子所占据。

位于印尼苏门答腊岛上的多巴湖过去是个火山。七万多年前一次大规模的火山喷发使地球一下子进入了冰河时期，人类几乎灭绝。把地球撞出一个大坑、导致恐龙灭绝的陨石直径只有六英里。第一次世界大战结束后爆发的流感疫情使世界人口减少了百分之五。从小父亲就给她们讲这些知识。别人家的爸爸会给女儿讲《金发姑娘》和《杰克与豆茎》。可是，光讲童话故事有什么用呢？你们需要了解事实。人类的命运已经危在旦夕，无路可逃。《星际迷航》和《神秘博士》都是胡扯。她记得罗宾听完父亲这番话后哭着跑出了房间。

父亲十六岁辍学，接下来的三十年里主要工作就是建造房子，装修房子，对抗湿腐、改造阁楼、拼装实木复合地板。他喜欢诗歌的韵律铿锵，喜欢小说的跌宕起伏，喜欢大众科学的浅显易懂。他讨厌政客，拒绝看电视。他对卡罗尔说：“你妈和你姐姐相信只要对人彬彬有礼，就能解决世界上的所有问题。”

他不想让她离开家，原因到现在她才明白。他是害怕她离开之后会越来越强大，强大到认清他的真实面目。他不过是一个渺小的人，只会恃强凌弱，只会在酒吧高谈阔论。他又是一个胆小鬼，因为害怕跟比他知识更渊博的人起冲突，他连大学都不敢上。

才五十七岁他就得了胰腺癌。“愤怒了一辈子，最终被愤怒吞噬。”父亲死后，埃沙跟她说了这句话。她从来都不把埃沙说的话记在心里，只当是嬉皮士的胡扯。可是，她不得不承认，这句话真是一针见血。

无数次，当梦境与现实交织，似睡非睡的她会回到四十年前，回到记忆中的童年。她再一次看到挂在壁炉上方的太阳形铜挂钟；再一次感受到从晾衣橱拿出来的拉绒棉睡衣带给她的温暖；她的心会飞越重洋，回到家乡。梦醒后，她又会记起厨房里难闻的油烟，记起周围人的小气与狭隘，更记起她是如何不顾一切地逃离家乡，去到遥远的国度。

她把前额抵在旅馆冰冷的窗玻璃上往外看。窗外大雨如注，楼下停车场的街灯在雨幕中投下一个个圆锥形的橘色光柱。此情此景让她恍惚觉得自己来到了某个不知名的边陲小镇，到处是村野莽夫、外邦鬼神，通往外界的道路逐渐消失。

她遗弃了自己的母亲，逃离了令人沮丧的家。她犯的错她得想办法一点点修复。

她爬上床昏睡了八个小时。梦里伸手不见五指，偶尔埃沙会出现，给她漆黑的梦境带来一丝光明。埃沙的翘臀上有两个性感的小酒窝；她出汗时身上散发出的洋葱味，最开始让卡罗尔很反感，慢慢地对这味道欲罢不能，再后来又开始讨厌；做爱时她总是喜欢紧紧地握住卡罗尔的手腕。

和埃沙是在一次校友募捐集会上认识的。募捐的目的早已忘记，唯一记得的就是一个身穿白色紧身T恤的小个子女人，肌肉发达，耳朵边缘带了四个银质耳环，端着一盘开胃小食突然出现在她面前，神情寂寥。那晚其他的一切人和事都已不重要。

埃沙是那种极度冷静的人，就算她面前发生了大爆炸，火焰冲天，她也能不乱方寸，潇洒转身。她有过一段短暂的婚姻，和一个叫泰勒的酒鬼结过婚。愿他安息！感谢上帝！她在航空母舰“约翰·斯坦尼斯号”上当了三年的海军新兵，做厨师，光荣退役。她的母亲在俄克拉荷马州一个浸礼会教堂的拜神仪式中讲别国语言。埃沙说起她的家史，错综复杂，既可以追溯到乔克托人的血泪之路，也能追踪到爱尔兰大饥荒，还可以跟塞内甘比亚的贩奴港口联系起来。虽然她的外貌混杂了美国历史上那些苦难族群的印记，她的话还是不可信。不过这也无可厚非，如果有机会抹去过去生活的痕迹，重新书写历史，她想怎么说是她的权利吧。她自学成才，靠的是求知热情而不是专注。她去夜校学习哲学。她把丹·布朗和安德里亚·德沃金的书放在书架上触手可及的地方。她读卡尔·萨根的《宇宙》。

相识两个月后，她们去巴黎旅行，住在玛黑区[1]的布勒托内里酒店。这是埃沙退役后第一次出国旅行。她在这里如鱼得水，很快就跟当地人学会了拿万宝路烟交换别人的吉坦尼斯烟。卡罗尔坚持只喝健怡可乐。她们坐在卡纳瓦雷博物馆附近的小咖啡馆聊天。

①玛黑区是巴黎著名的同性恋社区。

埃沙说："谢谢你。"

"谢什么，你又不欠我。"卡罗尔说。

"嘿，亲爱的，"埃沙深深地凝视着她，"别那么紧张。"

第二天早上，她租了一辆雷诺克里欧，开车回家，路上经过百安居和塞恩斯伯里超市。母亲已经起床，一开始又没认出卡罗尔，而且很显然已经忘了头天她们见面的经过。不过对卡罗尔来说，这倒是件好事，一切都可以从头再来。她把行李箱放到玄关，打开暖气开关，用一把小小的铜钥匙拧开暖气片的排气口，把里边的空气慢慢排空。这把钥匙放在冰箱顶上的篮子里已经三十年了。暖气片嘶嘶地叫着，排出的气体由于困在管子里太长时间，闻起来臭烘烘的。气排空之后，管子里油乎乎的水咣当咣当响着，汩汩地开始循环流向整个房子。

"你在干什么？"母亲问道。

"让你暖和点。"

她给装玻璃工打电话换大门玻璃。

"我改变主意了，"母亲说，"我不想让你待在这。"

"相信我。"她实在不想碰母亲身上那件肮脏的开衫。"一切都会好起来的。"

昨天听到的声响是从罗宾和她小时候同住的卧室传出的。卧室里有个嵌入墙体的衣柜，里边发出噗啦啦咕咕咕的声音。她拿着扫帚，进屋，关门，开窗。刚一打开衣柜门，里面的东西就呼啦啦一下全飞了出来，整个屋子翅膀乱飞、爪子乱挠。她赶快遮住脸，脖子却被一只从头上飞过去的鸽子划伤。她嘴里叫着“去你妈的”，手里的扫帚挥舞不停。鸽子一只接一只地撞到灰蒙蒙的玻璃上。终于有一只找到了开着的窗户，飞走了，接着又一只飞走了。她打着了第三只。鸽子转着圈掉到地板上，翅膀折断。她用一只枕头盖住鸽子，对着枕头使劲跺了几脚。把鸽子跺死之后连枕头带鸽子一股脑扔到窗外，落到花园里。

墙上有个洞，鸽群就是从这个洞里钻进了衣柜。她找了块板子把洞口遮住，拎着两只死鸟扔到了屋外的垃圾箱。静静地站了一会儿，呼吸着清冽的空气，等着肾上腺素慢慢消退。

屋里这会儿已经暖和，空气逐渐干燥，到处发出咔嗒咔嗒和嘎吱嘎吱的声响，好像准备扬帆起航的西班牙大帆船随着风向不断调整船体的声音。石膏板、墙纸、木头、蒸汽和真菌，这些东西混杂在一起，把房子变成了潮湿的丛林。

“这是我家，”母亲抗议道，“你没权利这么做。”

“再这样下去，你可能会生病，也可能会冻死，更可能摔倒骨折。我可不想让医生埋怨我见死不救。”

她把窗帘取下来放进洗衣机洗涤，把一张湿乎乎的床垫从楼上拖下来扔到门前的草坪上。床板破得没法再用，她干脆把床给拆了，扔到院里的床垫上。她这会儿充满了干劲。挨着外墙的地毯长了绿毛，她就把整张地毯掀起来，用不够锋利的剪刀把地毯割成一个个四方块。地毯背面的衬布糟成了粉末，呛得她狂咳起来，汗津津的手也沾了一层，好像覆盖了一层棕色薄膜。固定地毯的木头夹子用拔钉锤撬起来。这些垃圾连同地毯一股脑全扔到外边逐渐壮大的废物堆上。清理完垃圾，开始扫地，吸尘，一直打扫到裸露的地板看起来光洁如新。把洗净的窗帘从洗衣机里拿出来，挂到楼梯扶手上晾干。

用海绵把餐桌清洗干净之后，她和母亲一起坐在桌前吃午饭：一个牛排啤酒千层派，一盒微波炉加热的蔬菜。母亲的愤怒已消失无踪。电视里播报着午间新闻。“我想变成这个样子，帮我去掉那个东西。”母亲说道，“这些女人天天只知道整容。外边到处都是恐怖分子和恋童癖。我们管这个叫’干涉孩子成长’。弗兰克，就是在埃弗利鞋店卖鞋的那个人，他就是这种人。我可以肯定。”她突然不说话了，盯着餐盘久久凝视。回过神来，又说：“上个月有个女人跳到运河里自杀了。你还记得耶路撒冷大街上的那个小桥吗？就从那座桥上跳下去的。那女人叫杰姬·博尔顿。报纸上登了消息。你和她女儿上学时在一个学校。她好像叫米莉。”卡罗尔对米莉这个名字一点印象也没有。“要是还在乡下住的话，我肯定会没事就出去转转。我们村子正中有个池塘，池塘旁边立了个柱子，加冕仪式时用的。你的杰克舅舅有一次爬到了柱子顶端，结果摔了下来，锁骨骨折。”

这个故事卡罗尔已经听过至少二十遍了。但现在听着感觉却是那么的温馨甜蜜。

母亲俯身向前，握住卡罗尔的手：“我以为这辈子再也见不到你了。”

她的手上有一层黏糊糊的东西，感觉像是戴了一副旧的皮手套。

“我给你洗个澡吧，妈妈。”

母亲一路抱怨着不想洗澡。上楼上到一半时，她看到了搭在栏杆上的窗帘和卧室空荡荡的地板。“你准备把房子卖掉。”

“别傻了，怎么会。”卡罗尔笑着说，“这又不是我的房子，我干吗要卖。”房子破成这个样子，地段又不好，根本卖不了好价钱。不过她没和母亲说这些。

“罗宾就是因为这个才讨厌你回来。”

“我的天哪，妈！”卡罗尔的怒火蹭地上来了，自己都不知道怎么会这么生气。“我本来应该去加利福尼亚的！我本可以继续上我的班的！可是现在我却被困在这个鸟不拉屎的地方，待在这个臭烘烘的破房子里，想着把这破地方打扫得看起来像个样子，省得你死在这儿都没人知道！”

“你这个鬼鬼祟祟的小兔……”没等“崽子”俩字出口，母亲就伸出空着的那只手，狠狠地朝卡罗尔脸上扇去，结果用力过猛，失去平衡，一头朝楼下栽去。卡罗尔赶紧抓住她，用力把她拉了上来。

“妈的！”卡罗尔胆战心惊，脑子里浮现出母亲身体摔断、躺在门口的样子。母亲那细瘦干枯的手腕被她紧紧攥在手里，她赶快松开，轻轻叫道：“妈……”

没有回答。母亲面无表情，眼神恍惚。应该把她扶下楼坐在沙发上缓口气。不过那样的话可能就没机会给她洗澡了。犹豫了一下，她还是搀着母亲慢慢走完了剩下的几级台阶。

脱掉鞋和袜子。剥掉那件沾满污渍的蓝色开衫，把脏兮兮的绿色灯芯绒裙子的拉链拉开。这两件衣服都污迹斑斑，食物残渣粘得东一块西一块。脱下衬衣，解开灰色胸罩的搭扣。把脱掉的几件衣服都扔到地上，踢到屋角。母亲裸露的皮肤布满星星点点的脓包和斑块，有的是酒红色，有的是太妃棕色。缓慢跳动的血管和青筋在脆薄的肌肤下清晰可见，脖子两侧，手肘内里，乳房上面。身体丝丝缕缕散发出的气味呛得卡罗尔发晕。就当是给小动物洗澡吧。给她脱掉衬裙和内裤之后，她扶着母亲坐在浴缸边缘，先把两条腿轻轻放进浴缸，再慢慢把母亲的身体一点点放低，直至没入热气蒸腾的泡泡浴里。她直接把灯芯绒长裙连同衬裙和内裤一起扔到屋角那堆准备丢掉的衣服堆上，没有注意到母亲内裤上已经干结的大便。等会儿再把这堆垃圾丢掉吧。她坐在马桶上，跟母亲说："看，我们要洗澡啦！"

有好一阵子，母亲一声不吭。过了一会儿，突然开口道："我妈每周一次把家里的锡制澡盆放满水让大家洗澡。爸爸先洗，然后是迪莉亚洗，迪莉亚洗完我洗。"她的思绪越过浴室脏兮兮的白瓷砖墙，回到了久远的过去。"餐桌上铺了一块刺绣桌布，是奶奶做姑娘的时候绣的。'我看见一位天使从天而降，手里拿着深渊的钥匙和锁链。'天使把大蛇撒旦锁进深渊里，锁了一千年。一千年后，撒旦肯定被'放出来了一阵子'。"她看着卡罗尔，面带微笑。从昨天到现在，这是她第一次对卡罗尔露出笑容。"你会给我洗头吗？"

卡罗尔给她俩一人弄了一杯咖啡。母亲的清爽衬托得房间更加污秽不堪。生日贺卡到处乱扔，一个陶瓷牛头犬缺了条腿，天花板一角长满霉菌。这栋房子看起来就像那种主人死后无人打理，等着身穿连体工作服、戴一次性口罩的工人彻底清理的房子一样。

门口传来咔嗒声，有人在前门扭动钥匙开门。门开了，罗宾站在玄关，说："外边扔了一大堆东西。"

"我知道。"

走进屋子，罗宾环顾四周，震惊不已。"卡罗尔，你究竟在搞什么鬼？"

"搞你早就应该搞的事。"

"少在我面前装的跟个他妈的骑士一样从天而降来拯救苍生！""他妈的"这三个字罗宾没说出声，只对了个口型。

"你们吵什么？"母亲问道。

"卧室里跑进好多鸽子。"卡罗尔回答。

"你准备在这儿待多久？一周，还是两周？"罗宾语带讽刺。

"卡罗尔，你们俩到底在吵什么？"母亲焦急地问道。

"天哪，你把自己的生活搞得他妈的一团糟就算了，你没资格再来对我们的生活指手画脚！"罗宾愤怒地喊道，这次她把那三个字大声说了出来。

"卡罗尔给我洗了澡呢。"母亲说。

"你没虐待妈妈吧？"

这问题实在太弱智，卡罗尔懒得接她的茬。

"埃沙给我打电话了。"罗宾盯着她，目光久久不放。"看来你不管到哪儿都要留下一片狼藉！”

卡罗尔刚开始以为自己听错了。埃沙给罗宾打电话？怎么可能？

“她想问问你是自杀了还是进精神病院了。我只挑重点和你说。其他话估计你也不想听。”

“她怎么会知道你的电话？”

“我估计是你把我的电话告诉她的。紧急情况时的联络。你们不是伴侣嘛。”

“伴侣”两个字从罗宾嘴里说出来是如此讽刺。可是，卡罗尔甚至不知道该不该把罗宾的话理解为讽刺。

“我还以为能去参加你的婚礼呢。我最喜欢参加婚礼了，我也喜欢美国。”罗宾说道。

“你们俩到底在谈些什么？”母亲迷惑不解。

“我准备带妈妈出去吃饭。”卡罗尔脱口说出这句话，虽然上一秒钟她还没这个打算。

罗宾站到卡罗尔面前，确保母亲听不见她说话。“妈妈不是你的玩物，卡罗尔。你不能这样随意摆弄她，你不能这么狠心。”

说完，她扬长而去。

“这儿太乱了。”

卡罗尔不解地看着还有一半空位的比萨快递餐厅大堂。

“噪音太大，人太多。”母亲抱怨道。

餐厅里食客轻声交谈，刀叉轻碰餐盘发出清脆的叮当声，头顶扬声器里罗德·斯图尔特正低吟浅唱《露比星期二》。卡罗尔安慰似的捏了捏母亲的胳膊，轻声说："我陪着你，放心吧。"她现在开始怀疑姐姐不让母亲出门的真实意图了。罗宾是不是拿母亲害怕外面的世界做借口来掩饰更加严重的问题?

母亲表现得越来越狂躁。吃的东西刚送上来，她就说："我觉得非常不舒服。"

"别这样。你看这意大利面看起来很美味。你有多久没好好吃过饭了？"

母亲蹭地站了起来，把水杯撞翻在地，摔得粉碎。卡罗尔赶紧抓住她的胳膊。可是在大庭广众之下，怎么可能不让她跑而又不出丑呢？没办法，她松开手，任由母亲跑出门去，自己赶紧把三十英镑现金放到桌子上追了出去。一出门就看见母亲坐在公交站的凳子上，边哭边嘟囔："为什么把我带到这里？我想回家。"

车在家门口停下，母亲突然说："我不想让你进屋。"

她气得简直想把行李扔到车上一走了之，让母亲一个人在这逼仄肮脏的房子里自生自灭算了，反正这种生活母亲早已习惯。她可以去伦敦，去爱丁堡，去天涯海角。"天涯海角"这四个字刚出现在脑海中，一阵恶心想吐的感觉就向她袭来。自从埃沙离开她之后，这种感觉就时不时地折磨着她，突然觉得身边的一切都是假象。她害怕不管迈出哪扇门，都会发现自己置身孤寂的荒原，夜幕低垂，她的世界一无所有，只剩一栋栋胶合板做的公寓楼在身后不断坍塌。

"我不走，我不想让你一个人待着。"

“只能待一晚。”

她躺在睡袋里，身下是一张充气床垫。橘色的街灯透过廉价的窗帘，漏进屋里。远处，警笛声忽隐忽现。她有三十年没在这栋房子里过夜了。有那么一瞬间她以为自己只是做了一个持续了三十年的白日梦，梦里她把自己放逐。大学她去了剑桥大学读自然科学。做出这个决定与其说是出于对专业的痴迷，不如说是被离家越远越好的痴念所驱使。在伦敦的帝国理工学院拿到博士学位；去澳大利亚的阿德莱德大学做博士后；在德国的海德堡工作，在瑞典的斯德哥尔摩工作……她一点点地拼搏积累，终于成为教授。在同一个国家的停留时间绝对不会超过四年。这是她给自己定的规矩。这样做，一部分是出于她自己不安分的天性，更主要的，是她太不合群，如果在一个地方待太久，和其他人的相处就会成为问题。

她不擅长团队合作，不止一次有人这么跟她说。这么说的大部分都是男人，只要对手不是他们的同类，这些人就很乐意对她这个异性对手背后中伤，落井下石。不过凡是她管理的团队都很成功，手里的项目资金也一直没断过。说到底，只要你发现了掌控衰老的秘诀，找到了治疗糖尿病的好方法，研究出一个细胞是如何吞噬另一个细胞的秘密，帮助科学家飞向月球，受过几次伤害又如何，反而能让人变得更强大。

波士顿是她作为团队带头人工作的第四站。她和她的实验室研究哺乳动物雷帕霉素靶蛋白的合成。在这儿工作两年之后，保罗·

巴赫曼成了研究所的主任。从那以后，她的工作环境开始恶化。保罗·巴赫曼带来了一大笔资金，一张哈立德·马哈福兹开出的空白支票。他没有用这笔钱资助研究所的现有研究员，而是开始在全球范围内招兵买马。新加入的这些所谓“天之骄子们”不屑于参加学院的教授会议，除非不得已，他们更不屑于理睬那些没有名气的访问学者。保罗自己在巴哈伯有一栋别墅，一艘名叫“埃米琳”的游艇，还有一个智商低到惊人的年轻妻子。与人和谐相处本来就不是卡罗尔的长处，但是在这种新的大环境下，她越发觉得被排挤，就像刚加入高尔夫球俱乐部的新会员一样处处受制。

要在以往，她可能会放出消息给其他地方的同行，让人知道她想换工作。可是这次不一样。她刚刚遇到埃沙，感情飞速发展，两人已经同居。于是，她向现实屈服，默默忍受着各种不公平的待遇。

十八个月之后，没有任何预兆的，埃沙提出和她结婚。很显然，对埃沙来说，爱一个人就是把亲朋好友从世界各个角落召集到一起；爱一个人就是穿上婚纱，盛装打扮；爱一个人就是当众说出结婚誓言；爱一个人就是得到一纸婚书。卡罗尔想不明白埃沙为什么非要结婚。难道你忘了曾经忍受的各种流言蜚语、谣言中伤吗？两千年来，同性恋都被这个世界拒之门外。现在，现实世界好不容易给你开了一条门缝，你就应该像一条感激涕零的流浪狗一样跑进去，蜷在火炉旁安安静静地待着。为什么不能就这样做一个简简单单的边缘人？为什么非要不顾一切地想要融入这个曾经拒绝你存在的社会？

一年以后，埃沙从她家搬了出去，因为……因为什么，她到现在都不太清楚。这是一道无解的谜题，一道无须解开的谜题。反正每过几年，她的生活都要重新被整理、压缩、打包成几个行李箱，过往生命里乱七八糟的东西全部被抛弃，包括这个难解的谜题。前方有新的航线、新奇的食物、陌生的语言在等她。

两个月之后，加州大学伯克利分校的丹尼尔·塞哈切恩给她打电话，问她愿不愿意到加州来，来一场实战论坛，见见学院的同行和博士后们。这个邀约就像一个救生圈，把她从折磨了自己两个月的恐慌症和幽闭恐惧症中拯救出来。对她来说，走下飞机，踏上加州的土地就是极大的安慰。空间开阔，阳光充足，机会多多。问答环节比较棘手，但是她感受到的是棋逢对手的挑战和尊重。三天访问结束后，来这里工作的事似乎是十拿九稳的了。

难道加州这整件事是个阴谋吗？后来，她左思右想不得其解。怎么可能呢？或者是她太无知？对其他人穷其一生构建起来的团结与效忠一无所知？又或者有人以她不了解的方式把消息提前散布了出去？

回到波士顿的第二天，一大早，保罗就把她叫到办公室质问她为什么要背叛学院。他是怎么第一时间知道这个消息的，卡罗尔不得而知。后来她才意识到保罗连一句挽留的话都没有。他成功地让卡罗尔自己败下阵来，知难而退。卡罗尔指责他时，他一声不吭，任凭卡罗尔挖苦，表情非常平静，甚至带着一丝喜悦。要不是在加州的三天脑子不停歇地思考搞得她筋疲力尽，她应该能注意到他这个反常的举动。他耐心地等着她把该发的牢骚发完，然后往椅背上一靠，语气轻松地说："我们会想你的，卡罗尔。"直到走出他的办公室，回过头来想他刚才说的假惺惺的话，卡罗尔才意识到也许有什么她不知道的阴谋已经在酝酿当中。

三天之后，她接到丹尼尔的电话，告诉她加州大学那边的项目资金有问题。

"只需要跟他低声下气求三分钟的情。"午饭时间，苏珊娜坐在办公室跟她说，"反正你又不是真想走。大家都知道你不想离开。保罗也知道你不想离开。不会吧，你真的想过要离开这里啊？不管怎样，你只需要向他表示一点小小的敬意。去给'国王'下个跪，请求他的原谅。他就喜欢这一套。"

为什么对她来说做这些事比登天还难呢？

从苏珊娜那里出来后，她回实验室给她的三个参与蛋白激酶项目的博士后开例会。他们三个都在房间。房间正对着那个小小的院落，里边有人造的日本花园。花园里有几把小小的混凝土长凳，一个长方形池塘，种着丁香和豆梨树 。微风吹过，吹皱了一池春水。她不知道该怎么开口，脑子里充斥着各种念头。她想起最后一次和埃沙漫步在普罗文斯敦的草滩头沙滩，她想到了斯特勒威根海岸的座头鲸，每年迁徙三千英里，一直待在水下四十英寻深的黑暗中游弋，好像悬在海底山脉上方的防空拦阻气球一样。

突然，整个房间灌满了水。太阳的强光如同银针刺破她的头皮。脚下一片漆黑，周围是无尽的黑暗。伊万在对她说话，但是他的声音如此细微，好像从遥远的电波中传出来一样。"呼吸，"他说，"你得用力呼吸。”可是，她没办法呼吸。如果张开嘴的话，水就会冲进嘴巴，涌进肺里。

虽然这些痛苦的回忆搅乱了她的思绪，她还是睡着了。睡得很浅，断断续续地做梦，梦到有人进到房子里时就醒了。这时刚刚凌晨三点钟。得下去看看门锁好没有，否则睡不着。于是，她起床下楼，结果发现起居室空无一人，母亲不见了。

她冲到大街上，外面空空荡荡，寂静无声。她回屋穿上鞋子，检查花园，接着一路小跑围着房子大叫：“妈？妈？”好像母亲是只走失的小狗。

一群穿着连帽衫的少年骑着车子经过她身边时放慢了速度，仔细打量她，然后一言不发迅速骑走了。她在艾达路和恩典路的交叉口停了下来。四十八小时前，她在这里下了出租车。卡文迪什大厦和富兰克林大厦还亮着稀稀疏疏的灯光，好像两本黑色降临历上打开的一扇扇小门。飞机机翼上樱桃红色的灯一闪一闪的慢慢滑过肮脏、漆黑的夜空。不知何处传来一声声狗吠。汪……汪……汪……现在气温只有一二摄氏度，可不适合一个老太太在外闲逛。

她回到家正准备拿钥匙开门，突然想起母亲跟她讲过的那个杰姬·博尔顿跳到运河里自杀的新闻。她把钥匙放回口袋，开始一路狂奔。跑过哈罗路，跑过伊莉莎路。一辆送牛奶车叮叮当当地响着，停在了格林纳新月广场。世界是死水一潭，所有人都在沉睡，只有她不停奔跑。一只狐狸漫不经心地从一个大门踱出来，注视着她，神态自如。耶路撒冷路到了。她站在小桥上，盯着油乎乎的死水上下搜寻，什么也没看到。“妈的！”她走下台阶，走到石子路上。这时，她看到了母亲，站在对岸一堆乱石杂草丛中，像个鬼魅一样，眼神空洞。横亘在面前的污水阻隔了她们。

“不要动！”

说完，她赶快沿着小路走到一个已经腐烂的悬臂桥那里，使劲把锈迹斑斑的平衡木往上推，这头一离开地面，那头就重重地砸向对岸。她小心翼翼地沿着长满青苔的横木慢慢走，挤过铁丝网篱笆，把一团缠在一起的带刺铁丝网踢到一边，来到了河对岸。

在离母亲稍远一点的地方，她停了下来，不想吓到她。

“妈……”

母亲转过头，眼睛眯成一条缝：“我知道你一直恨我。”

“妈，我是卡罗尔。”

“我当然知道你是谁。”母亲言语中透出的恨意，吓了卡罗尔一跳。“每次看着你，都让我想起你父亲。”

母亲身形瘦小，现在又这么冷，她身上穿的厚裙子和加厚的套头毛衣应该很快就会被水浸透。要是淹死需要多久？神不知鬼不觉。这个念头在她脑海一闪而过。

有几秒钟，母亲一直恶狠狠地盯着她。突然，表情垮了下来，她开始哭泣。卡罗尔握着她的手，轻声说：“我们回家。”

医生让母亲留院观察一晚。卡罗尔给罗宾电话留了言。母亲在病房里，人事不省。她来到医院咖啡厅，喝了一杯黑咖啡，做《时代》杂志上的填字游戏，想把自己从想象的边缘拉回来。鲸鱼正在深海游弋，就在我们近旁。海洋如此浩瀚，坠毁的飞机、失事的船只都会消失无踪，直到地老天荒。世界起源于一条大蛇的复仇。很久之前在一本杂志上看到的图片，“的里雅斯特号”深潜器潜入马里亚纳海沟六英里深的地方，每一块邮票大小的面积要承受一吨水的压力，因压力巨大，深潜器开始“哭泣”。

罗宾坐到她对面。

“妈半夜偷跑出家门了。”

“噢，上帝。你才回来两天啊，卡罗尔。”

她本想说：“这不是我的错。”可是，也许这就是她的错。现在她意识到了。

“你跟爸爸真是一模一样，把别人都当成傻子。”

“她会没事的。”

“是吗？”

“她只是休克，太累了而已。”

“你不能总是这样想当然，卡罗尔。事情的发展是不以你的意志为转移的。”罗宾的语气听起来更多的是厌倦，而不是愤怒，好像卡罗尔是个令人讨厌的小孩子一样。“有些人的大脑是非常脆弱的。”

医生胖乎乎的，非常热情。他看起来不像职业医生，更像还没走出校门的神童。“阿卢瓦利亚医生。”他和她们三个一一握手。“检查过程很短，也不疼。”他从口袋里拿出一支铅笔，问卡罗尔的母亲知不知道这是什么。

母亲看看卡罗尔，又看看罗宾，看起来她怀疑医生脑子有毛病。

“好笑吧。”阿卢瓦利亚医生说。

“这是一支铅笔。”母亲回答说。

“太棒了。”他把铅笔放回口袋。“接下来我会说三个单词。我想让你跟着我重复，然后记住这几个词。”

“好的。”

“苹果。汽车。叉子。”

“苹果。汽车。叉子。”

“七乘以九是多少？”

“我的天哪，我的心算一点都不好。”

“有道理。”阿卢瓦利亚医生和她一起轻轻地笑。

卡罗尔看出母亲在这个男人面前表现得很兴奋，不知她是否看出了设在她面前的陷阱。母亲回答了医生今天是几号和家里地址的问题。“但是电话号码我就没法给你了，你得问我的女儿们。我可不经常给自己打电话。”

阿卢瓦利亚医生让母亲跟着他重复词组。“己所不欲，勿施于人。”

“己所不欲勿施于人太太。”母亲开心地重复道，脸上的笑容和在浴缸里的表情一样，“我有好多年都没听人说起过这个名字了。”她的思绪又慢慢飘走了。

“妈……？”

阿卢瓦利亚医生看了卡罗尔一眼，眉毛轻抬，温和地制止。

“已所不欲勿施于人太太，”母亲又开口道，“还有亦步亦趋太太。”

阿卢瓦利亚医生让她母亲造个句。“随便什么都行。”

“这句话出自《水孩子》。”母亲说，“我在学校学的。埃利很有钱，汤姆是个扫烟囱的男孩。”她闭上眼睛。“‘与此同时，你学习了功课，感谢上帝，你也有足够的冷水来洗涤。那就洗洗吧，像个绅士一样洗干净。’”母亲很开心，就像在敬重的老师面前表现出彩的学生一样开心。

“太棒了。”接着，阿卢瓦利亚医生从口袋里掏出一个笔记本，在上面画了一个五边形。他把这张纸撕下来交给母亲。本子的每一页上都印着“安非他酮——治疗抑郁症的最佳选择”字样。“你能不能照着这个图形画一个给我？”

母亲似乎一点都没有意识到自己画的残缺不全的星星和原型没有任何相似之处。可是阿卢瓦利亚医生依然语调轻快地说：“画得太好了。现在，你能不能告诉我刚才我让你记住的三个东西是什么？”

母亲闭上眼睛，想了一下，然后自信地、一个词一个词地说道：“大火……钟表……蜡烛……”

空寂的房子让她害怕。尝试读书，眼睛却根本看不清文字。她想看一些没什么意义但是又比较吸引人的电视节目，可是又不能容忍坐在一个堆满垃圾的房间里。于是，她又开始打扫房间。体力活真是最有效的镇静剂，她终于平静了下来。把旧报纸捆成捆，放到门外。把床垫靠暖气片放着，通风晾干。把靠垫套以洗毛料的转速除尘、清洁。擦窗户。把那幅统帅海报重新挂到墙上。给落地灯换个新灯泡。

干完这一切，夜已深沉。她上楼，沉睡。上午十点，睡眠被罗宾打来的电话打断，告诉她晚些时候约翰和她会一起把母亲送回家。

她从行李箱底部把运动鞋扒了出来，换上跑步时穿的一套衣服，开车来到亨希尔，把车停好，跑出村庄，跑到那条年代久远的羊肠小道。小时候，父亲会带着她们来这里放风筝。逃离凄凉破败的屋子来到户外，站在清澈高远的天空下，呼吸着清新空气，感觉真好。二十分钟后，她跑到了怪石圈的中央，迫切希望能得到某种预示。罗宾和她小时候就这样做过。而和小时候不同的是，这次她真的感受到了异样。也许什么都不是，只是光线突然暗了一下而已，可她却突然感到有东西在暗中觊觎她。她知道这不是真的，也许只是人类在几千年的进化过程中保留下来的一种本能反应而已。过去捕猎的记忆已经深深地印刻在人类的基因里。可是，她还是没命地往回跑，好像有什么邪恶的东西在后边追她一样。直到坐进车里，打开收音机，她才感觉到一丝安全。

她在客厅里转来转去，胃里一阵阵绞痛。她担心母亲回家后可能需要人长期照顾，而罗宾肯定会冷冷地说："你自作自受，自食其果。"她担心母亲回家后，想起之前发生的事，又会赶她走。她还担心罗宾万一不出现怎么办。她从下午胡思乱想到晚上，从晚上到夜里。

终于，什么也不用想了，母亲已经站在玄关，只说了一句：“这不是我家。”

“别说傻话。”卡罗尔拿着那只人造长颈鹿给她看，“你看。”

“这绝对是别人家。”在这个令人不安的情境下，母亲表现得过于冷静了。

罗宾绕过母亲进了屋。“你都干了什么啊，卡罗尔？”

“我把房间打扫了一下。”

“这可是妈妈的家，他妈的。”

“你们不能强迫我待在这儿。”母亲说。

“妈……”卡罗尔赶紧拦着她，“你看看这窗帘，记得吧？还有餐边柜。你看这幅画。”

“放开我。”母亲一把推开她，跑了出去。

罗宾气得对她吼道：“现在你满意了？”

卡罗尔不知该如何回答。她头晕目眩，已经不知道什么是对，什么是错了。

“祝你今晚做个噩梦。”罗宾恶狠狠地对她说，转身离去。

她开车到卖酒的商店买了一瓶伏特加，还买了半升汤力水，倒出一大杯调制饮料，然后坐在电视机前，拿着遥控器开始调台，搜索小时候喜欢看的节目。她看《沃尔顿一家》，看《荒野大镖客》。两个小时后，她给罗宾打电话。

“我不想和你说话。”

"很抱歉。"

"不，你一点都不觉得抱歉。你连这几个字什么意思都不知道。"

卡罗尔突然意识到罗宾说的可能是事实。"妈妈在哪儿？"

"回医院了。谢天谢地，医院还有一张病床。"

"接下来该怎么办呢？"

"你是想知道接下来我该怎么办吧？反正你已经毁了她的生活。"

给母亲洗澡、给她打扫房间怎么就是毁了她的生活？难道一个人的生活真的是由灰尘和无序组成的？"你是不是喝醉了？"

她不知道该怎么回答。可能是喝醉了。电话挂断了。

她接着看电视。《神探科伦坡》《老友记》。屋外一片漆黑，以为把自己灌醉能麻痹所有的感觉，可是效果并不明显。看有关马达加斯加丛林的纪录片。她睡去，醒来。再睡去，又醒来。半睡半醒时，思绪突然清晰。她曾经那么爱埃沙，她现在仍旧爱着埃沙。对埃沙的爱已深入骨髓。如此强烈的感情把她吓坏了。她再次睡去。醒来之后，有关埃沙的思绪已经模糊。

彻底清醒伴随着难忍的头痛。刺眼的阳光从窗帘的缝隙涌进来。她翻遍厨房抽屉，找到几片早就过期的布洛芬，就着汤力水吞下两片。她还记得昨天清洁整理房间带来的满足感，于是，接着干。把昨天扔在房前的那个破床板堆到后院草坪的正中间，找一大块石头把小木屋生锈的挂锁砸开，打开木屋的门。木屋里的东西原封未动，和父亲在世时的摆放一样。堆叠的陶罐，一盒盒钉子和螺丝，一团团麻绳，一包包种子（番茄、胡萝卜……），一个耙子，一把铲子……一个装着轻质汽油的黄色小桶放在架子顶端。她把汽油倒在木头堆上，然后点燃。等到火焰窜出来，她把床垫拖到外边，对折，架到火焰上方。

隔着篱笆缝隙，她看到一个身穿粉色纱丽、戴着头巾的小个子女人盯着她看。可是等卡罗尔仔细看时，女人消失不见了。她家隔壁以前住着一对双胞胎，瘦骨嶙峋的两个孩子，发育迟缓。好像叫唐尼和卡梅伦？两个孩子的母亲过去在合作超市工作。

床垫烧着了。闻起来发酸，像是化学品的味道，黑烟滚滚。她把沙发靠垫拿出来，扔到了火堆上。餐椅也一把接一把地扔了进去。自记事起，她还从没离无人看管的大火这么近过呢。她忘了大火是如此惊心动魄。突然，她记起父亲做过的唯一一件有功德的事情就是在篝火之夜的前夕帮助小区居民架起柴堆，看守柴堆。也许父亲不能很好地与人相处是他做这件事的主要原因，就像摆渡人、捕鼠者、刽子手，全都游离于人群之外。又或许父亲本身就足以威慑那帮没有规矩的小孩，让他们不敢在十月中旬就拿汽油浇到火堆上提前庆祝。她记得父亲那时专门开车到汽车厂后边的树林，从狐狸洞的洞口挖一袋泥土带回来，然后围着这堆土架柴堆。这样做的好处是一旦闻到泥土散发出来的骚味，那些刺猬啊猫啊老鼠啊的小动物就不会在柴堆里做窝了。她从不记得父亲什么时候对人类这么温柔过。

她进到屋里。有人在敲前门。一会儿又开始敲前面的窗户。门外的男人光头，穿阿森纳球衣，“你他妈的疯了吗？我要给市议会打电话投诉你！”

她把海报扔进火里，玻璃受热碎裂。好久没有大汗淋漓了。感觉真好。把所有的装饰品和小玩意都扔进火里，那几捆报纸也扔了进去。她凝视着升腾的火焰，感受着天边光线的丝丝流逝。

下雨了。她回到屋里。跟处理楼上的地毯一样，把客厅地毯拽掉，地毯钉条撬起，地毯割成方形小块，扔到花园里。火堆的黑色余烬还在丝丝缕缕地散发热气，冒着黑烟。扫地，吸尘。电视和窗帘是房间里仅剩的东西。

她累得一点力气都没有了，可是屋里的寂静让她害怕。又给自己调了一大杯伏特加兑汤力水，背靠着墙，坐在地上，手拿遥控器不停换台。有个台在放八十年代中期流行的一个演奏白噪声的乐队的音乐。她把音量调大，整个房间被灰色的光和白色的噪音填满。她躺下来，闭上眼睛。

电话在响。今夕何夕，她毫无概念。她一动不动，似睡非睡，好像一只小动物藏在长长的草丛里静静等待，等待头顶盘旋的雄鹰飞向远方。电话断了。

她梦见自己变成了一个小女孩，站在怪石圈中央。她梦见自己正展翅高飞。她梦见自己低头看向关着大蛇的深渊。她听见有人在她耳边，一遍一遍地重复：“大火，钟表，蜡烛。”这是什么意思，她不知道。

“卡罗尔……”

她睁开双眼，看到晨光熹微。

“卡罗尔……”

房间另一头，电视发出嘶嘶声。因长时间抵着硬邦邦的木地板，她的肩膀和屁股酸痛难忍。谁在叫她？为什么不到客厅来？她慢慢站起来，活动了一下僵硬的关节。又蹲下，等着房间停止旋转。

“卡罗尔？”

她下意识地想从后门溜走，可又想说不定是什么重要的事，还是别溜了。她以前是不是干过开溜这种事，结果造成了严重后果？不记得了。扶着墙站稳，她慢慢走进玄关。门口没有人。透过那两块长方形的磨砂玻璃，能看到阴沉昏暗的天空。

“卡罗尔……”

她突然回头。一个老头站在厨房门口，穿着睡衣，身边一个酒店门房用的老式手推车，一个破旧不堪的黄色罐子用绳子绑在推车上。他把一个面罩捂到嘴巴上，深吸一口气，说：“很高兴再见到你。”他的声音暗哑、微弱。卡罗尔觉得他似曾相识。不知为何，这个想法让她安心了不少。可她实在想不起来什么时候见过这个老头，又不好意思直接问。

他把面罩放到脸上，又深吸一口气，然后把橡胶管子挂在推车的把手上，推着车经过她身边朝前门走去。走到门口的地垫上，他停了下来，回过头对着卡罗尔伸出手：“跟我来。”

卡罗尔害怕跟这个男人走，可是独自一人待在屋里她更受不了。

她牵起老头的手。打开门，出现在卡罗尔眼前的，不再是沃特斯路上的一栋栋房子，而是一大片延伸到天际的绿草地，落叶在风中翻飞。老头对着面罩又深吸一口，磕磕碰碰地把推车推过门槛。走出屋门，他们踏入清冷纯净的冬日阳光。他带着她，沿着一条煤渣小路慢慢走进一片树林。她能感觉到他的虚弱，也知道他在尽力掩饰自己的虚弱。卡罗尔悄悄靠近他一些，既可以给他支撑，又不会让他发觉。他走九步，停下来戴上面罩吸一口；再走八步，又停下来吸一口。

现在他们已经来到树林深处。晃动的潜水灯光和斑驳陆离的阳光像鱼儿围着礁石一样雀跃跳动。树木大部分都是桦树，树皮从浓稠如脂的树干上翘起，好像长期无人居住的房屋里卷翘的墙纸一样。如果他的氧气吸光了怎么办？那个氧气罐看起来非常老旧，黄色漆成片剥落，罐体看起来像一个只存在于想象中的不规则的海岸线地图。

他们走进一片林中空地。很难说这块空地有多大，到处堆放着圆木、树枝和棍棒，有些交错摆放，跟乱堆在一起的衣架一样枝枝杈杈，有些就杂乱无章地堆在一起。整个木结构建筑在他们眼前扶摇直上，在空中拐了一个弯，继续往上，很难判断高度到底是五十英尺还是一百五十英尺。

男人捏了捏她的手，慢悠悠地接着往前走。现在他们进入了木结构建筑里一段窄小的走廊，这个走廊跟金字塔里通往墓室的地道很像。老人是她父亲，她记起来了。父亲出现在这里好像不太对劲，可是到底哪里不对劲，她说不上来。她实在是太累了，头痛欲裂，又睡眠不足。也许这就是问题。

眼睛慢慢适应了下面昏暗的光线，她看到围绕着他们的大梁和柱子被摆成了巨大的回字形图案。阳光的光柱直直地穿透昏黑阴暗的建筑，洒落得到处都是。细细的树枝在他们脚下嘎吱嘎吱地响，父亲那缺少润滑的车轮也吱吱作响。空气中尘土飞扬，弥漫着狐狸的骚味。

现在他们站在了中庭，一个由棍子随意搭成的半圆顶，大约有八九英尺高，穹顶由正中央一根柱子撑着，又细又直，像一根电线杆。

“卡罗尔……”

这声音听起来低沉，遥远。这次是一个女人的声音，好像是从外边传来的。她意识到，刚刚醒来的时候喊她名字的人不是父亲。那她是不是不应该跟着父亲走呢？他从口袋里掏出一个黄色小罐子，扭开罐顶，把里边的东西洒到睡衣上。气味很浓烈，也很熟悉，可是卡罗尔就是想不起来这东西的名字，昏暗的光线下她也看不清商标。

“卡罗尔……”声音听起来更急促了。

父亲把小罐子放回口袋，从另一个口袋里掏出另外一个东西。他刚把打火石打着，卡罗尔就想起来刚才那东西是什么了。火焰跳跃着窜过父亲的手，点着了睡衣，并迅速蔓延至全身，向上攀越他的脸，接着把紫色的魔爪插进父亲的头发。

“卡罗尔……？上帝呀……”

她转了一圈想找到来时的走廊。本来应该很容易就找到的，她却怎么都找不到。难道是木头塌了，挡住了出口？可是她没听见声音啊，这可能吗？

她要是只猫，或者是只狗就好了，是只小白兔也可以，那样她就能从树枝的缝隙间蠕动着钻出来了。现在的空间对人来说太小。她从柴堆棍子最稀少的地方抓住一根长长的棍子往外拉，可是，刚一拉，顶上的圆木就开始变换位置。她又换到中庭的另一边，尝试把另一根棍子抽出来，同样的事情再次发生。她回头找她父亲。只见他的脸已经烧着，发出噼啪的声音，像烤架上正在烤的肉。嘴唇烧掉了，牙齿在高温炙烤下啪啪作响。他头顶的木头也着了，火焰像调皮的孩子般升腾跳跃，一路翻飞，向通风孔扑去。

“卡罗尔……”

她感觉到手和脸都被烫伤起泡了。她要死在这里了。父亲虚弱地朝她走了两步，把氧气罩盖到她脸上。“吸气。相信我。深呼吸。”

丛林深处有什么

我本不想把探险队的经历写在这儿。这个笔记本主要是用来记载一些专业术语和知识的。原本的打算是，回国之后大家分别从自己的角度、用自己的写作方式把探险的过程写出来。可是，现在，我是唯一一个活着讲述事实真相的人了。除非奇迹出现，否则我也很快会命丧这里。

有人会觉得我的叙述让人痛苦。对此我致以深深的歉意。可是，我不能用谎言掩盖真相。记载最近真实发生的每一件事是支持我写下去的唯一动力，也是仅有的动力。

不管是谁发现这本笔记，我有一个小小的要求。请把这个笔记的副本送给克里斯蒂娜·默奇森一份，至少把这一页的副本给她，假如她还活着。她以前住在苏格兰爱丁堡新城的邓唐纳德大街。我是如此思念她，比以往任何时候都想她。她将是我生命中最后的念想。我多么后悔没有彻底向她表明我的爱意啊！

我已经完全失去时间的概念，所以，现在是几号，我说不清，可是我清楚地记得七天前我们还在丛林里兜兜转转，透过密密匝匝的树叶看到太阳在头顶高悬，听到不知名的动物在远山吼叫，声音若隐若现。从那时起麻烦就一个接一个地出现。好不容易钻出了树林，眼前却横亘着一条由页岩和混合岩生成的深谷，对岸在六十英尺外，丛林一路蔓延。空谷绝壁夹在两岸之间，剖面平直光滑犹如刀切，垂直向下没入谷底。谷底水流湍急，浪涛翻滚，飞沫堆叠，险滩上的礁石如锯齿般参差。顺流而下，一道七色彩虹挂在蒙蒙水雾中。

在密茫茫不见天光的丛林中艰难行进了一个月，猛然来到如此开阔之地，沐浴在白晃晃的太阳光中，我激动得头晕目眩，一屁股坐到地上。尼古拉斯的哥哥克里斯托弗已经死去十四天。从那天开始，他去世前那几个小时的惨状就一直纠缠着我，直至今日。现在，看着头顶的蓝天，感受着与现实世界的关联，我的心情突然雀跃了起来。真希望尼古拉斯跟我的感受一样。

比尔把绳子绑到一个锅上，顺着峭壁慢慢把锅放到了谷底的水流里，测量峡谷的深度，大概有两百英尺深，顺便提上来差不多一加仑水，味道清洌，比香槟还好喝。埃德加和阿瑟拿砍刀沿一个方向在灌木丛里寻找通往对岸的路，尼古拉斯往另一个方向寻找。一个小时后，他们都回来了。不管哪个方向，和对岸都没有交汇。我待在原地，生火，泡茶，把昨天下午捉的小猴子挑一只剥了皮，放在火上烤。比尔忙着想办法搭桥到对岸去。

他提出的方案行之有效。前几次遇到困难时，他都给出了切实可行的解决方案，这次的方案同样完美。我们砍倒两棵粗大的棕榈树，稍微修剪了一下枝干，把绳子分别绑在两根树干的一端，用力把树干拉起垂直于地面，松手，绳子越过高枝抛到了对岸，树干的一头固定在这边，另一头落在对岸，横跨峡谷。两根树干并排躺在一起，形成一个简易木桥。

猴子肉闻起来腥膻刺鼻，吃起来肉质坚韧，难以下咽。不过我们心情愉悦，这点小瑕疵也就无足挂齿了。吃完饭，收拾好东西，准备过桥。比尔坚持要当我们的金丝雀[①]，身先士卒。光滑的树干在他脚下上下弹动了几下，稳当下来。比尔赢得了满堂喝彩。我是第二个。走到桥中间，河流上游那无与伦比、如梦似幻的景色呈现在面前，可见远处雾气飘渺、紫烟缭绕的高地。我开心得像只小鸟似的悬浮在半空。眩晕的感觉突然而至，吓得我双膝发抖，进退两难。埃德加对我大吼："你赶快往前走啊，兄弟！"催得我不再犹豫，盯着脚下的树干走到了对岸。阿瑟和埃德加在我后边也走了过来。现在对岸只剩尼古拉斯一个人。

尼古拉斯刚走到桥中间，不知为何，左边那根树干突然咔嚓一声裂开了。千钧一发之时，尼古拉斯双手紧紧抱住右边的树干。与此同时，左边的树干断成两截，掉到了他身下的险滩，来回弹了几次，每一次撞击都发出隆隆的声音，然后，停在水流湍急的乱石间，不动了。

---

①金丝雀对瓦斯或者其他气体特别敏感，因此被矿工用来探测矿井下的瓦斯，避免伤亡事故。

接下来几分钟发生的每一个细节都深深地镌刻在我的记忆里：仅剩的那根树干被尼古拉斯的重量压得往下坠，弯得像弓；他双脚悬空，在空中乱蹬乱踢，好像只要足够用力，双脚就能凭空变出一段楼梯。令我羞愧的是，我只会傻愣愣地站着，束手无策。而阿瑟却立即把自己的背包扔到地上，不断鼓励尼古拉斯，让他再坚持一下，自己走到树干旁骑上去，朝尼古拉斯吊着的地方一点点靠近。要是尼古拉斯身上没有额外的重量，他也许能交替双手朝我们这边移动。可是，他背着一个特别重的背包。我猜阿瑟打算挪到尼古拉斯跟前，用小刀把他背上的背包带子割断。可是，他没能及时赶过去。两人之间的距离差不多只有十英尺时，尼古拉斯力气耗尽了。他抬头看看我们，脸上的表情很尴尬，好像在向我们道歉，然后，松开十指，掉了下去。现在想来，我不禁怀疑，如果克里斯托弗还活着，他的求生意志会不会更强一些。

他下坠的速度不可思议地缓慢。也许只是我的幻觉。可我清楚地记得，在他下坠的那短短一两秒钟，我居然开始琢磨怎么给他悲痛欲绝的父母写信报丧。

我以为他会立刻被汹涌湍急的水流冲走，可是他却重重地摔到了河中间一块平坦的巨石上，水流从巨石两侧奔流而去。他端坐在石头上，一动不动。要是你没看到之前发生的事情，或许会以为他只是在过河途中坐下来休息一下，只是有点奇怪，他的一条大腿腿骨在膝盖上方对折，在体侧歪斜着。

差不多有半分钟他一动不动，我真心希望他已经被摔死了。伤得这么严重，在这样一个不开化的地方（他哥哥就是因为被荆棘刺划了一下，伤口感染才去世的。在英国，这种小伤根本不值一提），根本没有活下来的可能。突然，他动了一下，搓搓脸，瞅瞅四周，好像一个正打盹的人突然从梦中醒来，吃惊自己怎么会在这里睡觉。

比尔把绳子从余下的那根树干上解下来，在离岸最近的一棵棕榈树上缠了几圈。埃德加问他打算干什么。比尔反问道："你觉得我打算干什么？"

埃德加警告他别做傻事。

"那我们就这样眼睁睁地看着他咽气？"比尔问。

埃德加掏出手枪。有那么可怕的一瞬间，我以为埃德加要开枪打死比尔，因为比尔跟他顶嘴。可他并没有把枪口对准比尔，相反，他朝谷底看去。尼古拉斯正像一头受伤的熊一样缓慢、笨拙地左右摇晃着脑袋。

阿瑟大叫："不要啊！"可是，埃德加毫不犹豫地开了枪。枪法很准。子弹从尼古拉斯头顶钻进去时，他剧烈地颤抖了一下，接着就滚下巨石，水流的浮沫只是稍微泛了一点粉红，然后一切归于平静。

没有人说话。射击的回声慢慢减弱直至消失，天地间只剩下河流急速奔腾的呐喊声和丛林深处不知名鸟儿喑哑粗糙的鸣叫声。埃德加把手枪放回皮质枪套，扣上扣子。

"上帝呀！"阿瑟终于回过神来。

"这是最好的结果，"埃德加说，"至少他不用受罪。"他的声音没有一丝颤抖，也听不出伤心或歉疚。可是他和尼古拉斯却是多年的好友。“不知你们谁会说一下悼词，缅怀一下他的离世？”

停了一会儿，阿瑟慢慢摘下帽子，深呼吸，开始背诵第三十九首赞美诗。以我的了解，他背得一点错误都没有。“我曾说，我要谨慎我的言行，免得我舌头犯罪。恶人在我面前的时候，我要用嚼环勒住我的口……”

等他背完，我问他怎么能把这些内容记得那么牢。他说：“真希望我能忘掉这些句子。两年前，我姐姐死于猩红热。从那以后，每晚，我都会在梦中参加一次她的葬礼。”

“我们得继续前进，”埃德加说，“还有三个小时天就黑了。”埃德加的冷静让我胆战心惊，似乎刚才他终于撕掉了多年的伪装，露出了真面目。

我加入探险队，就是为了追随埃德加。他野心勃勃、沉着冷静、勇敢自信的特质彻底迷住了我。现在我才明白，这些特质在某种程度上是一种病，不但把他自己置于危险境地，也殃及了身边的人。我发现，他对我们这趟探险的公开目的一点兴趣都没有。就算我们在深山老林里找到还活着的卡雷爵士和他那些同伴，埃德加也不会开心，除非我们要冒更大的风险，比如说把他们从当地土著的手里解救出来。整个探险行动对他来说就像一场竞技，他在不断挑战自己勇气和力量的极限。我们遇到的危险和困难越多，他就越津津有味地迎战。他总让我想起小时候读过的格林童话《傻大胆学害怕》里的主人公傻大胆。

在牛津读书时，阿瑟和我跟埃德加住在同一栋楼，可我们跟他并不熟。更准确地说，我和阿瑟只是埃德加众多崇拜者中不起眼的两个。他学问并不高，但没有关系，因为他能让跟他在一起的人以学问渊博为耻。我现在还能想起埃德加的叔叔在《笨拙》漫画杂志上塑造的那五个生动的卡通形象，每一个都是球，被他叔叔拿在手上耍得团团转，在脚底踩得粉身碎骨，成为他的盘中之物，或是以其他什么象征性的方式让他们服从于他。埃德加不止一次说过总有一天他取得的成就会超越他叔叔，我们对此毫不怀疑。他长得非常帅气，脸上有道疤，是四岁时从楼梯上摔下来造成的。这道疤为他平添了几分威风，大家都以为是他跟人决斗留下的纪念，就连我们这些了解他的人也有同感。他参加英式橄榄球比赛，参加墙手球比赛，轻轻松松就能拿到蓝绶带，获得第一名。简言之，他这种人天生就被人景仰、受人爱戴，财富和机遇对他们来说唾手可得，似乎他们天生就该拥有一切，世界就该围着他们转。所以，他们从来不会主动向人妥协，也从来不知道如何赢得别人的尊重。他们从来不会站在别人的立场看问题。他们不会爱人也从来没有真正被爱过。

直到两周前我才真正明白这些道理。

一夜梦短。第二天一大早，埃德加去解手，阿瑟在刮胡子，比尔过来问能不能和我谈点事。比尔是我们当中唯一一个没在牛津上过学的人，平时我们也少有私交，所以我担心他要跟我谈的肯定不是什么好事。

他挨着我坐下，这样阿瑟就听不到我们说话了。“我担心索姆斯先生精神有点失常。我们几个之所以还活着，是因为我们还有利用价值。”

听到他这样评价埃德加，我的震惊程度无以复加。

“我们不能再信任他了。”

我提醒比尔，他是否信任埃德加根本无关紧要，因为他只是一个随从。我发现自己说的话有点伤人，于是放缓语气，对比尔说：“尼古拉斯掉下去的峡谷有二百英尺深，我们的绳子只有二百二十英尺长，这个长度根本不够你在身上绕几圈之后再做一个吊篮。”

“他知道吗？”比尔问道。

我说：“要不是他，很可能你俩都死在谷底了。或许你不喜欢他，可是记住，你欠他一条命。”

我看得出比尔是在试探我，想知道万一他跟埃德加闹翻的话我会不会站在他这边。难道我长得就像个帮凶、同谋？这个假设实在太厚颜无耻了！我问他如果他是埃德加会怎么做。

“把子弹射进一个人的脑壳之前，我至少会和大家商量一下。”比尔说，“尼古拉斯是个人，不是一匹摔断腿的赛马。”

我告诉他在这样的探险中，民主不一定是解决问题的最好办法。

“那我们就委屈自己，服从他的专横跋扈？”

“等你的名字印在《泰晤士报》头版，我想你对之前受过什么样的压迫就不在乎了。”

比尔站了起来。“我太自不量力了，请原谅。我并不想让你左右为难。”他转身走开了。

尼古拉斯去世几天后，我们的罗盘开始偏离预期方向。不过，多亏阿瑟连续几晚像个猴子似的爬上高高的树顶，拨开树冠，观看星象，感知真北方向，我们才一点一点朝着磁干扰的中心前进。

一天早上，刚刚吃过早饭，埃德加叫我们去看他找到的一只靴子。这只靴子被攀附在橡胶树上的藤蔓缠得紧紧的，高度刚好到人的头顶。靴子已经腐烂，颜色灰绿，表面长了一层毛茸茸的霉菌。埃德加把靴子拿下来翻了个个，用帽子擦掉霉菌，手沿着鞋底伸直，估量了一下尺寸。“这只靴子肯定是那个男孩的。”他把靴子放回藤蔓中，好像他是个售货员，刚刚接待了一个不愿买这双鞋的顾客。“我们抓紧时间往前赶，运气好的话，晚上就能找到洞穴。”

那天上午，阿瑟跟我并排走着，说：“他们很可能是死于自相残杀。”

我说，都这么久了，在这种闷热潮湿的气候下，就算我们找到尸体，也不可能知道他们是怎么死的。

“那你们会大吃一惊的。”比尔说，他这会儿走在我们后面，“我这辈子见过许多尸体。尸体透露出来的信息比我们想象的要多得多。”

我的思绪回到了精神病院，回到了坐在院长书房的纳特·桑普森身边。屋外，十一月的凄风苦雨鞭打着窗扉，镶嵌在铅制镶条里的窗格玻璃丁零当啷地响。本该早上服用的鸦片酊现在还没让他喝，院长解释说，这样能让他的思维敏锐一些。可就算这样，也不能保证我们能得到想要的信息。接着他又说，桑普森很少开口说话，从他们去法尔茅斯把桑普森从皇家海军舰艇“卡多甘号”上带回来到现在，桑普森一直表现得像个弱智，经常在半夜大叫大喊，从来没睡过一个整觉。

埃德加连珠炮似的向桑普森发问。卡雷爵士和其他人发生了什么事？你们在丛林里走到了哪里？你最后一次看见他们时他们还活着吗？如果他们已经死了，怎么死的？桑普森定定地看着窗外的冷雨，看起来既没有注意埃德加的存在，也没有听到他的问话。

“他偶尔会说起一种特别可怕的怪物。”院长说。院长给人的感觉像个马戏团的领班，双手大拇指勾着背心口袋，声音在这个屋子里听起来稍显浮夸。我很好奇故事里到底有多少成分是他们捏造的，目的是利用我们再拿一笔赞助。“有时候他声称那个怪物正穿过草坪向他走来，有时候又说那个怪物已经破门而入，让我们赶快武装起来。”

埃德加拉了把椅子坐到桑普森面前，直勾勾地盯着他，语重心长地跟他说话。他说我们准备去扎曼信河[①]流域搜寻卡雷爵士和他的同伴们。“卡雷爵士的家人必须知道他的下落，否则他们永远无法安心。我们会在丛林里待十六个星期，所以如果能提前预知可能面临的危险就再好不过了。我不希望我的团队落得跟卡雷爵士一样的下场。”

“据我所知，”院长插嘴道，“他从来没提过发生在他同伴身上

①扎曼信河位于巴西北部，流经亚马孙热带雨林。

的事。”

长久的沉默。埃德加站起来，把椅子放回原位，说：“太让人失望了。”

只有我明白他有多沮丧。卡雷爵士的家人放话说除非有确凿可靠的证据，否则不会资助我们的探险。桑普森是我们最后一丝希望。现在我们得回伦敦去了，埃德加一个月之内要去他叔祖父的银行上班，再也没有理由和借口推迟不去。

突然我灵光一现，急忙找院长要了一张纸和一支自来水笔。挪开茶盘里的茶具，把纸和笔摊在茶盘上，端起茶盘放在桑普森膝头。他歪着头，看着面前的纸和笔，和狗侧耳倾听远处微弱声响时的神态一模一样。

“儿童一般都是先学会说话，然后才会写字的，”院长说道，“要是失去说话能力，肯定也不会写字了。”

可是桑普森已经哆哆嗦嗦地把笔握在了右手里。

“好样的。”我温柔地鼓励他。

印象中，屋子突然陷入死一般的寂静，虽然这根本不可能。屋外的狂风暴雨直到晚上也丝毫没有减弱的意思；壁炉里的火苗劈劈啪啪地在炉栅后头翻飞；落地钟一直滴答滴答有节奏地摆动着。桑普森手中的笔开始移动。院长、埃德加和我都凝神屏息，好像我们正注视着一头一步步踏入陷阱的牡鹿，一口大气也不敢出，生怕一丁点的动静就会把它惊走。

他整整画了五分钟，然后停下来，把笔扔到一边。

“请容我……？”桑普森没有理会，于是埃德加直接拿起那张纸，来到桌旁，把纸摊到桌子上，这样我们可以一起研究。桑普森以前是不是擅长绘画不好说，反正眼前这张画跟儿童涂鸦一样。纸的左边画了一张地图，上有一个小村庄，一条分叉的河流，两条大瀑布，还有连绵不断嶙峋的山脉。河流和山峰之间他随手画了一个大大的X，跟小孩子玩寻宝游戏时在地图上的标记一样。纸中间画了一座孤零零的高山，山体一侧有一个不对称的椭圆形山洞，洞口有影影绰绰的人影，这让我想起《穿花衣的吹笛手》里那个藏匿城里所有被拐小孩的山洞。纸的右边画了第三幅画，是一个怪物的速写：部分是人，部分是熊，部分是蜥蜴。形象太怪诞，我不由得笑出声来。纸的左下角签了他的名字。

埃德加从旅行包里掏出一本皇家地理学会出版的薄薄的小册子，直接翻到书签夹着的一页，摊开放到桑普森的草图旁边。两幅图不完全一样，但其相似程度极高，以至于我后背的汗毛噌地竖了起来。

“我们怎么才能安全穿过丛林呢？”埃德加问道，“这片丛林太大了。”

“山洞里有天然磁石，”桑普森怯生生地回道，声若蚊蝇，“只要靠近这个地方，罗盘就没用了。影响范围差不多有二十英里。真是太不寻常了。”

“卡雷爵士到底出什么事了？”

桑普森不再出声，眼神空洞起来。我看到他在啜泣。

“如果两位先生问得差不多了，”院长急忙说，挡在了桑普森和埃德加中间，“该让桑普森先生喝鸦片酊了。”

“该知道的我们都知道了，”埃德加说，“谢谢您，费尔韦瑟先生。谢谢您，桑普森先生。”

院长递给他的病人一小杯药水，杯身上画着柳树图案。趁着在桑普森吃药的时候，我靠近埃德加，悄声说：“光凭这幅图就想让卡雷爵士的家人资助我们一千英镑，可能性不大。要是他们知道画图者居然以为格罗斯特郡的乡村现在正晃荡着一头莫名其妙的狮身人首龙尾怪兽，就更不可能赞助我们了。”

埃德加把这张图折叠整齐，从桌子上拿了把裁纸刀，沿着折痕把怪物那部分裁掉。“你刚才说的怪物我怎么一点印象都没有啊？”然后，他把裁掉的纸片扔到壁炉里烧红的煤块上，纸片爆出一阵耀眼的光，随即被火焰吞没。“先生们，感谢你们的鼎力相助。再会。”

临近傍晚时，我们找到了那个山洞。周围树木稀疏，土层瘠薄，基岩裸露。我们爬上附近一个缓坡，发现身处一个地势较低的石质高原。远处，花岗岩直入云霄，峭壁中间有一个洞口，洞口的形状和桑普森画的抛物线图案几乎一样。然而，和草图上画的洞口比起来，眼前的洞口比例要大八倍，可能不止八倍。把哈瑟米尔庄园整个搬过来也能轻轻松松地放到这个无底洞里。

青苔覆盖的洞口向内延伸，逐渐消失在黑暗中，洞内空间深不可测。光线只透到离洞口一百五十码的距离，再往里，一片漆黑。阴风嗖嗖，腥臭难闻，寒意逼人，和洞外丛林水分蒸腾散发出温暖宜人的空气好似冰与火般不相容。绕着洞口来回走动，能感觉到散发恶臭的、冰冷的气流在我身旁窜来窜去。

我走到高原边沿，越过丛林往远处看，一碧万顷的树冠逐渐消失在远处虚无缥缈的烟雾中。站在空旷之地本该感觉如释重负，可是我怎么都体会不到之前通过峡谷时站在桥中央的那种突然而至的惊喜。周围一片死寂，没有动物的叫声，没有鸟儿的啼鸣，甚至连昆虫的嗡嗡声都没有。

阿瑟和比尔在附近简单地勘测了一番之后回来了。他们在石头上发现了一处早已熄灭的火堆燃烧后留下的黑色痕迹。埃德加对此一点兴趣都没有。现在唯一吸引他的就是这个山洞，因此他建议我们一起对山洞搞个突然袭击，量量山洞的大小，顺便看看里边有没有住什么野兽。如果有，晚上我们睡觉时得想办法保护自己。

我拿着一把大砍刀，埃德加把手枪别在腰带上，一起踏入了未知的黑暗。沿一个缓坡往下走，光线转暗，直至消失。温度也急剧下降，我穿着被汗水浸透的衬衫冻得瑟瑟发抖。如果停下脚步，会发现这里寂然无声，偶尔有水滴从洞顶滴落到湿乎乎的地面，发出啪嗒声。到处都能闻到化学作用产生的酸腐味道，有些地方味道要更浓一些。不知为何，有种感觉挥之不去：离我们几英寸远的地方，某个野兽正躲在近乎绝对的黑暗中，窥视着我们。我们的武器在面对这些未知的对手时毫无用处。

很明显，我们身处一个巨大的洞穴里。洞穴两侧发出的回声和在空无一人的大教堂里听到的声音一样，可是却听不到平时熟悉的从天花板反射回来的声音。我想象着洞外生长的树木，感觉把这里称为地下世界再准确不过了。

走了大约十五分钟，埃德加建议我们原路返回以节约能源，为第二天早上的探险做准备。一转身，我们看到，在伸手不见五指的黑暗中，悬着一点明亮的绿光，影影绰绰可见细小的身影晃动。我突然有种怪异的感觉，仿佛面前呈现了一个完整的迷你世界，而我正站在月球上俯视它。

走出洞外，沐浴在阳光下，我看到比尔手里拿着一个破烂的铁锹，头部生锈弯曲。他和阿瑟找到了一个粗糙的十字架，但是得把一大堆茂密的灌木清理掉，才能确定下面是不是有坟墓，以及该从哪里挖起。

埃德加派我和比尔明天早上清理灌木，而他和阿瑟到洞里来一次正儿八经的探险。然后他要我们去大石头上安营扎寨。一阵短暂的沉默。原来不只是我一个人对那块空地感到不自在。比尔建议我们回到发现洞穴之前路过的一块林中空地上休息，可是埃德加说，如果我们半夜被袭击，他宁愿看着袭击者从一百码开外的地方朝我们奔来，而不是悄无声息地从树枝上蹿下来。他解开背包，抽出帐篷、支架还有蚊帐。话题讨论结束。我们走到森林边缘，找了些石头和木头固定帐篷拉杆。

所有人都搭好帐篷之后，我和比尔生起火堆，把前一天晚上捉的一只不会飞的大鸟的毛拔掉，放在火上烤。肉不多，味道却非常鲜美，只是吃完之后嘴里有一股特别浓的八角茴香的味儿。吃完烤肉，每人又吃了几块奎尼斯薄荷糕，喝了些淡咖啡，外加两小杯格兰塔十年单一麦芽威士忌。这是阿瑟专门从国内带来，为庆祝我们的探险进行了一半而准备的。一直以来，他把这瓶酒用毯子包得严严实实，压在背包最底层。

我有点不舒服，可能是今晚的晚餐太丰盛，而我的肠胃已适应了连续几周粗劣的伙食。跟他们说我不想聊天，就溜到石头边缘躺下，看那本已经残破不堪的奥维德的书。原本装帧精美的书页现在布满斑斑点点的霉菌。我一个字都看不下去，于是，把书放到一边，凝望夜空。在这个纬度，夜幕降临得非常迅速。洞穴所在的高山把落日熔金的美景挡得严严实实，不过，我头顶的天空一丝云彩也没有，方圆三四百英里内除了我们燃烧的小火堆，也没有一丝光亮，所以可以清楚地看到万星璀璨的银河。

直到一抹微光从遥远的东方地平线附近的深蓝夜空里显现，我才注意到埃德加、阿瑟和比尔那边已经无声无息。我知道危险即将来临，却不知道自己是如何感知的。我一动不动，突然听到洞口传来一阵沙沙声，好像退潮时海浪冲刷沙滩发出的声音。体型庞大的物体正从其隐匿的暗黑巢穴飞速向我们扑来。我本能地想逃跑，可他们都没动，我可不想被他们看作胆小鬼。沙沙声变成了怒吼声，一阵冰冷刺骨、氨气刺鼻的狂风被什么东西追赶着从洞口向我们刮来。火苗突然迸发出绿色火焰，猛烈燃烧。噪音越来越大，大到让人无法忍受。就在这时，来自洞穴深处的黑暗魅影突然冲出洞口，铺天盖地的黑云霎时遮蔽了天空。我死死地趴在地上，用手抱着头，感觉到冰雹似的东西不断击打我裸露的脊背。

我不知道自己保持这个姿势有多久，只记得过了好一会儿噪音和难闻的气味才逐渐减弱消退。我睁开眼睛，爬起来。火苗又恢复了让人心安的橘色。阿瑟站在火光里，兴奋地大叫："蝙蝠！上帝啊！蝙蝠！"

我们都走到他身边，看到一只毛茸茸的动物，大小和田鼠差不多，连接在身体两侧的透明翅膀一节节伸开，抻在阿瑟手里。"应该是巴西犬吻蝠的近亲。"他说，"我徒手从空中拽下来的。"这只垂死挣扎的小动物长着一张圣经上画的魔鬼一样的面孔，小时候经常吓得我弟弟做噩梦。"不管怎样，在板球场消耗的那些无聊的下午终于派上用场了。"

"Arthura brasiliensis，"比尔说，"你会被载入史册的。"

"Tadarida arthuriensis[①]。"阿瑟回答道。他猛力一扭，把那小东西的脖子扭断了，放到口袋里。"Brasiliensis 是个形容词。你们可以说我贪婪，但我就是喜欢收集有实际意义的纪念品。"

"我觉得蝙蝠也很合我意，"比尔说，"一朵花也行，或是一棵树……"

我回到帐篷里，躺下，银河呈现在我眼前。夜空清朗如洗，暗沉如墨，肉眼就能看到一颗颗恒星如钻石般挂在天际。每一颗恒星

① Arthura brasiliensis 和 Tadarida arthuriensis 都是在戏仿巴西犬吻蝙的拉丁名称 Tadarida brasiliensis。意为"巴西的阿瑟"和"阿瑟的犬吻蝙"，下文的 brasiliensis 即"巴西的"。

都有其独特的化学成分，为自身燃烧提供巨大能量，在不同光谱的反射下，发出色彩各异的光。不知不觉中我迷迷糊糊地睡着了。很快，和其他人一样，天刚破晓，我就被归巢的蝙蝠群惊醒。

吃早饭时，我卷起裤腿，发现左腿的小腿肚子上鼓起了一个紫色的包。粗棉布裤子上没有被扎破的小孔，所以肯定是什么虫子咬了我。也许是那种棕色的大蜘蛛，前两天我们从它们织的网旁边来来回回走了好多趟。我把伤口给阿瑟看。尼古拉斯死后，他是我们当中唯一一个有点医学常识的人。他建议我先不要冒险治疗，看看肿块会不会自行消退。

埃德加和阿瑟开始为进洞探秘地下世界做准备。穿上所有衣服以抵御寒冷，带上所有绳子、两个拴绳工具、两把手枪、一个大砍刀、饮用水、食物，还有仅有的两盏油灯也让他们带走了。

“我们最多往前走两个小时，”埃德加说，“然后就会原路返回。如果四个小时之后我们还没有回来，你们俩就要决定是进洞找我们还是收拾东西自己回家。”他说话的语气意味深长，好像很乐意让我们陷入这种两难境地。

祝他们好运，和他们告别之后，我们俩拿着铲子和砍刀来到比尔和阿瑟昨天发现十字架的灌木丛，看能不能挖出几具尸体，找找线索，查一查前辈们到底出了什么事。我很开心自己不用再进洞，因为肯定会出问题。虽然这只是我的凭空猜测，可是心情却特别沉重。不过，如果我和比尔运气好的话，在找到卡雷爵士的尸体，通过他手上戴的图章戒指确定他的身份之后，我们也许很快就能回家了。

我极度疲倦，因此刚干了半个小时，比尔就建议我坐下休息，等感觉好点再接着干。目前已经找到两个坟墓。比尔放下砍刀，拿起那把老式铲子开始挖第二个坟墓，很快就挖出一截人的大腿。他小心翼翼地往下挖，一下挖出一个头骨，下颌骨完整无缺，连牙齿都没少一颗，肌腱和肌肉跟老化的橡胶一样一点弹性都没有地耷拉着。他把头骨上的泥土扫掉，递给我。这东西看起来好假，像舞台道具，又像书桌上放的骷髅装饰，是死亡的象征。

我还是不能干重活。比尔让我别着急，说我要是累坏了对谁都没好处。不到半个小时，他又递给我一个头骨。这次的头骨是不完整的，头盖骨碎裂，左半边缺了一大块。这些死去的人本是我们历尽千辛万苦、冒着生命危险来丛林探险的原因，可是现在看着他们我却一点兴趣都没有。几分钟之后，比尔捧着一堆头骨残片回来了。他把这些碎片倒在地上，像玩拼图游戏一样把头骨拼在一起，拼出来的形状和我手中拿着的头骨对在一起，能看出头骨上有个洞。“他是被人砸死的。”

我问比尔他怎么这么肯定。

“如果一个人从悬崖上摔下去，那他的头骨肯定整个碎掉。要想造成这种伤口，你得把对方压在下边，然后拿石头使劲砸穿他的头才行。”

“也就是说他是被自己的同伴打死的。”

“或者是本来就已经在这儿的什么人，他们不想被外人打扰。”

“也就是说，他们杀了人，把尸体埋了起来，顺便还拐走了探险队的装备。”

有什么东西引起了比尔的注意。靠近灌木丛的石头一侧爬满了藤蔓，因缺少湿润的泥土滋养而逐渐稀少，枯萎。比尔拿砍刀把藤蔓割断，又把叶子扒到一边，我一下子就看见了刻在石头上的字。我慢慢站起身，走到近前好仔细研究铭文。

φυγῇ φυγῇ
νωθὲς πέδαιρε κῶλον,
ἐκποδὼν ἔλα①

“你应该能看懂这上边写的什么吧。”比尔说。

我得承认我的希腊语学得很差，可是第一行重复两次的那个词的意思我几乎可以确定，意思是“逃跑”，与“遁走”和“逃犯”是同根词。对于第二行和第三行到底写了些什么，我就一头雾水了。

比尔抬头看了看太阳。“已经四个小时了。”

我的注意力全部被坟墓、头骨还有刚刚发现的铭文占据了，埃德加和阿瑟早已被我抛到脑后。我们赶紧往回走，爬到石头的最高处。比尔在前边大步流星，我在后边步履维艰。小小的营地空空荡荡，连个人影都没有。我的预感变成了现实。

---

①希腊文，出自古希腊悲剧家欧里庇得斯的《疯狂的赫剌克勒斯》，意为：逃呀逃呀，举起你迟钝的腿来，赶快跑走吧。该译文为周作人版本。

“现在，”比尔说，“我们得做决定了。”

我根本没想到比尔居然会拿埃德加的指示当真。有那么一刻，我有一丝动摇，可是理智很快就回来了。“根本没什么可讨论的。”

我们把所有衣服都穿在身上，越暖和越好。没有油灯，于是我生了堆火，比尔把一根木柴劈成两半，做成火把。准备好之后，一人拿一把大砍刀，木棍蘸上油，点燃，进了洞里。

洞壁在火光的照耀下，呈波状起伏，疙疙瘩瘩，好像某种物质刚刚融化，又在瞬间遇冷凝结。我本来以为洞里地形会非常复杂，什么凸起的岩石、逼仄的石缝、一落千丈的地表、突然分叉的道路，或许还会有许多大大小小的山洞。可是，什么都没有。石壁缝隙长满了密不透光的苔藓，除此之外，几乎没有其他植被生长的痕迹。在这种肥沃湿润的环境下出现这种现象太不可思议了。温度迅速下降，犹如一月份英国的阴冷料峭。再往前走，刚刚还在我们身后的洞口突然消失不见了。往上看，头顶也是一片黑暗。从我的位置判断，这个岩洞至少有五百英尺高。

去年我在皇家地理学会听了阿洛伊斯·乌尔里希的演讲。他讲述了自己到瑞士穆奥塔塔尔自治区探秘赫洛赫溶洞的经历。据他所说，那个溶洞至少有十英里长。也不知道我们无意中找到的这个山洞是不是和赫洛赫溶洞一样大。洞里寂然无声，只有我们走动时的嗞嗞声，像硬毛刷掠过鼓面发出的声音。我们时不时地停下来，大声喊叫，然后站在黑暗中，等待回声逐渐消失，再屏息静听，看能不能得到回应。什么声音都没有。

越往里走，山洞越开阔。很快，就看不到左边的洞壁了。我们稍微调整方向，希望能走回正中间。结果，几分钟之后，两边的洞壁都消失不见了。脚下，手中的火把倒映在地上形成两弯马蹄状的亮光，相互交叠，明明灭灭。除此以外，只有如浓墨似的黑暗在身边缓缓流动。我们尝试着折回原路找到洞壁，可是根本无法确定方位，俩人没头苍蝇似的四处乱闯、到处摸索，不一会儿东西南北都分不清了。

其实就算现在找到洞壁也没用。由于地面的坡度太缓，基本不可能分清左右，更不可能知道该沿着洞壁往左走还是往右走才能找到出口。我一只手放到胸前，摁在心口。我相信比尔跟我一样紧张，因为他也觉得我们现在“该死的进退维谷”了。

我们走进了一个不断扩大的螺旋状空间，希望能找到一面洞壁。就在这时，我的火把突然摇曳了几下，熄灭了。我从背包拿出一支备用火把，想借比尔的火把它点燃，可是怎么都点不着。洞里的空气太潮湿，温度太低。几分钟之后，他的火把也灭了。我们注视着火焰的余烬在黑暗中慢慢消失。我突然感到浑身无力，跟比尔说我得休息一下，然后一屁股坐在了地上。他说他要继续往前走，看能不能找到洞壁。他会时不时地在石头上敲一下砍刀，我也得不时地回应，这样我们就能一直保持联系。

刚开始我还能清楚地听到他的脚步声，不一会儿脚步声就逐渐消失，变成了微弱的回声。洞里伸手不见五指。我努力想象自己是在一个没有月亮、黑漆一团的晚上和姐夫一起，漫步在索尔斯伯里平原上，却怎么也想象不出。比尔已经连续敲了三次石头了，我只回应了一次。

过了片刻，我眼前出现了一片红红绿绿的小颗粒，在视网膜上晃来晃去，令人头晕眼花。这种形状和色彩平时用力紧闭双眼时也会出现，现在我却没办法把他们赶走。不管是睁开眼睛看向实物还是闭上眼睛让自己陷入一片黑暗，这些小颗粒就这样顽固地在我眼前晃来晃去，慢慢浓重，缓缓流动，形成了一股光之潮汐，色彩逐渐丰富，渐变成了七色彩虹的绚烂，在我眼前聚集盘旋，如椋鸟迁徙般壮观，铺天盖地向我压下来。

我不知道该用何种语言描述接下来一段时间大脑的状态，而不至于让人觉得我是过于夸大其词。本来我以为会越来越恐惧，可是相反，我突然平静了下来。之前的恐惧突然就消失了，我感到安全、舒适。好像灵魂脱离了肉体，在一片虚无缥缈中升腾。如果一个人已经消失于无形，怎么可能会被袭击？怎么可能会受苦？又怎么可能会死去呢？慢慢地，幻象逐渐变成了一幅幅具体的画面。一个圆球高悬在空中，圆球上有个露台，我就站在露台上，俯瞰自己的一生：在吉大港和巴特那度过的童年，早餐桌上突然掉落的大蛇，天花板上扇叶变形的大吊扇，父母凑合的婚姻，我那住在诺森伯兰的让人望而生畏的祖父母（我弟弟称他们为“歌革和玛各[①]”），坎特伯雷的大宅，母亲在潮湿多雨的天气流泪，也许现在的她正受着风湿病

①歌革和玛各是《圣经》中的巨人族首领，先知预言中人类反抗基督的领袖。

的折磨……感觉如此美妙，让我心醉神迷。然而，眼前的一切又是如此卑微渺小，像一个玩具世界，很快就会被冲走，不留一丝痕迹。一种从未体验过的愉悦与安宁将我包围。也许这就是印度教的苦行者和佛教徒所追寻的精神极乐吧。

我又看到村子里的一群孩子在池塘里裸泳，旁边的河水缓慢聚集顺流而下流向磨坊。我看到自己把衣服扔在一边，跌跌撞撞地走在一堆白色树干之间，在冷水中，浮在银色的飞沫上。我认出了铁匠的儿子所罗门，他总是把刀藏在靴子里；我认出了那个姜黄头发的男孩，他设陷阱捉兔子被我祖父逮到，还挨了几下鞭子；我认出了我表哥帕特里克，十九岁时家里房子着火，他葬身火海。此时，我正努力把头抬起来浮在水面上，以免被淹死。突然，埃德加出现在我面前，我向他伸出手，他把手臂放在我胸前，我被他抱起来，随着他向天空飞去，向那一道亮光飞去。

突然埃德加消失了。抱着我的成了濒死的克里斯托弗，生命只剩几个小时的克里斯托弗。原本被太阳晒得黑黝黝的皮肤现在红肿脱皮，散发着汗味和臭烘烘的味道。他双眼圆睁，好像看到了什么可怕的东西，嘴里嘟嘟囔囔："坐下，坐下，快坐下……钥匙，老天啊……今天上午的马……"我挣扎着想摆脱他，可是他越搂越紧。他快要死了，想拉着我跟他一起死。

刹那间眼前的人不再是克里斯托弗，变成了桑普森画的那个怪物，部分是人，部分是熊，部分是蜥蜴，满嘴发黄的牙齿，齿缝塞着丝丝缕缕散发恶臭的腐肉，橘色弹球似的眼睛，毛发里爬满了密密麻麻的虱子。

突然，我又回到了漆黑一片的山洞，孤身一人，又冷又怕，渴望回到刚才的噩梦中去。

接下来的几个小时是我生命中的空白。这种感觉不像睡着又醒来，而是彻底的记忆缺失。一个人就算在睡梦当中，对外部的感知也还会存在，而我对之后发生的事却是彻底的失忆，好似我的生命之书被硬生生地扯去了一个篇章，随风而逝。

醒来的时候，我全身赤裸，裹着防水布。夜幕已降临。衣服正挂在火堆旁烤着。我全身发烫，却又冷得瑟瑟发抖。头顶是两根柱子撑着另外一张防水布做成的简易帐篷。我特别难受，意识彻底恢复，就像经过仔细搜寻，终于找到写有我名字的小小皮囊一样归位了。我记得我们刚刚进洞搜寻埃德加和阿瑟。

比尔回答说："没找到他们。"我肯定是把脑子里想的话说出来了。他蹲在我旁边说："把这个喝了。"

我捧着热乎乎的搪瓷缸，小口地喝着比尔用剩余的薄荷糕和热水融化做成的热饮。"我们怎么出来的？"

"我等蝙蝠出洞，跟着它们就知道方向了。"

我说："你是我的救命恩人。"

他说："我得把你腿上的肿块切开。"

肿块已经长到了鸡蛋大小，颜色发黑。

"我想里边除了脓水可能还有其他东西。他双腿分开，骑在我腿上，以便把腿压紧，下刀稳一些，切口小一些。接着，他把折叠刀的刀尖在火上烧了烧，对我说："可能会很疼。"

一点都不疼。我只感觉到刀尖划过伤口，温热的液体喷了我一腿。比尔用刀把一件没人穿的衬衣袖子割掉，在水里洗了洗，把伤口包住，说："你先睡会儿吧。"

醒来，已是阳光明媚。体内刺骨的寒意在暖暖的阳光下被驱散不少。绷带上没有渗出血迹，可是我的脚却麻木得无法站立。比尔准备了些花生当早餐，还给了我一个从来没有见过的黄色小橘子，味道苦涩，难以下咽。大脑一片混沌。我问比尔，埃德加和阿瑟是不是已经死了。

"我们在山洞里待了五个小时，"比尔回道，"现在距离他们进洞已经二十个小时了。"

听到他们失踪的消息，我没有悲痛。冒着生命危险去救他们的壮举也不能让我觉得自己高尚。内心只是一片悲凉。

比尔继续探查那些坟墓。我拿起那本奥维德，想看一会儿，发现以我现在的精神状态，根本看不懂书。于是我拿起笔记本，翻看之前的记录：一幅淡水龟的素描，一段对圣艾尔摩之火[1]的描述，一个简单的算式，计算了流经一个不知名瀑布的水流量。看着这些片段，

[1] 圣艾尔摩之火，一种古代海员观察到的自然现象，经常发生于雷雨中，在如船只桅杆等顶端的尖状物上，产生如火焰般的蓝白色闪光。实则由于雷雨中强大的电场造成场内的空气离子化所致。

场景一幕幕地出现在眼前。几个小时之后，比尔回来了，手里拿着一个新发现的头骨，还有一枚印章戒指，所有者名字的缩写：三个大大的花体字母“JDC”相互交错。“总共发现了六个坟墓，”他说，“这个戒指是在第六个坟墓里找到的。”

他又离开了。过了一会儿，带着两囊水和一些棕榈芯回来。他烤了棕榈芯给我吃，又给我冲了点淡而无味的咖啡，自己则忙着把水囊里的水过滤后灌满我们所有的容器。干完这些，他把装备分类，一类现在已经没用了，一类还可以继续使用。看着他心安理得地乱翻我们的东西，有些是埃德加和阿瑟的私人物品，我虽然生气，却无力抗议。

比尔整整忙了一个下午，把两个背包都装满坚果、根茎类果实还有棕榈芯。我以为他是在为我们即将归家的旅程做准备，可是在准备晚饭时，他突然跟我说：“我给你准备了大约一周的食物和净水，虽然我怀疑你活不了那么久。威士忌也给你留下了。很抱歉我不能把手枪给你。”

我感觉自己像个傻子，从没想过事情会变成这样。过了几秒我才明白，就我现在的状态，想穿过茂密的丛林，几乎是不可能的事。我怯怯地问他：“你要把我扔在这里吗？”语气像个孩子，真让人尴尬。

他探过身，温柔地把我的衬衣扣子解开到肚脐那里。“你自己看。”我身上长满了密密麻麻的红色小点点。“我这辈子从十岁开始，就服侍别人，只为换得一点微薄的薪水和更加微薄的谢意。接下来的几天我要为自己而活，这比伺候你有意义得多。”

我想起那天他怀疑埃德加精神不正常时，我是怎么羞辱他的，说他不过是个仆人。我差点跟他道歉，求他别丢下我。可是，我总觉得有人一直在看着我的一言一行，在评价，就在此地，就在此刻。这些人是我的父亲、我的老师、克里斯蒂娜，还有我的朋友们。我如此珍视他们的看法，不愿让他们觉得我是一个胆小怯懦、摇尾乞怜的人。有那么一瞬，我的眼泪差点掉下来，可我还是鼓起勇气，祝比尔旅途顺利，这大大出乎他的意料。看到他吃惊的样子，我感觉好多了。

夜幕低垂，蝙蝠群出洞。这么壮观的场面我看不了几次了，更无人可以分享。我问比尔是不是要把印章戒指给卡雷爵士家人带回去，他说他还没想好。就算把戒指给他们带回去，也没有酬金，最多只会带来点荣誉。可是，荣誉又不能当饭吃。如果他能返回到河口，他也不一定会航行回国。他有手艺，在这个国家就算不会发大财，也能做点小生意养活自己。戒指和头骨他打算保留着做纪念。

我们坐在火堆旁，静静地看着火焰燃烧。木柴不时发出啪啪的声音。每一次爆裂，一个个明亮的火星就会从火苗顶端迸发出来，随风高高飘起，在黑色的夜空闪啊闪，好像我们正在烤星星，然后一颗颗地放入夜空。我就要死了。好想和人聊聊这个话题，可是又不敢主动提及。记得小时候在吉大港，我有一个保姆，她总是坐在我床边，轻声问：“小少爷哪里不舒服啊？”我不需要真的跟她说我哪里不舒服，因为得到她的一点点关心就足够了。

拂晓，蝙蝠群归家的声响把我惊醒。比尔已经离开。我头疼，开始拉肚子。生火做饭这种活对我来说太耗体力，因此我只吃了几口坚果，喝了一杯温乎乎、带有铜锈味的水，裹着防水布躺在地上看日出。

两年前的一个周末，我回默顿参加创始人晚宴。享用了丰盛的一餐之后，我发现自己居然跟埃德加一起在花园里漫步。我们走到圆形日晷旁，在落日的余晖里抽着雪茄，越过基督教堂学院的大草坪看向伊希斯的雕塑。迄今为止，埃德加对我的关注从来没有超过两分钟，所以这个傍晚我受宠若惊。他讲述了卡雷爵士的探险经历，也讲了他打算为这个不幸的家庭带回失踪儿子的消息的探险计划。听完他的计划，我立刻鄙视起自己波澜不惊的生活。

回忆使我心神不安。我又喝了点水，往水里加了些威士忌以减缓头痛。这时我的眼光落到了笔记本上，意识到应该把我们探险的经历写下来。就算不会有其他人看到，至少能召唤几个鬼魂，在接下来的几天跟我做伴。

我开始动笔。

将近傍晚时，我终于用打火石和比尔留给我的一罐密封干苔藓生着了一堆火。烤了两个棕榈芯当晚餐，接着躺下看日落。本想多写一点的，可是大脑根本不受控制。我发烧了。左腿现在已经完全失去了知觉，红色的小疹子也已蔓延到左臂。蝙蝠群出洞觅食。移动速度稍微快一点我就头晕目眩。喝掉最后一点威士忌，我闭上眼睛，等待睡意的降临。

我突然醒来，以为我们还在大海上航行，遭遇了风暴。闪电像一把利剑，把天空从上到下劈成两半，海面被闪电照亮犹如白昼。接着，整个世界再次陷入黑暗，雷声响起，隆隆声好似一个个铁皮桶从车上滚下来又不断翻滚。又一道闪电照亮天际，我才看清眼前的大海其实是无边的丛林，我也没有在船上上下颠簸。头顶有一块防水布，可是我却浑身湿透地躺在水里。我想站起来，可是双腿不听使唤，只好像条狗一样跪在地上，双手撑地。又一道闪电劈来，趁着亮光我看见笔记本塞在一个开着口的背包里，背包已经灌满了雨水。我把背包拉到防水布下边，抽出笔记本，塞到我衬衣里，虔诚地相信要是我能挽救我的笔记本，我也能挽救自己的生命。

又一道闪电，无边的黑暗，雷声炸起。循环往复，无始无终。我的手脚和膝盖已经麻木，没有知觉。不知何时我睡着了，双手环抱胸前，又湿又硬的地面硌得我的头和肩膀生疼。醒过来，再跪在地上，双手撑地。又睡过去。就这样反反复复，数不清次数。

慢慢地，雪亮的闪电和隆隆的雷霆间隔越来越长，力度逐步减弱，直至彻底消失，只剩下无边的黑暗和漫天的大雨。接下来的几天，我随时都有可能死去，唯一支撑着我活到天亮的，就是这本笔记本了。我冻得牙齿打颤。我看见克里斯蒂娜和她新婚的丈夫坐在阳台上，看见他们的孩子在如茵的草坪上打板球。我看见一个西班牙舰队正靠近树海停泊，我被卡雷探险队幸存的队员抱到了山洞里。

蝙蝠没有回来。可能雨太大，它们无法飞行。破晓，光线一点点照亮这个黑白的世界。又过了一个多小时，瀑布般的大雨逐渐减弱，停止。天空低低的，脏兮兮，灰蒙蒙，好似被蒙上了一条廉价的行军毯。到处都在滴水。麻木的感觉已经扩散到我的臀部。我还在打寒战，但已经感觉不到冷了，不知道是因为身体好些了还是体温已经低到无可救药。

火已经熄灭。柴火也如小船似的一根根漂走了，只剩一个小小的水坑。我清理了一下所剩无几的物品。居然愚蠢到忘记把那罐干苔藓的盖子盖上，苔藓已经消失在大自然中。打火石也不见了。大雨冲走了一整包食物。我把笔记本从衣服里拿出来打开。本子边缘已经被水泡透，有些地方的纸张松脱开裂，不过我在写的时候已经考虑到这点，所以用了铅笔，因此字迹没有化开。对此，我十分庆幸。

太阳终于出来了，气温开始回升，水汽从摊开的防水布和小水坑里蒸腾而去。我喝了一点水，抓了一把坚果放到嘴里慢慢咀嚼，直到嚼成糊糊，才一点点地顺着肿胀狭窄的喉管咽下去。我挣扎着脱掉身上的衣服，全身赤裸，坐在暖乎乎的石头上。背后是张着血盆大口的山洞，周围郁郁葱葱的丛林一望无际，消失在薄雾笼罩的地平线。

我打开笔记本，等着纸张一点点变干。然后，拿出铅笔，开始写作。

现在我已经写不下去了。在生命的最后一天，上天赐予我灿烂的阳光。对此，我万分感激。希望我能充分享受这一天。

夜晚即将到来。

真希望故事不是这样一个结局。

溺水

他弹开后备厢，掀起锈迹斑斑的后备厢盖。两只狗兴奋得全身颤抖，从车后座一下蹿了出来，扭动着身子从围栏底部钻出，箭一般朝田野冲去，在空中划出完美的弧线。公狗叫利奥，母狗叫弗兰，都是大型短毛犬，白咖相间。他把被狗咬得残破不堪的网球放到一个衣兜里，缠在一起的皮制狗绳放到另一个兜里，抓起那把快散架的断柄网球拍，合上后备厢，哔地锁上车，爬上台阶。

草甸漫无边际，大概有二十英亩。今年没有人放牧，因此几十万株毛茛花肆无忌惮地开放，摇曳生姿，色彩斑斓。空气中弥漫着石楠花的味道。不记得哪天看到的，说石楠花跟精液和人的尸体散发出的味道一样，化学成分好像也一样。往左看去，越过草甸边缘，威萨姆森林高耸入云。林木葱茏的山顶有著名的歌唱之路，在那里，朝圣者走过夫人休憩处，隔着流经港口草甸的银色洪流看到对岸城市的旅社和梦样的尖顶时大声吟唱。这样一个春日，既能感受到春之暖，又会经历冬之寒。天空湛蓝如海，卷云孤悬，冰晶在一万六千英尺的高空游离聚合。一只杂色鹡鸰落在他面前的小路上停了一下，接着双脚齐跳，振翅飞向空中，很快消失不见。

利奥朝他跑来，后面跟着弗兰。利奥停在他面前，汪汪地叫，俯首向前，前腿平伸，后腿抬高。把球扔给我把球扔给我把球扔给我。他把球高高地抛向空中，挥拍打了出去。两只狗用力跃起，先是背部朝下，接着身子在半空中一扭，四肢落地，随后猛地朝前冲去，姿态优美，好像旧时油画里的赛马般身姿绰约。扔出去的网球在空中划了一条弧线，逐渐下落。

右边，泰晤士河水因上周的滂沱大雨而暴涨。流经河堰时，河面中央水流潺潺，回旋向下。对岸，一只秃鹰在灌木丛生的荒地上空盘旋。他小心翼翼地跨过凹凸不平的拦牛栅，跟往常一样，一走到这里，就荒唐地觉得自己正穿越一道无形的屏障，从城市一步跨到乡村。

玛丽亚从家里搬出去已经七个星期了。他适应得还不错，值得表扬。利奥和弗兰对他的帮助最大，天天把他从家里拽出来玩耍，跟今天一样。也许，它们比人更懂得享受生活。有了它们，家里从来都不寂寥。夜半醒来，虽然身边无人陪伴，可是楼下有弗兰和利奥，所以他不孤单。过了二十六年饭来张口的日子，现在他开始学着做饭：芝士意面，牧羊人派……终于有时间把堆成塔的书读一遍：约翰·格里森姆，菲利普·普尔曼，还有那套他怎么也想不起作者名字的描写阿富汗的书……鬼知道这些书扔在电视机上边的架子上有多久了。

弗兰嘴里叼着网球跑回来。他们玩了会儿你追我躲的游戏。她把球扔到地上，他捡起来再次挥拍打出去。

生活不易，这是意料之中的事。年龄越大越难接受各种改变，就像身体越老越不灵活。就拿今天来说，他莫名地烦躁不安，似乎自己的生活正在一点一点地崩塌，失败的婚姻只是最近失去的一小部分。世界变化太快，他无所适从。要有绅士风度，要尊重权威，要保护隐私，要坚忍克己，要严谨含蓄。这些曾经陪伴他长大的价值观越来越成了笑话。从什么时候起为女士扶门变成了对女人的侮辱？青少年光明正大地在手机上看黄片也不会觉得羞耻。

他不知道儿子蒂莫西是不是沾染了这些恶习。因儿子而起的争执终结了他的婚姻，也终结了他对生活重新回到轨道的渴望。或者，这根本就是你为了掩盖更严重的问题而随意找的借口。反正已经有了现成的理由，何必再费心思寻找问题的真正症结？事实其实很残酷，儿子就是故意折磨他和玛丽亚。这才是最让人受不了的地方。三年杳无音讯，没有寄过一张贺卡，没有发过一封邮件，电话更是一次都没打过。有一次玛丽亚说儿子还不如死了，这样对大家都是个解脱。他勃然大怒。这可是她的亲生孩子。他经常做梦收到儿子寄来的看不清邮戳的明信片。中国的拉萨？还是摩洛哥的马拉喀什？他梦见儿子走下飞机，热浪扑面而来。他还梦见青年旅舍，咖啡馆，当地的警察局局长把脚翘在桌子上，头顶的吊扇懒洋洋地转。日复一日，放在他口袋里儿子的照片变得越来越皱，影像也越来越模糊。

弗兰叼着球又回来了。利奥肯定在忙着追其他东西玩。只要他不叼回来一个血肉模糊垂死挣扎的活物就好。他又一次挥拍把球击向空中。随着一声完美的共振音，球远远地飞了出去。

玛丽亚还没爱上其他人，谢天谢地。要么就是她把他蒙在鼓里。这也不是什么难事，反正他对那么多事都视而不见。

眼角的余光捕捉到有什么东西在移动。有人正沿着位于农场和小岛之间的河堰往河中间走。可能是水闸管理员，也可能是环境署的人。可是当那人转过来时，他看到一个鲜红色的背包。是个女人。她肯定是走错路了。据他所知，要想走到河堰那儿，只能从环形公路的隔离墩那里下去，顺着一条土路往下走，不过一般没人从那儿走。黑色丝袜，牛仔裙，格子衬衫，金色长直发。二十岁，或二十五岁的年纪。她好像有点站不稳，一手抓着金属柱子，另一手抓着生锈的阀门。在那儿失去平衡可不是什么好事。

弗兰又拦住了他，尾巴朝上，身子趴下，喘着粗气，网球在两爪之间。

“等会儿。”

她轻声哼唧着。*求求你啦求求你啦*。他只得捡起球，用力打了出去，然后朝上游的水闸走去。姑娘脚下，整条泰晤士河的河水从闸口倾泻而出，粗壮的银色水柱汹涌奔腾，涌起千堆万堆的白色浪花。河水发出的嘶吼声和房子着火时发出的声音一样。女孩在河堰的正中间停了下来。肯定出什么问题了。有可能是突然而至的眩晕，也有可能是患了桥梁恐惧症。他能够想象站在那里往下看，被湍急的流水吓得惊慌失措的感觉。得有人帮帮她。他想对女孩高喊，告诉她过几分钟他就过去帮她，可是距离太远，水流声太大，女孩根本不可能听见他说话。他转身往水闸那里跑。要是没记错的话，水闸那儿只锁了一条链子象征性地拦住行人。要是前面的树林里有路的话，肯定更快，大概两分钟，最多三分钟。

等他转过身，才发现女孩已经松开手，脸朝向下游的方向。他这才明白原来她是想跳下去，也知道她刚才为什么犹豫不决了。如果不是想自杀，为什么要背一个大背包？想到这里，他一阵反胃。“不要跳！”他用力朝女孩挥手，可是她看不见。

她的身体微微前倾。

眼前的场景或多或少与他之前见过的都有些不同。时间突然慢了下来。女孩的金色长发向上直立，好似蜡烛的火苗静静燃烧。她姿态轻松，不像在下坠，而像在小憩。

然后，她消失在奔流的泡沫里。

突然间，一切如常。蒲公英随风飘动，天空云卷云舒，秃鹰盘旋翱翔。有一会儿他甚至怀疑刚才看到的是不是幻象。可是，站在他旁边的利奥，也看到了这一切，正对着女孩落下的河水狂吠。这女孩，有自己的名字，有自己的家庭。可是现在，她就在河里，很可能正困在堵水口那里，被粗壮的水柱反复冲击，磕磕撞撞，奄奄一息。他从裤兜掏出手机打电话，紧张得手直发抖，电话号码都没法拨。这时，他看见一抹红色在水面一掠而过。

电话放回兜里，脱掉鞋子。几乎是下意识地完成了这些动作，才记起自己水性并不好。这个念头吓了他一跳。脱掉外套。

奔腾的水流中间，那抹红色再次出现。利奥和弗兰并排站在河岸上，狂吠。

他跳进了浅水处。这样做很不明智。水草缠腿，他一下子陷进了淤泥里，吓得手忙脚乱使劲向前挣扎，终于把脚拔了出来。河水冰冷刺骨，激得他胸口一紧，无法呼吸。他用足力气，像平时搬重物一样大吼一声，胸腔放松了下来。

这和在海里游泳不一样，这和在游泳池里游泳也不一样。河水冲得他东倒西歪，根本没办法碰触河底。身在水中，才意识到河水的壮阔与强大，才感受到女孩的无助与迷失。想找到她，机会渺茫。他一头扎进水里，水下一片浑浊，河水呈现维多利亚时期流行的绿玻璃的颜色。他眼前一片模糊，只能看清前方不到一米的地方。他把头伸出水面换气，发现自己已经被湍急的水流往下冲了好远。河岸已经不见，出现在眼前的是半淹在水中的灌木丛，和被冲刷到岸边不断堆积的垃圾。水流变窄，开始加速往桥下奔腾。桥下，堰流往下一个闸口涌去。他突然感到孤独无助，惊慌失措。就这样跳进暴涨的河里，简直是白痴！被水浸透的衣服重量惊人，把头伸出水面也越来越难。

女孩出现在泡沫堆叠的绿色浊水中，两手用力抓他的脸。

最开始他火冒三丈，冒着生命危险去救她，居然被她打！然后他想起在学校上过的急救课，结结巴巴的席勒老师，还有他系在脚踝的睡裤。于是，他拽住她，让她背对着他，一只手扣住她的下颚，对，就是这样。女孩的手脚开始在水里乱蹬，银色气泡从她鼻孔往外涌。还是没法把她的头和嘴巴托出水面。对了，她背了个背包。天哪，他居然忘得一干二净。折腾得一点力气都没有了，可是，现在放弃的话又不甘心。他深吸一口气，再次扎进水里。红色的大背包像一个红色的大秤砣，拖着他们一起往河底沉去。他把她转过来面对着他，抓住背包带子。这是哪种型号的搭扣？头顶突然暗了一下。到桥下了。速度真快。要是有一把刀就好了。可是他没有带刀。使劲拉，用劲按，猛力扭。她开始捶他，扯他的头发。也不知道她这么做到底是想借力浮到水面还是不想让他解开背包带子。他迫切想要张嘴呼吸。不能张嘴！他惊慌失措，猛烈挣扎。思维逐渐变得混沌，大脑慢慢停止思考。

突如其来的求生欲望让他忘掉了女孩。他使劲踢水往上蹿。坚持，再用点力。突然沐浴在阳光下。用力吸进一大口空气，把脏水也吸进了鼻子，呛得他剧烈咳嗽。把水咳出来，再用力吸气，第二次，第三次。那女孩就在河里，可能已经淹死，也可能即将死去。他听到狗在附近什么地方狂叫。

突然，她在他旁边浮了上来。背包不见了。肯定是刚才那几下误打误撞把背包带解开了。她眼睛紧闭，一动不动。这次，他抓住了她的头发。顾不上礼节了。她还是没有任何反应。或许他现在拽着的是具尸体。他单手划水，双腿用力向后蹬，想游到岸边。现在离桥已经很远了。从刚才堰流分流的地方被卷入河底到现在再次浮出水面差不多有三十米的距离。他费力地掉转头，朝对岸游去。伸手去抓河岸边带刺的树枝，树枝折断了。再抓另一根，抓住了。借着这点力，他们摇摇晃晃着游向岸边，游到水浅的地方，他的速度慢了下来，脚踩着淤泥和树根。谢天谢地，终于挨着地了。他抓着她的肩膀用力向上提，让她坐在浅水里。河边芦苇飘摇，夹岸荆棘丛生。利奥和弗兰并排站在岸上，看着他们。她还活着吗？很难说。

最后再加一把劲。他先站稳，然后把她抱起来，拖到草地上。这么瘦的姑娘，居然这么沉。他爬到比她稍高的地方，把她从水里拽上岸，然后把她的身体往一侧翻，不小心把她的头砰地撞到了地上。复原卧式，左膝弯曲朝上，左手肘弯曲朝上。

他瘫在她身旁，手脚摊开，重重地喘着粗气，眼冒金星，眼前全是密密麻麻的光斑。周围安静得不可思议。两只红色彩蝶翩翩起舞。一只蚂蚁从他手指上爬过去。

她的皮肤青紫，耳朵上戴着绿松石珠串耳环，点缀着银色亮片，带点嬉皮士的感觉。很久没见过这种类型的女人了。脑中浮现一幅画面：她打开床头柜上的漆器首饰盒，踌躇着戴哪对耳环度过人世的最后一天。她的黑色丝袜破了，露出大腿上一条血红的伤口。他的手也在流血。是荆棘上的刺扎的吗？她的胸脯没有一丝起伏，于是他按住她的手腕看是否有脉搏。这一按像按动了机器开关，她哗地呕出了一品脱的污水，还带着一些看起来像是早餐吃的麦片之类的残留物，接着剧烈地咳嗽，又咳出一些呕吐物。然后，倒在草地上，双眼紧闭，头发纠缠在一起。

他掏出手机。一个孤零零的小气泡困在湿漉漉的手机屏幕下面，和小孩子玩的迷宫玩具里那个不锈钢珠一样，滚来滚去，左冲右突。该死。车停在六十米外，鞋子和衣服脱到了三百米远的地方。不能把她一个人扔在这里。幸好车钥匙在他兜里。“走吧。”他蹲下，双手架在她腋窝下。消防员救人的姿势。他架着她往车的方向走去。袜底沾满了刺菜和羊粪。平时想独享这里的宁静，总是不能如愿，今天需要帮忙，这里却空寂无人。造化弄人。他比她胖那么多，都快冻僵了，而她，却连这层脂肪的保护都没有。狗狗们横穿马路的时候可千万别被大货车撞死。爬上台阶，从仅容一人通过的窄门挤过去，门在他身后当啷一声合上。弗兰和利奥蹲在车旁，耐心地等着他，太通人性了。他稍微把她往边上挪了挪，从湿透的衣兜里掏出车钥匙。开锁，不等狗狗们跳到后备厢的那条小毯子上，他就嗖地把毯子抽了出来。

扶着她靠在车旁，用毯子裹住。毯子上沾满了泥巴和狗毛，还有挥之不去的狗臭味。打开副驾驶的门，弯腰把她放进去，又一次狠狠地撞了她的头。“我送你去医院。”她咕哝了一句什么。扣上安全带。可不能刚把她从河里救上来，就出车祸把她撞死。

打着火，暖风开到最大。扬声器传出加思·布鲁克斯的歌声，他赶快关掉音响。刚才开车过来时车里的暖气还没散，谢天谢地。现在这个样子还挺好玩的，全身湿透，穿着袜子开车。英雄壮举带来了雀跃心情。

开到伍德斯多克路时她又咕哝了句什么。

“你说什么？我没听清。”

她懒洋洋地靠着座椅，语焉不详。“不去医院。”

“可我也不能把你扔在路边啊。”

她伸出手，轻轻地放在他的手臂上。已经很多年没有人这么温柔地触碰他了。后来，每次追问自己为何要做这么傻的事时，这一刻的温柔就是答案。

“求求你。”

他突然就妥协了，没有从马斯顿轮渡路往医院方向开，相反，他开车带她回了家，好像他一开始就是这么打算。或许他只是在找一个这么做的借口？

把车停在家门口，没有熄火。他有点犹豫，现在再改变主意，把她送到医院也不迟。可是一想到把她带到急诊室，交给护士，看着她消失在滑动门后，他内心就感到一阵疼痛。连她叫什么都不知道。车子熄火，钥匙拔出来。先把利奥和弗兰放出来，然后解开她的安全带，扶她站直，把她抱起来。

“我不想去……”

“这里不是医院。”他用脚把车门踢上。

他双手抱紧她，侧身进屋，把她放到沙发上。她蜷着身子，像只睡鼠，浑身哆嗦。他从衣柜底层把老式电阻丝取暖器找出来，打开中央暖气，恒温器调到二十二度。突然，他意识到，要想给她换上干衣服暖和起来，得帮她把湿衣服脱掉。玛丽亚讽刺的话语在耳边响起：*算了吧，你早就想到这一点吧？*弗兰跳到空着的那张扶手椅上。利奥在厨房吃饼干，金属碗发出的叮当声传到他耳朵。上楼。找出运动服裤子、宽松无领长袖运动衫、羊毛袜子、干毛巾。

“我给你换上干衣服。”她一声不吭。解开黑靴的鞋带。暖气电热丝加热变红烧焦的味道弥漫开来。蒂莫西小时候的样子突然浮现在眼前。松开挂钩，解开按扣，撕开维可牢尼龙褡裢。脱掉袜子。

解开牛仔裙的扣子，一只手放在她臀部下方，轻轻托起，离开脏毯子一到两英寸，把毯子拽出来，给她翻个身，扯掉黑丝袜。他的手紧紧贴着她的肉体，略停片刻，感受着她全身的重量。细瘦的大腿，湿漉漉的短裤上有粉色玫瑰。一条可爱的粉色丝带系在腰间。那条血红的伤口在爬满鸡皮疙瘩的肌肤上延伸。记忆中那几具年轻鲜活的胴体。玛丽亚，简·泰勒，莫娜·克尔，贾米拉，在达尔斯顿一个派对上遇到的一个姑娘，名字早已忘却，但她的轻声浅笑和完美丰满的腰腹却不时到他梦中。第一次一点一点除去一个人的衣服时的悸动狂喜。

他准备脱掉她湿透的短裤，突然，一个念头吓住了他。万一他起反应怎么办？万一她以为他要非礼她怎么办？放着短裤不管，他把浴巾按在她身上轻拍，尽可能把水吸干。毛巾上有血。把电暖器稍稍向后推，给她套上运动裤，一条腿，另一条腿。裤子在她身上松松垮垮。扶她坐起来，把袜子套到她纤细的脚上。

"我这是在哪儿？"

脱掉她身上的格子呢衬衫，他把运动衣拿给她看。"你得把这个穿上。"

她又晕过去了，迷迷糊糊地不配合。真见鬼。帮她脱掉T恤。她居然没穿胸罩。万一有人突然从窗户往里看，或者从他家门口经过，就有口难辩了。纤巧的乳房，肋骨根根分明，皮肤苍白脆薄。他稍向前倾，把T恤拉过她头顶，从胳膊上褪下来，尽量不去触碰她的肌肤。可是，怎么才能抑制内心深处的渴望？他停了下来，凝视她裸露的上身，足有半分钟无法挪开视线。不知何时，他竟泪眼迷蒙。生命中曾经的美好都消逝在时光中。用浴巾裹着她，温柔地擦拭她的胳膊、后背、肩膀。给刚洗过澡的蒂莫西擦身子时他也是如此温柔。给她擦胸脯和腹部的时候，他的动作更加轻柔。那小小的、柔软的乳房在他手下轻轻颤动。把浴巾拿开，给她套上运动衣。右手，左手。轻轻把她往上抬了一下，抽出狗狗的毯子，把湿靠垫扔到一边。

利奥进来，站在旁边看着他们，心神不安，十分警惕。在陌生人面前它从来不会放松。

他移到沙发后边，把她的头顶着自己的肚子，给她擦干头发。他又想起了儿子。怎么会把儿子跟眼前的场景扯到一起呢？他突然意识到自己老了。把浴巾放下来，他对她说："我去给你弄杯热饮。"她忽地斜躺下去，又蜷了起来，看起来抖得没那么厉害了。也可能只是他这样希望？

直到打开电水壶开关，他才感觉到自己身体里沁入骨髓的冰冷，像有一大块冰倚着他的脊椎层层堆积。好像有点发烧。身体的虚弱乏力对他来说是一种解脱。上楼梯的时候他得抓着栏杆扶手才行。脱下衣服扔到浴室地板上，想洗个热水澡，可又不放心她一个人在楼下。从晾衣柜里拿了条干净的浴巾擦干身体，穿上牛仔裤、衬衣，还有那件玛丽亚在挪威奥斯陆给他买的大套头衫。穿上运动袜，拿上楼梯柱子上挂着的一条围巾。冰冷的感觉仍重重地压在心口。

电水壶咕嘟咕嘟地烧开了，咔嗒一声自动断电。速溶咖啡，加一勺糖。他扶她坐起来，这次她自己也用了点力。“端好。”至少她能双手环抱着马克杯平平稳稳地放在膝盖上了。

他说:“你没事了吧。“刚说完他就觉得不妥。一门心思地想寻死，发现居然没死成，会不会让她难以接受？他记起河水的浩瀚，水流的湍急。他差点死在那里。

她把头向后靠，眼睛紧闭，呼吸沉重。现在她看起来好丑。金色的长发欺骗了他。五官分明，鼻子有点歪。“妈的，”她嘴里不干不净地说，“真他妈的。”

只要听到有人说脏话他就不舒服。“我叫伊恩。”

她没理他。

“为什么你不想去医院？”

她抬起头，睁开眼，上下打量自己身上穿的运动裤、套头衫、袜子。“你怎么我了？”

“我给你换上了干衣服。”

“你强奸了我？”

他目瞪口呆，不知如何回答。

“你把我衣服给扒了，”她突然仓皇失措，“我自己的衣服呢？”

刚才给她换衣服时乱七八糟的想法让他心生恐惧。难道她刚才只是假装人事不省？“你跳到河里了。”

听到这句话，她突然平静下来。“是啊，我老干这种事。”她皮笑肉不笑地哈哈了几声。

他的心脏开始剧烈跳动。“可是你活下来了。”

“那些人拿针扎你。”她说话的感觉像喝醉了一样。他开始怀疑跳河之前她是不是嗑药了。双重保险。“那些人在你身上缠满电线，像对待实验室的猴子一样，想要看透你的思想。”

“你的衣服在厨房。”肾上腺素开始减退，他慢慢平静下来。“我等会儿给你烘干。”

“表格上印的那一小行字都没人看吗？”她喝了一大口加糖的咖啡。“他们真的什么都做得出来。”

半个小时前他们真的在泰晤士河里挣扎求生吗？

“不管干什么事我都能搞砸。好像我天生这样。”

她声音里的自怜自艾让他忍不住想伸手去安慰她，不过随即又收了回来。他发现自己不太喜欢她。这让他很失望。“非常抱歉救了你。”本来想讽刺一下，开个玩笑，可是把这句话说出来他才意识到自己居然真的这样想。

“真他妈的冷。”

他递给她那条围巾，也不知道是谁来做客时落在他家的，已经好多年了。“你为什么要自杀？”

“说了你也不懂。”

“不说你怎么知道我不懂？”

“你只不过是礼貌罢了。”她用手指比画了两个引号，像个十五岁的小姑娘一样。“根本没人关心。”

他咬了下嘴唇。气愤的程度他自己都吃惊，下边的话脱口而出：

“你不能就这样随意放弃生命。”他脑子里想着的是蒂莫西。想起那些他彻夜不归的夜晚，想起他那些让人讨厌、有家不回的狐朋狗友，想起他们身上散发的臭味。“有人在乎你。你的父母，你的兄弟姐妹，你的朋友，邻居，你的医生，中学大学教过你的老师，他们都在乎你！就连刚刚把你从河里捞上来的这个可怜虫……”他哽咽着说不下去了。这种感受他以前从没有过。人与人的命运是相通的，伴随每一次死亡，我们自己生命当中的某些东西也会消逝。或许，他只是在自欺欺人地以为一种看不见的感情仍旧维系在他和儿子之间，幻想着有一天能带儿子找到回家的路？

“哇，停！”她举起手做了一个夸张搞笑的阻止手势，脸上没有一丝笑容。“我可不想听谁叨叨。”

“为了救你，我差点淹死在河里。”他突然想把她赶走。“我不要求你对我感恩戴德，但至少别这么吊儿郎当。”

她突然崩溃了，开始大哭。她是真的在哭吗？他没把握。

“我应该送你去医院。得有人帮你看看腿上的伤。”

“我跟你说了，我真的非常非常害怕去医院。”这句听起来倒像是真话。

“因为……”

“刚才说过了。他们钻进你的大脑。”她用手抱住头，不知是在保护她的大脑，还是她真的很痛苦。她又开始颤抖。

现在明白了，很可能她脑子有问题。怎么之前像个傻子似的没想到呢？她要自杀，这个表现已经很明显了。他有点不知所措，还从没遇到过脑子有病的人。

她又开始说话，声音近似耳语，担心被人偷听似的。“每个东西都会说话。”她说话的方式像小孩子。十二岁，十岁还是八岁？

“对不起，我不明白你什么意思。”

“树木，墙壁，那个挂钟，这块木头。”她抚摸着面前的桌子，过了一会儿，好像在侧耳倾听桌子说话。“还有你的狗狗们。”

她那么笃定，以致他都想问问利奥和弗兰都说了什么。

“石头只会重复一句话，”她说，“一遍一遍地重复。我是一块石头，我是一块石头……下雨了，下雨了……墙壁喜欢八卦。经年累月听到的事它们都爱八卦一下。要是你去墓地，就能听见死人在地底下聊天。”

她肯定是疯了，可是看起来又很正常，像一个生活在不正常世界的正常人。

她把头稍稍扭开一点，侧耳倾听，弗兰和利奥闻到什么吸引他们的味道时也爱这样竖起耳朵。她说：“这所房子不开心。”这句话听得他心头一震。“过去我以为每个人都能听到这种声音，后来才知道只有我能听到。”她闭上眼睛，深呼吸。“有时候我真的只想要片刻的安宁。”

他问她有没有家人。要赶快找个能负起责任的人把她带走。

“我哥哥跑威尔士瞎混去了。爸爸得了肺气肿。’

“那你妈妈呢？”

“她有自己的一大堆烦心事。”

“那你没有男朋友或者老公吗？”

“哈，就我？”又一次皮笑肉不笑地哈哈。

他想象着她的生活，得有多难熬才能让她一次次地想自杀？

“我一点都不想待在这里。”她又开始哭泣。

刚开始以为她不想待在他家，他心里居然有一丝解脱。当意识到她真正想表达的意思时，他开始担心，担心她接下来可能的行动。弗兰已经从扶手椅上跳了下来，这会儿正和利奥一起在屋里转来转去。风雨欲来的样子。他说：“我去弄点热的东西喝。”然后离开了房间，给自己思考的空间。

打开电水壶，他斜倚着水池往外看。花园一片惨状。把他和隔壁那对易怒的土耳其夫妻隔开的围墙缺了一块木板；三个来历不明的足球静卧在萋萋春草上，慢慢漏气。他应该用砾石把整个花园铺一下，再往大花坛里种几棵耐寒的植物。可是，根本抽不出时间做这些事情。他抽不出时间做的事情实在太多了。

“我们俩为什么还不离婚？”玛丽亚有一天问他。

陪伴还是习惯？身边的这个人比世界上任何一个人都了解你，是不是已经适应了彼此的存在而不想做任何改变？

“我害怕孤独终老，”玛丽亚说，“因为这个理由而结婚是不是很过分？”

对他来说这个理由已经足够了。

身体仍旧透着刺骨的寒意。他蹲在地上，后背抵着暖气片。现在女孩不在他面前，他的思路更加清晰。刚才就应该理智一点直接把她送到医院。他蹑手蹑脚地走到玄关拿起无绳电话，关上厨房门，拨了999。十分钟就到，接电话的女人说。突然感到一阵暖意。再过十五分钟，他就可以用微波炉热点东西吃，钻进羽绒被里，找个电影看。

冲好咖啡,他回到客厅。她看着他,怀里抱着那个绿色贝壳靠垫。“你出去了好久。”

“不好意思。”

她看着他，紧紧地盯着他。“你刚才给谁打电话了吗？”

他回答得太快还是太慢了？

“去你妈的！你给谁打电话了？”

“嗯……”他把咖啡放下，坐到了弗兰的扶手椅背上。

“你他妈的打电话叫救护车了，对不对？你他妈的居然打电话叫救护车！天哪！还好意思说一大堆关心我的屁话！妈的！”

她把他推开，准备出去。他伸手抓住她的胳膊。“你他妈把手拿开！”

她跑到了玄关。

“等一下，你没穿鞋子！”

她笨手笨脚地打开锁，打开大门，冲了出去。一辆车开了过来。他先看见。她没看见。司机猛踩刹车，车头朝下，车尾上翘。橡胶轮胎摩擦柏油路发出尖锐刺耳的声音，肯定会在路上留下两道黑色的刹车痕迹，几周都不会消失。

她转向那辆车，双手向上伸，和摩西分开红海的手势一样。汽车在离她只有几寸远的地方停了下来，横在路上，轮胎冒烟，不知道的人还以为她是个女超人，逼停了汽车。下一秒她就跑了，沿着阿萨姆路跑远了，脚上穿着他的袜子。

司机从车上下来。“你们在干吗？你怎么着这姑娘了？”

那男人看起来并不想等他回答。眼前的一切都不是真的。回到屋里，他的狗还在等他。刚走到沙发前，他双膝一软，差点休克。他不得不坐下来休息。两杯咖啡都被撞到了地上，咖啡洒得地毯上到处都是。电暖器烤得他小腿生疼。利奥张着大嘴趴在扶手椅上，口水顺着下颌往下淌。他轻轻把手放在利奥温暖的身体上来回摩挲，好让自己平静下来。

他漫不经心地环视客厅。一堆五颜六色的录像带盒子，随随便便地堆着；一个班伯里半程马拉松的奖牌，有十二年历史了；一个相框里夹着蒂莫西在威克斯蒂德公园照的照片，照片右侧在太阳光的常年照射下已经变白、褪色。同样褪色的还有他脸上难得一见的笑容。壁炉架上放了一排皱皱巴巴的明信片：巴茅斯海滩，帝国大厦顶上的金刚，尼德兰画家勃鲁盖尔的《雪中猎人》。之前放玛丽亚的陶瓷烟囱清扫工的地方，现在空着，什么都没放。

他把救护车忘得一干二净。男护理员因为白跑了一趟特别恼火，不相信他讲的事情经过。他把他们带到厨房看堆在地板上的湿衣服。“我真的救了一个人的命。”

“嘿，伙计，我们都累得要死了。”男护理员看起来像个年轻学生。

女护理员对他挤出一丝微笑，也许是为她同事的无礼感到抱歉，也许不是。她是个胖乎乎的姑娘，头发姜黄，眉毛几乎全白。

那男孩用无线电查询看有没有女孩的线索。“没消息。要是有名字就好办了。”

也许他太苛刻了。这些急救人员，他们每天都在救死扶伤，又有多少人真心感谢过他们？

救护车走了，他又躺回沙发上。沁入骨髓的冰冷逐渐减弱，现在他只感觉焦躁不安，情绪低落，浑身不适。捡起贝壳抱枕抱在怀里，他能听到体内喷涌的血液重重撞击耳鼓发出沉闷的声响。仔细听，遥远的虚空传来若隐若现的私语，不是真真切切的噪音，而是他心灵深处的背景辐射。

你得放手了，让他自己找出路。撞了南墙他就知道回头了。

抑或他会撞得头破血流。

他静静地坐着，仔细聆听。

我是一块石头，我是一块石头，我是一块石头。

他总觉得她还会回到河边自杀，于是遍寻报纸查找与她有关的报道，希望他没有失败得那么彻底。他希望同事们能因他的英雄壮举向他欢呼，接着想到只有大家都知道他救人的举动才能向他表示祝贺，而他，还得故意淡化自己的高尚。换成别人也会这样做的。总而言之，英勇的举动不值一提。背后有太多难以言说的事情发生，就算能解释清楚，他也不愿冒这个险。

玛丽亚顺道过来把剩下的东西搬走。他没和她说发生的意外。

她很开朗，或者故意表现得乐观开朗。她说：“我很担心你。”这句话能起到什么作用，换句话说，到底能不能让他好受一点，他并不确定。

房子确实越来越乱，越来越脏。但他根本提不起精神把屋子彻底吸尘、打扫、擦洗、整理。收拾那么干净给谁看？他感觉生活品质一落千丈，可是生活滑坡带来的痛感还不足以让他奋起反抗生活的堕落。

他得了抑郁症，而且已经抑郁了很长时间。情绪低落太久以至于成了他生活的一部分，像扔进沸水中的龙虾，爪子在铁锅边缘挣扎，直至平静。

他总在午夜惊醒，大口喘息。浑浊的绿色污水。有时候梦到那个女孩在他身下沉入河底，有时候是蒂莫西。有时候他梦到自己走在堰梁上，背着红色背包，里边装满石块，不小心绊倒，掉进如雪的泡沫里。玛丽亚和狗狗们站在岸上，无动于衷。有时候他任由自己往下坠，在半途中陷入舒适慵懒的狂喜而无法自拔，突然又意识到很快会被淹死在水底。这是最恐怖的梦境。

三个星期之后，一个周六的下午，她出现在他家门口。刚开始他没认出她。她穿着职业装，淡黄色的上衣，深灰色外套，同色裤子，头发向后盘起。

“我来拿回我的衣服。”话语中透出的乖戾与阴郁让他立刻就认出了她。“不知道你是不是还保留着。”

他简直无法掩饰自己的开心。“很高兴看到你没事。”

她犹豫地点了点头，好像不清楚为什么他会担心她出事。或许她并不想时刻被人提醒她曾经想自杀这件事。他进屋拿衣服袋子，她在门外等着。

“哇，你居然把衣服洗了。”

“肯定不能把湿衣服堆那么久不管。”

“我想也是。”他的运动衫、运动裤和袜子在哪里，她提都没提，似乎已经忘了。“不管怎样，还是谢谢你。”

“你一直都没告诉我名字。”他不想就这样放她走，至少现在不想。

她顿了一下，说：“我叫凯利。”他能听出她声音里的一丝丝谨慎，这让他怀疑这个名字是不是她凭空编造的。

他已经把她脑子有病这件事忘了。“你想一起喝杯咖啡吗？”

“这个邀请感觉很奇怪。”

“不是在我家，我们可以去咖啡馆。”她肯定不会再去他家了。

“我还有事得先走。”

“我有个儿子。”他从没对任何人提起过蒂莫西，然而对她破了例。“三年没他的任何消息，七年没见过他的面了。”

“然后呢？”她面无表情地问。

“我连他是死是活都不知道。”

他能看出她无声地做了一番思想斗争。几秒钟后，她点了点头。“就十分钟，好吗？不过别想歪了。”

他们去星巴克。一路上她都烦躁易怒，一杯茶和一个丹麦酥皮面包下肚后也没好多少。他给她讲他和玛丽亚分居的事。她说她在市政厅的停车场经营许可证办公室上班。他给她讲蒂莫西的事。她告诉他她的父亲现在住在约翰拉德克利夫医院。他们俩谁都不提那天的不欢而散。十分钟变成了三十分钟。离开之前，她不情愿地告诉了他电话号码。让他吃惊的是，过了几天她居然先给他发了消息。“我想你可能想喝杯咖啡。”

“朋友”这个称呼感觉不对。她才二十四岁，他已经五十三岁。也许没有一个词能形容他和她的关系。有几次熟人和朋友碰到他们，都尴尬地把脸转向一边装没看见，好像他干了什么伤风败俗、道德败坏的事情一样。她觉得特别好笑，于是他也觉得很好笑。

对于他把她从河里救上来这件事，她从来没有表示过感谢。后来他也意识到自己并不需要任何形式的感激。她给他讲她家的情况，用她自己的话说，“一团糟”。这个说法其实太轻描淡写了。她给他讲她对医院的憎恶，讲她东拼西凑的工作经历，讲她没修完的法律学位，讲她交过的品行恶劣的男朋友们。和他们交往的原因是他们瞧不起她，她干脆破罐子破摔，可是他们很快就让她难以忍受。她谈起她脑子里的那些声音，说新的治疗方案暂时把那些声音关了起来。谈起那些声音对她惨无人道的折磨，而没有了那些声音，世界又变得苍白贫乏。

十二年过去了。他们一直保持大约两周见一次面的频率。他告诉她他和玛丽亚正式离婚了，告诉她玛丽亚又结婚了，和一个比她小九岁的男人。他还讲起他的网络约会。刚开始感觉匪夷所思，后来感觉有点不光彩，现在可以接受了却又碰不到合适的人。他给她讲他背上长的那个黑色素瘤，发现得有些晚，发现之后，差不多半年的时间他都提心吊胆。

她从不评判他的生活，也从来不会在他情绪低落的时候鼓励他。刚开始他有些不快，后来意识到不管是评判别人还是鼓励别人，其实都是不想听对方讲话时最好的摆脱手段。她懂得如何倾听，水平比他认识的任何人都高。也可能她只是不习惯打断对方。或许这就足够了。

她有时点丹麦酥皮面包，有时点杏仁牛角包，有时点焦糖酥饼。总是喝茶。他负责买单。有几个月他们把见面地点换到了沃恩福德医院附近的咖啡馆，因为她在那里治疗，用她的话说是“仔仔细细地修理破烂”。有时候她心情不好，脾气暴躁。有时候他们像老夫老妻一样静静地坐着，好像牧场上相互做伴的两头牛。伴侣关系，虽然从某种程度上来说和他想象的不同。有时候她又有自杀倾向，她会跟他讲她的自杀计划，语调平和，可细节和语气却逼真到让人难以置信。不过，一两个星期后，她又会如约出现。

他始终不知道凯利是不是她的本名。

他把她从河里救上来四年之后，蒂莫西回来了。苍老许多，瘦了许多，胡子拉碴，全部家当都塞在一个旅行背包里。很快，他的安心就被失望取代。离家这么多年，儿子没有任何长进。这次回家既不是为了疗伤，也不是为了修复曾经缺失的亲情，而是为了避风头。他冬天在西班牙的马略卡岛替一对有钱的夫妻看房子，结果房子着火了。这是蒂莫西的解释，可是他知道实情远没有这么简单。蒂莫西有时候对他很冷漠，有时候又特别颐指气使。不过，出乎意料的是，倒霉的主要是玛丽亚，给蒂莫西买吃的，买新衣服，还让他住在自己的新家，直到玛丽亚的新婚丈夫忍无可忍，下最后通牒。玛丽亚给了他一千英镑的租房保证金，又替他付了第一个月的房租。结果三天后，蒂莫西就连人带钱消失了。

"哇。"凯利说。

"那么多年，我一直幻想着好莱坞大片似的父子母子重逢。他哭着向我们道歉，我们喜极而泣。现在明白了，这种经典桥段在现实中永远不可能发生。"

"那你现在感觉……"

"每次想起他，我都感觉心口被猛踹了一脚。"

他们沉默着。

他说："我准备把花园整一整。受够了天天对着一片垃圾场。"

他开始修整花园。除草。在黑色塑胶颗粒上铺小石子。整理花坛，种上两棵新西兰蕨类植物，放一把长凳。把栅栏修好，做了防腐处理。买了一张鸟食台，撒上玉米粒、面包屑，还有小块肥肉。偶尔想起蒂莫西，已不再痛彻心扉。

利奥死了。十五岁高龄。弗兰天天待在自己的窝里，一个月后，也死了。她也十五岁。兽医说弗兰死于肝癌，只有他知道，弗兰是死于心碎。他们相爱相守，一直到老。这样也好，他的髋部两侧都有关节炎，根本没精力再遛狗。

他说：“我很孤独。”

“是吗？”她喝了口茶。

他说：“我越来越老了。”

她说：“我想你是老了。”

他说：“我怕死。”大声说出这句话减轻了他的痛苦。

她说：“我会去参加你的葬礼。”

他说：“我的亲友肯定会好奇你的身份。”

她说：“他们肯定会的。”

他脑子里浮现出一幅画面：她孤零零地站在树林里，离送葬的人有二十码远。他的无名天使，始终不离不弃。

他还会梦到泰晤士河，梦到震耳欲聋的堰流，梦到汹涌的波涛，梦见茂盛的石楠和丝缕凌乱的卷云。可是他不再溺水。他们都不再溺水，虽然有时还会梦到他们最终坠入无边的黑暗。他，玛丽亚，凯利，蒂莫西……最后的几分钟会很可怕。不过没关系，真的不用害怕，因为他们的生命没有被荒废，生活还会继续。河水生生不息，一直前行。蒲公英在春天繁衍，秃鹰依然盘旋在荒野。

著作权合同登记图字：01-2017-7572

图书在版编目（CIP）数据

该我开枪了 /（英）马克·哈登著；宋琦译. -- 北京：新星出版社，2018.2
ISBN 978-7-5133-2960-6

Ⅰ.①该… Ⅱ.①马… ②宋… Ⅲ.①短篇小说－小说集－英国－现代 Ⅳ.①I561.45

中国版本图书馆CIP数据核字(2017)第315441号

该我开枪了
[英]马克·哈登 著
宋琦 译

责任编辑 汪 欣
特邀编辑 汤 胜 赵雅平
责任印制 史广宜
装帧设计 韩 笑
内文制作 田晓波

出　　版 新星出版社 www.newstarpress.com
出 版 人 马汝军
社　　址 北京市西城区车公庄大街丙3号楼 邮编 100044
　　　　 电话 (010)88310888 传真 (010)65270449
发　　行 新经典发行有限公司
　　　　 电话 (010)68423599 邮箱 editor@readinglife.com
印　　刷 河北鹏润印刷有限公司
开　　本 880mm×1230mm 1/32
印　　张 10
字　　数 202千字
版　　次 2018年2月第1版
印　　次 2018年6月第2次印刷
书　　号 ISBN 978-7-5133-2960-6
定　　价 45.00元

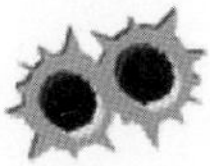

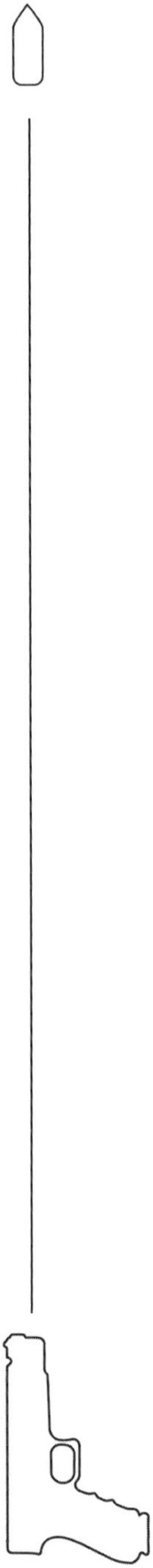